SV

Albert Ostermaier
Seine Zeit zu sterben

Roman

Suhrkamp

Erste Auflage 2013

Druck und Bindung: Pustet, Regensburg
Printed in Germany
ISBN 978-3-518-42382-0

»Alles hat seine Zeit und jegliches Vornehmen unter dem Himmel seine Stunde. Geborenwerden hat seine Zeit, und Sterben hat seine Zeit; (...) Töten hat seine Zeit, und Heilen hat seine Zeit; (...) Weinen hat seine Zeit, und Lachen hat seine Zeit; Klagen hat seine Zeit, und Tanzen hat seine Zeit; (...) Umarmen hat seine Zeit, und sich der Umarmung enthalten hat auch seine Zeit. Suchen hat seine Zeit, und Verlieren hat seine Zeit; (...) Schweigen hat seine Zeit, und Reden hat seine Zeit. Lieben hat seine Zeit, und Hassen hat seine Zeit; (...)«

Prediger 3, 1–11

I

STREIF

1

»Für die Nacht zum 20. Jänner ist im Gebirge mit heftigen Schneefällen zu rechnen.«

»Pass doch auf!«, schrie Yvonne und griff fast ins Lenkrad. Christoph überfuhr um ein Haar einen Hund, der Wagen schlitterte beim Bremsen, drehte sich leicht. Christoph hatte alles unter Kontrolle, schwor er und schaltete einen Gang höher auf der eisglatten Fahrbahn.

»Ich will nicht in den Skikurs, Mami!«, quengelte Igor aus dem Kindersitz, schlug mit seinen Skischuhen gegen den Lederrücksitz und fing schlagartig zu heulen an. »Papi, du hast einen Hund überfahren!«, schluchzte es aus seinem Mund, dessen Winkel sich wie bei einem Smiley nach unten zogen.

»Papi hat keinen Hund überfahren!«, schrie Yvonne Christoph mehr an, als den vom Schluchzen fast atemlosen Kleinen, der weiter gegen ihre Rückenlehne trampelte. »Papi ist mit dem Kopf ganz woanders, ich weiß gar nicht, warum Papi den Wauwau nicht gesehen hat. Warum hast du den Hund nicht gesehen? Das wäre ja ein toller Urlaubsbeginn. Bravo, überfährt einen Hund, weil der Herr mal wieder weiß Gott wo oder mit …«

»Hör sofort mit dem Getrampel auf«, brüllte Christoph in den Rückspiegel und versuchte mit einer Hand das Skischuhstakkato zu stoppen, wobei er sich an einer Schnalle ein Stück Haut aufriss, die zu bluten anfing.

»Der Junge kann nichts dafür«, griff Yvonne ein, während Christoph das Bluten mit dem Mund zu stillen versuchte und sich überlegte, wie er die Flecken am Lenkrad von dem beigen Leder bekäme. »Du kommst doch zu den roten Teufeln, mein kleiner Pistenschreck. Und mittags holt dich Papi ab, wenn er es nicht vergisst und im Lift ...«

»Warum ich, wir ...«

»Kannst du dir nicht ein einziges Mal etwas merken? Ich hatte dir doch gesagt, dass ich Petra auf dem Sonnbühel treffe!«

Igor fing wieder zu trommeln an, überprüfte zwischen den Heulschüben, ob es klug wäre, weiterzuheulen, zog es aber vor, seinen Helm überzustreifen.

»Musst du gleich an unserem ersten Ferientag Petra treffen, können wir nicht ...«

»Ach, willst du sie lieber alleine treffen?«, schnitt ihm Yvonne das Wort ab. »Fahr nicht so dicht auf! Mir wird schlecht, wenn du fährst. Kannst du nicht gleichmäßig fahren? Kannst du nicht irgendetwas ausgewogen machen? Ist das zu viel verlangt?«

Christophs Lippen sprachen synchron mit, er kannte jedes ihrer Worte, jede Wendung, die folgen würde. Er konnte diese Gespräche längst alleine führen, er brauchte sie dazu nicht mehr, es war egal, ob sie neben ihm saß oder nur in seinem Kopf neben dem Schmerz in der Schläfe. Manchmal dachte er, sie sei ein Tumor in seinem Kopf, und wenn er sie ansah, war es nichts als eine Täuschung seines Hirns, das, was es zerstörte, nach außen stülpte und ihm den Körper seiner Frau zeigte, die langen blonden Haare, die ihr über die schmalen, verhärteten Schultern fielen.

Er liebte sie immer noch, liebte sie, wie man einen

Feind liebt, ohne den man nicht leben kann, bis er einen umbringt. Er hatte keinen Augenblick aufgehört, verrückt nach ihr zu sein, sie nicht einmal eine Sekunde in Gedanken betrogen, hätte sie eher erschlagen als betrogen. Auch wenn sie besessen war von der Idee, er betrüge sie, betrüge sie mit Babette, betrüge sie fortwährend und am liebsten eben mit ihren Freundinnen, die sie so ansah, als hätten sie gerade mit ihrem Mann geschlafen, als würden sie noch nach ihm riechen, wenn sie ihnen zur Begrüßung die Wange küsste. Dabei hätte Christoph mehr Grund gehabt, den Spuren auf ihren Schulterblättern nachzugehen, die sie von ihren Sportstunden heimbrachte und die er in seinem naiven Begehren überblendete, wenn sie im Bad nebeneinander standen und ihre elektrischen Zahnbürsten alles waren, was von ihrem Gleichklang geblieben war.

Christoph wollte, dass in diesem Winterurlaub alles anders würde, dass sie die Kurve kratzten und ihre Gewohnheiten sie nicht wie eine Lawine begruben. Ja, wie ein Lawinenhund suchte er ihre Liebe. Er hätte ihr am liebsten einen Piepser für Touren gekauft und zuletzt einen dieser Rucksäcke, die sich aufbliesen, wenn die Schneemassen einen den Hang hinunterjagten, bevor sie die immer wieder hin und her geschleuderten Wundkörper in ihren weißen Beton einschlossen und die letzte Luft aus den Lungen pressten. Er wollte sie keine Touren mehr gehen lassen.

»Dann bring du mich doch auf Touren«, hatte sie ihn stehen lassen. Aber dieser Urlaub würde anders werden, er spürte es.

»Yvonne, lass uns zusammen die Streif fahren«, es klang fast zärtlich, wie ein Liebesschwur.

»Du hättest mich wohl gern in der Mausefalle, oder?«, aber ihre Antwort klang schon nicht mehr so hart. »Gut, wir holen Igor zusammen ab, ich schreib Petra.« Christoph strich, um ihr zu zeigen, wie ihn das freute, mit der Hand über ihre weiße Skihose. »Blut, du blutest ja, meine Skihose, du versaust mir meine Hose!«, schrie sie und Christoph bremste vor Schreck.

»Mir ist schlecht, Mami«, winselte Igor von hinten, »ich muss brechen.«

»Wirklich?«, fragte Christoph nach.

»Schnell, halt an, halt an, fahr rechts ran!« Yvonne hielt Igor sofort Christophs Kaschmirmütze hin, in die der Kleine sich übergab, als der Wagen zum Stehen kam. Yvonne sprang heraus und riss sofort die Hintertür auf, befreite Igor aus dem Gurt und hob ihn aus dem Wagen, woraufhin er den Rest des Frühstücks in den Schnee spuckte.

»Ich mag nicht in die Skischule«, flehte er, als Yvonne ihm mit einem Taschentuch den Mund abwischte.

»Meine Mütze, warum hast du ihm nicht das Taschentuch ...«, Christoph beobachtete wie unter Schockstarre das vertraute Szenario.

»Das hast du dir selbst zuzuschreiben, wenn du abrupt bremst. Geht's wieder, Igor, mein kleiner Schatz?«

»Wenn er nicht in die Skischule will, dann fahr ich mit ihm, ich kann ihm doch auch etwas beibringen«, versuchte Christoph die Situation zu retten.

»Das nennst du also Erziehung, oder?« Sie zog Igor den Reißverschluss hoch. »Du gehst in die Skischule, keine Widerrede. Aber heute Nachmittag gibt es einen Skipreis.«

»Was für einen Preis? Und darf ich zu Onkel Ludwig und Gustav gehen?«, beruhigte sich der Kleine.

»Ludwig, Ingrid und Gustav sind dieses Wochenende nicht da.« Ihr Blick streifte kurz Christoph, bevor sie sich erneut zu Igor drehte. »Das hat dir Papa doch schon hundertmal erklärt, dass sie nicht kommen. Aber du darfst dir eine Playmobilfigur aussuchen!«

»Oh ja, mit Pistolen. Einen Räuber!«

Sie stiegen wieder ein. Eine eigentümliche Stille herrschte plötzlich zwischen ihnen. Yvonne strich mit ihrem Handrücken über Christophs Wange. »Wir bekommen Neuschnee«, hauchte sie, als wäre es ein Versprechen auf Küsse in der Nacht. Christoph drehte die Musik lauter, er liebte dieses Lied, ›Killing for Love‹, alles würde gut werden, er spürte es, ganz fest, tief in seinem Herzen, bis der Song von einem Warnton unterbrochen wurde:

»Wir unterbrechen die Sendung für eine dringende Meldung. Der mutmaßliche Sexualstraftäter ...«

Christoph würgte die Stimme ab, scrollte den Lautstärkeregler nach links bis zum Anschlag, bis es still war. Als könnte er den Augenblick retten, ihn lebendig aus der Lawine bergen, die ihn überrollt hatte.

2

Das Phantom lag mit gebrochenem Hals neben dem Couchtisch. Der schneeweiße Teppich hatte das Rot geschluckt und streckte Bonnie seine Fransen wie Hunderte von Zungen entgegen. Schneite es? Sie konnte ihren Blick nicht vom Boden lösen. In den über den Boden verstreuten Scherben vor ihr klebten die Flocken fest. Bonnie fror. Bei jedem Schritt war ihr, als fiele sie. Als könne sie nicht mehr aufhören zu fallen. Sie war barfuß, sie stand im Blut.

Zuerst hatte sie gedacht, der Nagellack, der rote Nagellack. Wo war nur der Nagellackentferner? Sie musste zurück ins Bad. Nein, nicht ins Bad, da hatte alles begonnen letzte Nacht. Du wirst in einem Scherbenhaufen erwachen, hatte er ihr prophezeit. Und da lag er, das Phantom, in Scherben, und ihr standen ein Haufen Probleme ins Haus. Der Teppich ist hinüber, sagte sie sich. Vielleicht, wenn ich Champagner darübergieße? Sollte ich nicht eine Flasche Champagner köpfen?

Wenn sie sich jetzt im Spiegel sehen würde, würde sie sich selbst eine knallen. Ihre beste Freundin hatte ihr gesagt, jeder Rotweinfleck ginge weg, wenn man ihn mit Weißwein überschüttet, ausreibt. War ihr Herz nicht rot? »Dein Herz muss leuchtend rot sein«, hatte er ihr gesagt. »Wie dein Hundeband im Dunkeln«, hatte sie ihm antworten wollen, aber da hatte er sich schon in ihre Lippen verbissen und sie gegen die Scheibe gedrückt, als bräuchte er Sex mit Aussicht. In einem ersten Reflex wollte sie ihm das Knie in die Eier knallen, aber das hier war ja Liebe, überzeugte sie sich im Bruchteil einer Sekunde, um dem Alkohol und seinen Händen den Rest zu überlassen. Während sie gestöhnt hatte wie eine Slalomläuferin, die Stangen zur Seite schiebt, hatte sie gleichzeitig die Lichter auf der Piste gezählt, saß, die Arme um die Knie geschlungen, am Boden und hatte hinausgeschaut. Obwohl es gar nicht schneite, war kein einziger Stern zu sehen und der Himmel schien, im Vergleich zu der weißen Schneefläche vor ihr, ungewöhnlich tief und schwarz zu sein.

Kurz bevor er fertig war, kroch sie mit ihrem Höhepunkt in ihren Körper zurück, um ihn hinauszustoßen, seinen Samen abzuwehren, der kalt wie Schnee auf ihren weißen Schenkeln geklebt hatte. Sie hatte ihn zu heftig zurückgestoßen. Er war zu lange in ihr gewesen, er hatte in ihr kommen wollen, sie wusste es, er hatte ihr Herz wundgerieben mit dem Kreuz, das auf seiner Brust gebaumelt hatte, der Gekreuzigte wie ein Gehängter. Und dann hatte sie ihr rotes Herz mit Weißwein reinwaschen wollen, *this is not a love song*. Es waren viele Waschgänge nötig. Schleudergänge.

Und jetzt stand sie wieder vor einer Riesensauerei. So viel Weißwein hatte sie gar nicht im Haus. Diese Flecken würden ewig bleiben, auf dem Teppich, der weißen Ledercouch, auf ihrem Herzen. Da half auch kein Champagner. Sie wird dieses Geräusch nie vergessen können. Als der Hals an der Stahlkante brach, als wäre auch ihr Genick gebrochen, das Phantom, als hätte es ihr das Genick gebrochen. Sie hatte erst im Wohnzimmer gewagt, das Röhrchen aus der Jeans zu ziehen. Genauso, wie sie gelernt hatte zu ziehen.

Dann war alles ganz schnell gegangen. Zu schnell, um sich heute Morgen daran zu erinnern. Filmriss. Ihr Kopf schmerzte, schmerzte mehr als sonst. Die Tabletten lagen auf dem Nachttisch. Das Röhrchen war offen. Sie war nackt. Das Bett war mit Blut verschmiert. Kein Schmerz zeigte ihr die Wunde.

»Der mutmaßliche Sexualstraftäter ...«, sie schlug den Radiowecker aus, schrie auf und entdeckte die Scherbe in ihrer Handfläche. Im nächsten Moment sprang der Fernseher gegenüber dem Bett an und zeigte die Hahnenkammwebcam. Ein Mann mit schwarzem Helm entfernte sich in dem undeutlichen Flimmern von der Bergstation. Fuhr die Gondel denn schon?, fragte sich Bonnie und vergaß für eine Sekunde, was sie im Wohnzimmer entdeckt hatte.

Heute war die Streif, durchschoss es sie, Ausnahmezustand. Kein Tag wie jeder andere.

Sie legte die Hand auf den Bauch. Sie durfte keine Zeit verlieren. Wo waren ihre Kleider? Sie musste ins Bad, zuerst ins Bad. Einen klaren Kopf, ins Bad, eine kalte Dusche, kalt duschen, das hilft, Schminke, man durfte ihr nichts anmerken. Sie drehte das Wasser auf, der harte Strahl traf die Brust, als es an der Tür läutete. Oh Gott, das hatte sie ganz vergessen. Sie verharrte in Schockstarre, als es erneut durch die Wohnung schrillte. Sie warf sich den Bademantel um und rannte zur Tür, sprang über die Scherben, lief durch das Rot, um die Kette in den Anschlag zu zwingen und die Tür einen Spaltbreit zu öffnen.

»Hey, Bonnie, wie siehst du denn aus?«, lachte Schatterer sie an. »Hast du wieder einen über die Klinge springen lassen? Der Motor läuft. Keine Zeit zu verlieren. Magst du mich nicht reinlassen?«

»Ich komm gleich«, schlug ihm Bonnie die Tür vor der Nase zu und rutschte an der Wand zu Boden.

»Ich steh vor der Einfahrt«, hörte sie ihn rufen, dann waren es nur noch Schritte und aus dem Fernsehgerät tönte es »Kitzbühel, du mein Augenstern« und vor dem Fenster explodierte ein Feuerwerkskörper. Bonnie umschlang wieder ihre Knie. »Ich werde verrückt«, murmelte sie, »ich darf nicht verrückt werden, mach dich nicht verrückt.«

Der Knoten ihres Mantels löste sich.

3

»Würdest du auch einen Mörder verteidigen?« Joseph Grünsee stand am Ufer des Schwarzsees.

»Warum, hast du jemand umgebracht?«

Wie weit würde das Eis tragen? Er inhalierte die Kälte, sog den Nebel in seine Lungenflügel und setzte den linken Fuß vorsichtig auf das Eis.

»Nein, noch nicht.«

Er hatte ihn inmitten des Lärms wegen der Tausenden von Stimmen in seinem Kopf kaum verstanden, durch seine Gehörgänge dröhnten Stiefel.

»Aber wenn«, hatte er geschrien, »wenn, würdest du das dann für mich übernehmen?« Jetzt den rechten Fuß, die Oberfläche trug sein Körpergewicht leichter als seine Schläfen.

»Ja, ja, würde ich, wenn du nicht mich umbringst«, hatte er lachend geantwortet und versucht, hinter seinem Lachen jeden Gedanken in einer eigenen Zelle auszunüchtern. Ob er noch einen zweiten Schritt riskieren konnte?

»Und wenn es ein Kind wäre?«

»Ein Kind?«

Das Eis knisterte, wurde lauter, ein Lauffeuer unter dem Eis, Trommelschläge, als liefe ein Riss durch die Welt und mitten durch ihn hindurch. Sollte er zurückspringen oder stillstehen?

»Ein Kind«, hatte er wiederholt, als hätte er nicht recht

verstanden worum es geht. »Einen Inder?«, hatte er gefragt, gehofft, er habe sich verhört. »Einen Inder willst du umbringen, keinen Russen?«

»Du hörst von mir«, hatte der Unbekannte sich verabschiedet und war auf der Tanzfläche zwischen den gebogenen Körpern verschwunden.

Joseph drehte sich und sprang zurück auf den sicheren Boden. Hatte er sich zu weit aufs Eis gewagt? Das Gespräch von gestern Nacht, oder war es heute Morgen?, ging ihm nicht aus dem schmerzenden Schädel, aus dem Bauch, der ihm gerade mitteilte, dass er fast eingebrochen wäre.

Joseph setzte sich auf die schneebedeckte Bank und tränkte seinen Mantel mit Nässe. Er spürte die Kälte unter sich nicht, nur das Echo seines Herzschlags, das unter der Eisdecke dort draußen lag. Jeden Morgen hielt er auf dem Weg in die Kanzlei am See für eine Zigarettenlänge, für ein paar Lungen- und Schwimmzüge. Das Wetter machte ihm nichts aus, er ignorierte es, es hatte nichts mit ihm zu tun, so sehr es sich auch um seine Aufmerksamkeit bemühte, wenn der Schnee ihm die Augen verklebte oder der Regen auf ihn eintrommelte, ihn von hinten überraschte oder gar golfballgroße Hagelkörner nach ihm schlug. Jedes Wetter war ihm recht, beim Stehen am See, in der Sonne, im Nebel, im Wasser, im Eis, in der Dämmerung, in der Nacht, die nicht heimwollte auf die andere Seite der Erde. Meistens war er allein hier, er und der Wilde Kaiser, über ihnen nur Himmel, die Stille, die sie mit den Tieren im lauernden Dunkel teilten. Nur im Sommer störte ihn ein aufdringlicher Immobilienmakler, der seinen Liegestuhl in der ersten Reihe aufklappte, Handtücher über die Lehne warf oder seine Schuhe auf der Sitzfläche abstellte, als würde er laufen, als wäre er gelaufen, als wollte er mehr, als nur in der ersten Reihe liegen und alle ausblenden. Joseph hatte sich oft vorgestellt, wie er ihn unter Wasser drücken würde, wie er ihn auf seinem Stuhl festband und hinaus auf den See schob, wie er ihm die Tennissocken in den Mund stopfte. Dieser Mensch war eine Umweltverschmutzung, eine Landschaftsverschandelung. Er verstand nichts von der Magie dieses Ortes und seinen Gesetzen, die die Menschen nur duldeten. Aber noch mehr hatte er Joseph gestört, wenn er die Schwimmerin beobachtete, deren Armbewegungen ihn hypnotisierten und in seinen Blicken mit den Wellen verschmolzen. An dem Tag, an dem Joseph sie ansprechen würde, würde sein Leben sich verändern, würde nichts mehr bleiben, wie es war.

Heute war er allein am See, im Winter gehörte er ihm, auch wenn er hoffte, er würde sie am Horizont auf Langlaufskiern vorbeigleiten sehn, ihre fließenden Arme und Schulterblätter.

Joseph wollte bis zum Sonnenaufgang warten. »Würdest du auch einen Mörder verteidigen?« Er wiederholte wieder und wieder das Gespräch. Er isolierte den Lärm, die Beats, die Champagnerflaschen, Wodkakübel, den DJ, die schmalen Hüften und T-Shirt-Ausschnitte, die fliegenden Haare, die Knöchel, Absätze und Tattoos, um diesen Mann vors Auge und sein Gesicht zu bekommen. »Und wenn es ein Kind wäre?« Er schaffte es nicht, er hörte nur die Stimme. Er bekam kein Phantombild zusammen, sah nur die feisten, aufgeblähten durchlöcherten Schwammfressen der neureichen, gealterten Unternehmersöhnchen, die das Geld von Generationen versoffen, verrauchten, verhurten. Schwarze Anzüge, weiße offene Hemden, Seidenschals, blasierte Langweiler, die sich alle ähnelten, so unterschiedlich hässlich sie auch waren mit ihren Silikonseelen, ihren aufgespritzten Herzen und ihren Schwänzen mit Geldchip.

Joseph lächelte, denn so hätte er es nie gesagt, aber da war dieser Journalist, mit dem er auf der Party war, dem zuliebe er überhaupt hingegangen war, der aber dann nach dem gesetzten Dinner verschwunden war. Bis plötzlich dieser Mann neben ihm saß. »Ein Kind.« Joseph untersuchte seine Taschen, ob sich nicht vielleicht irgendwo eine Visitenkarte, eine Nummer fand. Ein sinnloses Unterfangen, er hatte sich umgezogen. Er war nach Hause gegangen, hatte sich unter die Dusche gestellt, rasiert, einen Löffel Chilipulver pur geschluckt, Ingwertee getrunken, sich wie jeden Morgen perfekt gekleidet, und war sofort wieder aufgebrochen, obwohl er sich ein paar Stunden Schlaf hätte gönnen können. Aber nichts konnte die Disziplin seines Rituals durchbrechen. Das Einstecktuch, der Zündschlüssel, die Zigarette am Kaiser, der Klang des Motors, der ihn auf Touren brachte. Man hätte ihn schon erschießen müssen.

Es würde ein unbeschreiblicher Tag werden, wusste Joseph. Der Wilde Kaiser wuchs über sich hinaus, der Himmel würde leuchten, als müsste er blau anlaufen vor Glück. Die Helikopter würden Loopings fliegen und die Münder und Herzen offen stehen. In der ganzen Welt würden sie ob dieser Schönheit den Atem anhalten, wenn die Abfahrer mit angewinkelten Beinen über die Hausbergkante sprangen, unter ihnen Kitzbühel in der Tiefe lag und sie für einen Augenblick unendlich wären, bevor sie sich weiter ins Ziel hinabstürzten und auf dem blanken Eis hinunterrasten in die Hysterie der jubelnden Menge, deren Metastasen sich über die Stadt verteilten und vermehrten.

Es würde ein Tag werden, den jeder, wäre er erfunden, als übertrieben abtun würde, als nachcoloriert, eine blühende Eisblumenphantasie. »Einen Mörder verteidigen.« Heute würde Kitzbühel in Schönheit sterben, dachte Joseph. Aber wer musste mit seinem Leben dafür bezahlen? Alle Augen werden auf die Piste gerichtet sein oder das Glas, die Flasche in der Hand, alle Blicke würden nach oben gehen.

Joseph war nicht mehr allein. Der Parkplatz füllte sich mit Bussen und die Busse spuckten Menschen aus, als wäre ihnen während der Fahrt schlecht geworden. Als Joseph zu seinem Auto ging, sah er einen Fast-Auffahrunfall. Wahrscheinlich war der Fahrer eingenickt. Sekundenschlaf, dachte Joseph, und schloss für einen Augenblick die Augen. »Die roten Teufel«, las er auf einem Plakat, das nur noch in Fetzen an der Holzwand hing, und musste an die Skikurse denken. »Und wenn es ein Kind wäre?« Die Pisten würden einsam sein heute, bis auf die Kinder, erschrak er und schloss die Wagentür auf.

4

Die Pisten waren leer. Wie leergefegt, dachte Ödön Lunge. Als wäre er der einzige Überlebende nach einer schmutzigen Bombe, ein Skifahrer mit Rucksack, der die Absperrungen überwunden hatte und in den Zielraum über die Hausbergkante hinabgerast war, wo die ersten Champagnerkorken knallten und statt Schneeflocken Konfetti durch die Luft schwebte, obwohl es noch viel zu früh zum Feiern war, denn es waren noch nicht einmal die Vorläufer auf der Piste.

Nein, korrigierte sich Ödön, auf der Streif könne er noch nicht einmal stehen, geschweige denn fahren oder zu einem Schwung ansetzen, er würde einfach nur rutschen, auf dem Hosenboden ins Ziel rutschen, wie ein Kreisel sich endlos drehen, eine Clownsnummer. Wie erbärmlich würde das aussehen?

Dennoch bekam Ödön die Gewissheit nicht aus seinem Kopf, dass etwas Schreckliches geschehen sei, geschehen sein musste. Und geschehen werde, das wusste er. Aber wahrscheinlich war im Augenblick das einzig Schreckliche in seiner Vorstellung die Streif, die wie ein schwarzes Loch alles an- und aufsaugte, die Menschen an der Mausefalle schluckte. Eine gespenstische Stille, eine weiße Stille.

Ödön saß allein im Sechserlift, er war einsam über die schwarzen Pisten gecarvt, hatte in breiten Schwüngen immer mehr beschleunigt, dieses seltene Glück kaum fassen können. Es hätte ihn fast aus dem Konzept gebracht, er geriet in einen Rausch, der unberührte Schnee, die Kälte, dieser über allem leuchtende Himmel, der so irreal strahlte, als wäre er coloriert, als wäre das alles ein Werbespot. Er vergaß sich selbst, war nur Schwung, Oberschenkel, dachte an nicht mehr als die Schnalle seines Skischuhs, schleifte seine wunde Seele an der scharfen Kante des Carvers, der durch das Pulver schnitt. Ödön wurde immer schneller – und je schneller er wurde, desto mehr vergaß er, was er vorhatte. Wären die Abfahrten länger, wäre nie passiert, was passieren musste. Er bremste vor dem Lift ab, weit hinter dem Schild »slow down«, nahm das Liftdrehkreuz in den Schwung mit und drückte es wie eine Slalomstange weg, und schon saß er wieder alleine im Lift und konnte es erneut nicht fassen. Er fühlte sich wie in einem Film.

Ödön musste die Zeit totschlagen, also hatte er sich die Ski angeschnallt. Hätte er unter seinem Verschlag warten sollen? Er beobachtete die ersten Menschen, die in sein Blickfeld kamen. Er stellte sich vor, es wären Zombies, Walking Deads, die ihre Zähne in ihn schlagen wollten, die hungrig waren nach dem letzten Leben, das sie hier suchten, nachdem das ganze Tal verwüstet war, die Zielhänge Leichenteppiche. Ihr Hunger trieb sie immer weiter nach oben. Sie saßen in den Gondeln mit ihren zerfressenen Gesichtern, ihren ausgelutschten Augen, sie schleppten sich auf Skifellen den Berg hoch, Schritt für Schritt ohne Puls. Sie würden ihn einkreisen. Vielleicht könnte er ihnen entkommen, wenn er vor ihnen in der Schwebegondel wäre. Er müsste es bis zum Zweitausender schaffen. Das war die Grenze, die sie nicht überwinden würden.

Als er die Teilnehmer eines Skikurses sah, erschrak Ödön, schreckte auf aus einer Fluchtphantasie, die ihn kurzzeitig wiederbelebt hatte. Nein, er war der einzige Zombie hier, resignierte er. Sein Leben war vorbei. Es half nichts, sich etwas vorzumachen oder einfach weiterzumachen, Fremde anzusprechen, als seien sie die Erlösung, der Ausweg. Er hatte seine Reise begonnen, nichts konnte ihn aufhalten. Er verachtete sich dafür, dass er sich aufhalten lassen wollte, dass etwas in seinem Inneren sich gegen seinen Entschluss wehrte, widerstand, sich auflehnte. Warum war er gestern Nacht zu dieser Party gegangen? Warum hatte er sich nicht einfach in seinem Hotelzimmer eingesperrt, Schlaftabletten genommen und die Zeit ausgelöscht. Warum suchte er noch Leben, wo doch in ihm längst alles Leben abgestorben war, jede Freude? Gott hatte seine Flamme mit nassem Finger und Daumen ausgedrückt, sagte er sich. Er fühlte sich wie erkaltetes Wachs. Und suchte das Feuer. Als wäre es nicht zu spät. Er musste es nicht tun. Er wusste, er musste es nicht. Aber es war stärker als die Vernunft. Es hatte ihn überkommen. Es wäre nicht mehr fortgegangen. Er hatte sich diesen Ort nicht ausgesucht. Gab es denn einen Ort auf dieser Welt, den er mehr liebte?

Er war willenlos, er hatte seinen Willen losgelassen und er war ihm gefolgt. Er trieb ihn vor sich her, es war ein Zwang. Er musste ihm nachgeben. Selbst wenn es den kläglichen Rest begraben würde von dem, was ihm noch für einen Augenblick Vergessen schenken konnte, eine Sekunde Schönheit, die Sonne auf dem Schnee, nachdem der Nebel weiterzog, das blaue Band, das seine Schleife um die Gipfel zog, die Schneeflocken, die in die Pupillen fielen, um als Tränen über seine Wangen zu laufen. Er würde auch seinen letzten Himmel zur Hölle machen, den letzten Streifen Licht schwärzen wie der Regen den Schnee mit Schmutz. Es war zu spät, es war längst zu stark geworden in ihm, sein Kopf war gelähmt, er konnte ihn nicht länger zurückhalten, weder mit Vernunft noch mit der Illusion, dass alles gut würde, alles wird wieder gut. Nichts wird mehr gut, schrie er und stemmte die Stecken ins Eis, als er aus der Gondel glitt.

Ödön folgte dem Skikurs. Bald hatte er sie eingeholt, da war er sich sicher.

5

Franz Huller hasste die Streif. Er spürte sie in seinen Knien wie andere schlechtes Wetter, wenn die Bleiplättchen und Schrauben im Körper sich aufladen mit Schmerz. Nahte die Streif, schwoll Hullers Knie an. Andere konnten in ihren Beckenboden oder egal wohin atmen, in den kleinen Finger oder die Achillesferse, er fühlte, wie die Streif bevorstand, als würde sie wie der Föhn über die Bergrücken herabstürzen, ein heimtückischer Fallwind. Schon Tage vorher zog er das rechte Bein unmerklich nach. Wurde er darauf angesprochen, sprach er von einem Gichtanfall, von Harnsäure, davon, dass er es mit dem Weißwein übertrieben habe, das rote Fleisch, die Steaks, Krustentiere, obwohl er keine Meeresfrüchte aß. Allein das Wort »Muschel« drehte ihm den Magen um.

Er hätte die Streif meiden können, wegfahren, die Stadt verlassen, an irgendeinem Strand liegen, seine Knie von Wellen umspülen lassen, sich in den Sand eingraben. Aber er konnte ihr nicht entkommen, er war an sie wie Prometheus an den Felsen gekettet, und alle kamen sie wie der Adler und nagten an seinem Knie, die Fans mit ihren Plakaten, die Kamerateams, die Adabeis, das ganze Alphabet der Prominenz, die Schönen und die Operierten, die Reichen und die, bei denen es hinten und vorne nicht reicht, die Schlachtenbummler, die seinen Namen geschrien hatten und ihn wieder schrien, wenn sie ihn mit verklärten Augen sahen. Der Huller, der wär's gewesen. Jedes Autogramm, das er geben musste, war für ihn ein Spieß, mit dem er in seinem Knie rührte. Jeder Schulterschlag ließ ihn nicht nur in den Boden, sondern in die Bodenlosigkeit seiner Depression versinken.

Franz Huller war eine Art James Dean auf Skiern gewesen. Seine Karriere hing an einem Kreuzband, das in dem entscheidenden Rennen riss, er stürzte als Führender auf dem Zielhang der Streif und blieb unter den offenen Mündern der Zuschauer und einer kurzen gespenstischen Stille knapp vor der Ziellinie nach einigen Salti Mortale auf dem Rücken liegen. Seitdem war er hirntot, wie er sagte, er wollte sich nicht mehr erinnern, ein Ski laufender Untoter, ein Zombie. Er war die größte Hoffnung gewesen, doch nach dem Sturz war alles größer als die Hoffnung, zurückzukommen. Er, der immer die Extreme suchte, keine Grenzen kannte außer jenen, die er überschritt, der immer zu schnell fuhr, zu schnell lebte, zu schnell trank, zu schnell ausgab, was er verdient hatte. Er, der so schön wie schnell war, ein Beau, ein Beatnik, war als Skilehrer geendet. Zumindest hatte er niemandem die Liftbügel an den Arsch halten müssen.

Zuerst war Huller noch im Nachwuchsteam Abfahrtstrainer gewesen, aber er hatte es nicht ausgehalten. Die er trainiert hatte, waren kaum ein paar Jahre jünger als er. Er sah, dass sie ihm nicht das Wasser reichen konnten, aber ihm das Wasser bis zum Hals stand und es gefror in ihm, trieb Eisspitzen in sein Herz. Sie dachten, sie hätten nichts zu verlieren, aber er hatte alles verloren, sah in ihrem Übermut seinen Übermut, der in die Absperrung raste, der sich überschlug, dessen Bindung sich von Geisterhand löste, dessen geschliffene Kanten ihm die Wangen durchschnitten hatten, das Sprunggelenk nach dem Sprung gebrochen. Warum hatte er im Zielhang nicht einfach sterben können, war nicht gegen einen Pfosten geknallt oder in die Zuschauermenge und eine zerbrochene Champagnerflasche hätte seine Brust durchbohrt? Er wäre vor aller Augen verblutet, ein Held, ein Toter mit Bestzeit.

Außerdem spürte er, wie die vorlauten Burschen hinter seinem Rücken ihn verlachten, ihn beim Duschen in Gesten imitierten, während sie früher auf den Knien vor ihm rutschten und ihn wie einen Heiligen verehrten, ihm die Skischuhe küssten und ihm am liebsten in den Arsch gekrochen wären, um mit ihm vom Starthaus hinabzustürzen.

Bevor er einen von ihnen an die Wand drückte, bat er darum, mit den Kleinen arbeiten zu dürfen, den roten Teufeln. Und die kleinen Jungs liebten ihn von Anfang an, sie hingen an seinen Lippen, ließen sich von ihm die kalten Hände heißblasen, rückten ganz nah an ihn heran auf der Ofenbank. Er fuhr mit ihnen alle verbotenen Wege, tief durch die Wälder, in die Schluchten, den Tiefschnee, in vergessene Hänge, sie fuhren unter den Liften, sie sprangen, rasten, fuhren mit Stöcken und ohne, auf einem einzigen Ski, mit kurzen, mit langen Ski, er zeigte ihnen, wie sie springen sollten, brachte ihnen alle möglichen Kunststücke bei, und sie hatten ein gemeinsames Geheimnis, ihren geheimen Ort, und schworen, ihn nie zu verraten, Indianerehrenwort. Alle waren begeistert, was er aus den Jungs herausholte, sie wollten ihre Ski gar nicht mehr abschnallen und hassten den Sommer fast mehr als die Schule.

Doch dann hörte Huller von einem zum anderen Tag auf, verschwand aus der Öffentlichkeit. Man erzählte sich, dass man ihn auf der Piste sieht, bevor die Lifte öffnen und nachdem sie schließen. Wie ein Schatten gleite er die Hänge hinunter, schwebend, *riders in the sky*, ein Ghostrider, ganz in Weiß. Sie sagen, wenn du die Augen schließt, hörst du seine Kurven. Er ist eine moderne Legende, ein Störtebecker. Die Leute im Ort haben sich lange den Kopf zerbrochen, warum er plötzlich keine Menschen mehr sehen wollte und seine Jungs im Stich gelassen hatte.

Was hatte Grünsee in einem Interview gesagt, dessen Abdruck er dann untersagte? »Sie kennen doch sicher diese hysterischen Mütter, nicht? Was antworten Sie auf das ungläubige Nachfragen ob seines Verschwindens aus der Öffentlichkeit? Hatten Sie nie mit Schülern zu tun? Sicher hatten Sie, oder? Nach all dem, was in den Medien war, stell ich mir vor, bekam er Angst. Angst, dass sie ihn falsch verstehen, dass so eine Mutter, die aus Panik, dass er für ihren Sohn wichtig wurde, dass sie über ihr Kind die Kontrolle verlor, dass sie ihn anzeigt. Weshalb? Sie wird sich was ausgedacht, zusammengereimt haben, oder aber ihr Sohn war eifersüchtig, weil er sich zurückgesetzt glaubte oder ein anderer schneller war, flinker zwischen den Toren. Sie würde Huller ohne jeden Beweis beschuldigen, er fasse die kleinen Jungs an, sie würden alle nackt herumtollen und einander mit Schnee abreiben, Mutproben mit Skistecken, Bruderküsse auf den Mund. »Der heilige Gral«, hätte sie bei ihrem Sohn aufgeschnappt. Aber wahrscheinlich hätte er nichts gesagt, war verstockt, verstört, keiner der Jungs hätte etwas gesagt.

Stellen Sie sich vor, was für ein Armageddon für den

Ort, für die Skischulen, ein aus der Luft gegriffener Verdacht, der sich wie ein Lauffeuer ausbreitet, ein Flächenbrand, ein Frostbrand, der durch die Stadt tobt. Sofort wären überall die Kameras da, irgendjemand hätte es den Medien gesteckt, der Huller ist ein Kinderficker. Ein Todesurteil. Wenn ich mich in ihn hineinversetze, können Sie sich in ihn hineinversetzen, was das bedeutet, so ein Gerücht, wenn jemand so ein Gerücht in die Welt setzt, das einem die Luft zum Leben abschnürt, ein Gerücht, das immer mehr Gewicht bekommt, niederdrückt, verfolgt, abstempelt, verurteilt. Ein Rufmord. Rufmord ist in unserer Mediengesellschaft nichts als ein Kavaliersdelikt. Wen interessiert es später, wenn es nicht gestimmt hat? Was hätten Sie gemacht? Was würde ich machen? Ich wäre abgehauen. Was hätte ich an Hullers Stelle gemacht, wenn ich Huller wäre? Wollen wir dieses Spiel durchspielen? Ich bin überzeugt: Er wäre auch abgehauen. Auf Skiern. Er wäre jetzt irgendwo oben und sie würden ihn mit Hubschraubern suchen. Aber sie konnten es doch nicht riskieren, die Gäste zu verunsichern, das würden sie nicht tun.

Nein, vergessen Sie das. Wir brechen hier ab. Es hat dieses Interview nie gegeben. Wir sollten uns auf das Sportliche konzentrieren.«

Grünsee hatte kurz gestockt, als der Journalist später anrief, nicht lockerließ.

»Wie, habe ich Sie richtig verstanden? Ob Huller mein Mandant sei? Man hätte mich mit Huller gesehen? Kaufen Sie sich einen Hula-Hoop-Reifen. Ja, und grüßen Sie bitte ihren Chefredakteur herzlich von mir, er möchte sein Handikap nicht aus den Augen verlieren.«

6

»Bring mir den Kleinen, bring mir die kleine Ratte, Andrej!« Ich blas ihm das Hirn weg, seinem Vater, hätte ich antworten sollen. Ich drück ihm die Fresse in den Schnee, bis es an seiner Spucke festfriert und sein Gesicht kleben bleibt wie ein geplatzter Luftballon, wenn ich seinen Kopf wegzerre. Dann wird er seine Schulden bezahlen, oder Väterchen Frost wird sich weiter um ihn kümmern. Ich werde ihn zu Eiswürfeln stückeln und sie in ihre Aperol Sprizz knallen, was immer du willst! Aber ein Kind? Ich bin ein Killer, aber kein Kindergärtner.

Schon dass ich mir für deine kleinen Mädchen einen Bart ankleben und die Bandscheiben ruinieren muss, wenn sie auf meinem Rücken reiten, erniedrigt mich. Wenn sie auf mich zielen und mich mit ihren Fingern erschießen, muss ich tot umfallen, und dann liege ich auf dem Rücken und denke, ich sei tot. Das Blut erfindet rote Meere auf meinem frisch gebügelten weißen Hemd, das in Wellen an meinen Bauch brandet. Onkel, du hast dir weh getan, Onkel, du blutest ja, da tritt Schaum aus deinem Mund, Onkel, deine Pupillen, wo sind die, es schneit in deinen Augen, Onkel, was ist das für ein Wind, der da auf deinen Lippen steht, nach Moskau, nach Moskau, der Onkel hat lauter Löcher in der Brust, in die wir unsere Finger stecken können, schau mal, Onkel, rote Fingerfarben, wir malen dir einen roten Bart, jetzt sieht er ganz böse aus, der Onkel, er hat eine Ketchup-Flasche unter seinem Hemd versteckt, überall Scherben, Onkel steh auf, warum stehst du denn nicht auf, Onkelchen, du fauler Onkel, Papi kommt und bricht dir die Beine. Ich liege auf dem Rücken und ich kann mich nicht bewegen, sie lachen und denken, ich spiele mit ihnen, und dann kommt auch noch der Köter der Kleinen, dieser gepuderte Pudel, und schleckt mich ab, schleckt über mein Gesicht, und ich bin wie gelähmt, das Rückgrat gebrochen, und plötzlich drückt mir seine Frau ihre aufgespritzten Titten ins Gesicht, und ich hab nicht nur Angst, dass ich ersticke, sondern er mir, wenn er uns so sieht, den Schwanz abschneidet und dem Pudel in den Rachen steckt, der damit abhaut. Die Schmerzmittel verzerren meine Wahrnehmung, ich habe Panikattacken hinter meinen eingefrorenen Gesichtszügen, hinter meiner Wartestellung. Ich mache ja nichts als Warten oder Kehlen durchschneiden, wenn ich nicht gerade wieder Prinzessinnen hüten muss.

Ich steh breitbeinig da, der Mann mit dem schwarzen Anorak und dem Knopf im Ohr. Mein ganzes Hirn liegt in diesem Knopf und es spricht zu mir. Nein, nicht mein Boss. Meine innere Stimme, mein Egotinnitus. Ich bin ein Dichter, ich schreibe Gedichte, ich denke Gedichte. Wenn ich stehe und schaue, verlagert sich meine ganze Persönlichkeit in diesen Knopf und daran hängt mein Körper wie eine Hülle. Mein Körper, dieser bullige, athletische, Angst einflößende Körper ist nichts als die Bauchrednerpuppe des Knopfs im Ohr. Wenn ich zu mir selbst spreche, höre ich mich nur in meinem linken Ohr. Ich dichte, traurige Gedichte, Weiten ohne Menschen, Steppen, ich dichte Steppen, endlose Steppen, die Taiga, staubige Landschaften, in denen plötzlich Hände aus dem Boden sprießen wie Blumen, die blutbefleckten Hände, die hilfesuchenden, ausgestreckten Arme der Menschen, die ich umgebracht habe. Die mein Körper, die Hülle, umgebracht hat. Ich hatte ja nichts gegen sie, warum auch. Ich, das ist nur die Stimme. Ich bin seit Jahren nur mehr die Stimme, mein Körper gehört mir nicht, mein Leib ist Eigentum meiner Stimme im Kopf. Mein Körper ist muskulös, strapazierfähig, er stört die Stimme nicht, ihr ist egal, was er macht, an wen er sich verkauft, welchen Schädel er spaltet, mit welcher Kette er zuschlägt, mit welchem Stück Draht er saubere Zeilen zieht für die Handschrift des Todes. Ich habe dem Tod schon viele Hefte liniert und für jede Zeile schenkt er mir ein Wort, das mir nicht mehr aus dem Kopf geht. Untote Worte, Wiedergängerworte, blutsaugende Worte, Worte, die einen Draht spannen von pochender Schläfe zu pochender Schläfe, über denen ich barfuß mit meiner Gedankenstange balanciere, der Stange, mit der ich ihre Hirnschalen zertrümmere, und so setze ich einen Versfuß vor den anderen und unter mir das Nichts, in das ich fallen werde.

»Redest du wieder mit dir selbst«, schreckte Vladimir ihn auf, der apathisch vor der Skischule stand und unmerklich seine Lippen bewegte, während seine Pupillen die beiden Mädchen auf dem Baby-Lift verfolgten.

»Du musst mir den Kleinen holen!«

Vladimir hatte gerade eben seine Mädchen abgeküsst, die er abgöttisch liebte, ja, fast krankhaft liebte, seine Zwillinge, die ihn aus ihren blau leuchtenden Augen anlächelten, bis er in seinem weißen Bogner-Overall hechelnd auf dem Rücken lag, die goldenen Skischuhe im Himmel, und sie ihn kraulen mussten. Für seine Mädchen wäre er in Zeitlupe durchs Feuer gegangen, für sie machte er sich lächerlich, zum Affen, zum Clown, sang, sprang, tanzte, überschlug sich, warf sich Spaghetti ins Haar, ließ schäumende Hotelbadewannen überlaufen. Wurde ihnen etwas verboten oder untersagt, kaufte er es, Billardtische, Sandkästen, Grundstücke, auf denen die Sandkästen standen, Schwimmbäder, oder er ließ Andrej bei mangelnder Kinderliebe die betreffende Person so in die Mangel nehmen, dass sie Bällchen in der Hotellobby apportierte. Vladimir hatte eine Odyssee durch die ganze Welt hinter sich, auf der Suche nach dem einen rettenden Spermium. Die Ärzte hatten ihn für unfruchtbar erklärt, die Kriegszeit in Afghanistan, die Strahlung, Gifte, Drogen, das Rauchen, die Umwelt, was auch immer, er wurde jedes Mal aufs Neue zutiefst erniedrigt, ausgenommen und dann erniedrigt. Bestand auf Versuchen, setzte seine Frau den Hormonbeschüssen aus, wechselte seine Frau, denn vielleicht lag es ja doch an ihr. Er war besser kartographiert als jedes Militärgelände, durchlief alle Prozeduren, Kuren, Analysen, kein Gerät, an das sie ihn nicht angeschlossen hatten. Bis es schließlich klappte, als er nicht mehr daran geglaubt hatte, hier, in Tirol, in Innsbruck. Der letzte Tropfen.

Ein Typ hatte ihm Geld geschuldet und Andrej hatte den Ort, wo die ganze Kohle geblieben war, mit nassen Handtüchern in einer der netten Familienkabinen im Kitzbüheler Schwimmbad aus ihm herausgeprügelt. Daraufhin hatten sie ihm den Saunagang erspart und Vladimir ließ sich die Adresse geben, obwohl er es leid gewesen war, sich vor Pornos einen runterzuholen.

Wollte er etwa, dass dann seine Tochter so aussah wie

diese kaum volljährigen Schlampen, die irgendwelchen Kerlen, deren Köpfe nicht von ihren Eicheln unterscheidbar waren, die Schwänze lutschten? Oder sich wie rumänische Bodenturnerinnen um erigierte Stangen wanden? Vor allem hasste er Gewalt beim Sex. Aber, es hatte geklappt, und nun winkte er seinen Süßen zu, die mit roten Backen um das Gleichgewicht auf den Brettern kämpften.

Vladimir war kein Oligarch. Er war eine Art Immobilienmakler für Oligarchen, weltweit. Er war selbst so reich, dass er es nicht nötig gehabt hätte, für andere zu arbeiten, aber er hielt sich zurück, zumindest im Vergleich zu seinen Kunden, für die er die Welt nach den schönsten Objekten absuchte und sie dann, wenn nötig mit etwas Nachdruck, kaufte, baute, herrichtete, in Anlagen verwandelte, die wie die Luxusmarkenaufdrucke wirkten, die Entwertung der Werte durch Werte. Er lieferte schlüsselfertig, mit Leibgarde, Pizzaservice, Drogenkurier, Prostituierten, Politikern, das ganze Paket, je nach Bedarf. Er hatte alles im Griff, fühlte sich als eine Art Regisseur. In der Schule hatte er Tschechow inszeniert, er wäre gern zum Theater gegangen, aber dieses Theater, das er jetzt veranstaltete, übertraf die Mittel der herkömmlichen Bühnen bei weitem, denn ihm waren keine Grenzen gesetzt, wenn ihn auch das Personal mittlerweile langweilte, er lieber mehr Beckett statt Bumsbarock hätte.

Überhaupt war er die Verkleidungen leid, dass er sich wie diese Neureichen anziehen musste und ihnen nicht mit Stil ihre Stillosigkeit demonstrieren durfte. Wenn diese hochnäsigen Architekten die Nasen rümpften, wenn sie seine Outfits sahen und ihnen bei seinen Wünschen das Hören und Sehen verging, bis die Geldbündel aus seinen Taschen ihre Sinnesorgane betäubten. Vladimir hätte am liebsten ganz Kitzbühel gekauft und in eine Art Russendisney verwandelt. Danach hätte er sich in einem schönen Tal unweit des Irrsinns einen Bauernhof gekauft und von dort aus das Fegefeuer beobachtet.

Aber davon war er weit entfernt. Gerade jetzt klappte es nicht. Und deshalb musste Andrej mit seinen großen Klauen das Kind klauen. Nur bei den Kindern konnte man sich sicher sein, dass die Widerspenstigen zahm würden. Er hätte alles gegeben, deshalb durfte Andrej seine Töchter nie aus den Augen verlieren und musste wie ein Bär auf Skiern hinter ihnen her tölpeln, einen Tellerlift unter seinem dicken Hintern. Doch heute musste er für einen Jungen den Onkel spielen.

»Worauf wartest du noch, Andrej?«, schnitt Vladimir ihm das Träumen ab, »vor Mitternacht brauche ich seine Unterschrift, sonst ist der Vertrag geplatzt.«

»Und wenn der Kleine schreit? Es sind Tausende auf der Piste und er ist doch im Skikurs, seine Lehrerin?«

»Bezahl ich dich für deine Bedenken? Dir wird schon was einfallen. Was weiß ich, wenn er aufs Klo geht oder aus dem Lift steigt, nimmst du ihn zwischen die Beine. Es muss aussehen, als hätte er sich verfahren, als wäre er abgehauen. Keine Show, keine kreischenden Mütter, ich will nicht, dass dir tausend Leute hinterherrasen wie in so einem bescheuerten Bond-Film. Lock ihn in eine Gondel, fahrt runter, sei nett. Kinder lieben dich doch. Und jetzt will ich nichts mehr hören.«

Vladimir drehte ihm den Rücken zu und blickte gebannt auf die wackligen Versuche seiner Töchter, die er applaudierend begleitete. Andrej zündete sich eine Zigarette an und schlurfte zum Wagen, um seine Ski zu holen. Am Ende würde er sich den Hals und beide Beine brechen. Oder Vladimir würde das übernehmen, wenn er versagte und wegen seiner Unfähigkeit das Hotelprojekt scheiterte. Irgendwie würde er sich den Kleinen schon krallen, sprach er sich Mut zu, besser als Babylift fahren war es allemal. Wohin jetzt? Sicher würde sich der Kurs auf der Ehrenbachhöhe sammeln. Mal sehen, wie viele es wagten, mit ihm in der Gondel zu sitzen, wenn er sein nettes Lächeln aufsetzte und seinen Anorak zuzog, sodass sich die Waffe im Halfter abzeichnete.

7

Immer müssen sie sich streiten, schmollte Igor und suchte die Gummibärentüte in seinem Anorak. Er hätte die Handschuhe dafür ausziehen müssen, aber die Finger fühlten sich schon an wie abgefroren. Er hatte Angst, sie könnten beim Ausziehen in den Handschuhen stecken bleiben und er zöge nur eine Stummelfaust heraus wie bei dem Zombiefilm, den er auf Papis iPad entdeckt hatte, wo man die Toten erschießen musste oder ihnen mit einer Armbrust die Stirn spalten. Seitdem stellte er sich die schlimmsten Dinge vor, die in seinen Handschuhen passierten, wenn die Kälte in sie kroch und er nur noch den Schmerz und nicht mehr die Fingerspitzen spürte.

Nein, Fäustlinge wollte er nicht mehr, die trugen nur die kleinen Jungs, die Heulsusen, er war neun, er würde nächstes Jahr aufs Gymnasium gehen, wenn Mami und Papi sich einigten, wohin. Mich fragt keiner, fing er fast zu heulen an, wo ich hin will. Ich will auf dieselbe Schule wie meine Freunde, warum muss ich Latein lernen? Mami kann doch auch kein Latein, Papi auch nicht, Papi will, dass ich Skifahrer werde. Wenn ich schon nicht Fußballspielen kann und immer als Letzter gewählt werde. Papi hat gesagt, dass ich dieses Mal den Pokal gewinne. Und da hat Mami gleich geschimpft. Warum war der Franz heute nicht da, der Franz hat gesagt, ich gewinn den Pokal und er zeigt mir, wie ich ihn gewinnen kann, er gibt mir eine Geheimstunde wie den großen Jungs. Ohne den

Franz macht Skifahren gar keinen Spaß, nur auf dem iPad. Da kann ich sogar Skispringen, da spring ich weiter als Papi, da bin ich Olympiasieger, da war ich schon in der ganzen Welt Sieger, sogar in Japan, und der Papi stürzt immer und Mami springt viel zu spät ab. Ich will Skispringer werden, habe ich Papi gesagt, aber Mami hat gesagt, das sei viel zu gefährlich und die sind alle magersüchtig. Wie meine Cousine. Aber die essen doch immer Milka Lila Pause, habe ich ihr gesagt, und sie hat mir ein Legoraumschiff gekauft, Ende der Diskussion, sagt sie dann. Mami will immer das Gegenteil von Papi, und keiner fragt mich, was ich will. Ich will auch immer das Gegenteil. Ich übe heimlich springen und ich heul gar nicht, wenn ich hinfalle, und ich verrat nichts, wenn Mami mich fragt, woher ich die blauen Flecken habe. Das habe ich auch dem Franz erzählt, dass ich nichts verrat. Ich kann schweigen wie ein Grab. Ich bau mir sogar meine eigenen Schanzen. Zumindest Snowboard hätte mich Papi lernen lassen können, aber er will, dass ich erst Skifahren kann. Mir ist so kalt. Ich hasse Sesselliftfahren, mir wird so leicht schlecht.

Igor hat den Reißverschluss aufbekommen und die Gummibären aus der Tasche gefingert, dabei die Stecken eingeklemmt und seine Sessellift-Nachbarn keines Blickes gewürdigt. Er würde ihnen nichts abgeben. Sie hatten ihn für einen Russen gehalten. Igor, Igor hatten sie geäfft, sich über ihn lustig gemacht und dabei gedacht, er verstünde sie nicht. Sie hatten ihn angerempelt, umgestoßen, ihn mit ihren Stöcken gepiesackt, auf den Helm getrommelt. Hatten sich die Geschichten erzählt, die ihre Eltern sich über die Russen erzählen, über Geldzimmer,

Kitsch, Barbaren, die einfielen, alles aufkauften und sich wie die Schweine an unseren Trögen suhlten. Und natürlich waren alles Verbrecher, Mafiosi. Die Jungen schauten Igor an, als wäre er ein Auftragskiller, als könnte man ihm all die Morde vom Gesicht ablesen, als stünde es auf ihrer Stirn geschrieben und auf den Tattoos, die zum Vorschein kamen, wenn sie mittags die Jacken und Pullis abstreiften und mit offenen Hemden und baumelnden Gekreuzigten in Gold vor ihren Magnumjahrgangschampagnerflasche grölten, die für die Jungs wie Raketen aussahen, die jeden Moment in den Himmel starten könnten. Igor beneideten sie, sicher bekäme er alles, was er sich wünschte, und noch bevor er es sich wünschte. Aber er sah ja gar nicht so reich aus, was sie irritierte. Tarnung, meinte einer der besonders Schlauen, damit er nicht entführt werde. Die Jungs dachten sich die abenteuerlichsten Szenarios aus, Bandenkriege, Clans, Folter, alles, was sie irgendwo mitbekommen oder gesehen hatten. Aber Igor war eindeutig der Feind, und sei es nur, weil sie es ihm neideten, dass hinter allem ein Geheimnis lauerte.

Igor fiel die Gummibärentüte aus der Hand. Er hatte den Handschuh beim Ausziehen verloren, griff panisch nach ihm und dadurch rutschte ihm die Tüte aus den Fingern, und es schneite Gummibären. Sie lachten ihn aus, verhöhnten ihn, zogen demonstrativ ihre Süßigkeiten heraus und vernaschten sie schmatzend, ohne ihm etwas abzugeben. Igor stellte sich vor, wie sie sich hintereinander aufreihten, und dann würde er unerwartet über die Kante springen und sie mit seinen Skispitzen durchbohren. Ich werde es euch allen zeigen, schwor er sich ein. Ich hol mir die Gummibären wieder, und ich werde euch einen solchen Schrecken einjagen, dass ihr euch in die Hosen macht! Und wenn Mami weiter so böse zu Papi ist, werde ich ihm alles erzählen, was in ihrem iPhone steht. Ich will nicht heulen, ich beiß mir auf die Zähne. Warum soll es helfen, sich auf die Zähne zu beißen, ich beiß doch immer auf die Zähne? Beiß auf die Zähne, sagt Papi, ein Indianer kennt keinen Schmerz, du bist doch kein Mädchen.

Mami hätte lieber gehabt, dass ich ein Mädchen bin, hat sie gesagt. Mädchen müssen keine Indianer sein, Mädchen dürfen Heulsusen sein, Mädchen müssen nicht auf die Zähne beißen, sondern werden in den Arm genommen und die Papis reiben ihnen die Finger warm. Magst du nicht noch ein Schwesterchen, Igor? Wenn Papi das sagt, töten Mamis Blicke ihn und sie schimpft, wenn sie denkt, ich höre es nicht, weil ich in meinem Kinderzimmer bin, aber ich bin nicht in meinem Kinderzimmer, ich steh hinter der Tür oder ich versteck mich unter der Treppe. Sie kennen meine Verstecke nicht, ich habe die besten Verstecke. Wenn ich mit meinen Freunden verstecken spiele, finden die mich nie, suchen überall, mach mal piep, aber ich mach nicht piep, ich bin ganz still, still wie ein Indianer, auch wenn es schmerzt, mucksmäuschenstill bin ich, und halte die Luft an, wenn jemand kommt, und stell mir vor, ich tauche und ich suche ein Schilfrohr, damit sie mich nicht finden und ins Wasser schießen. Im Verstecken bin ich der Beste, deshalb mag auch niemand mehr mit mir Verstecken spielen, obwohl ich es am liebsten spiele und mir Höhlen baue. Überall, wo ich bin, bau ich mir Höhlen und dann sieht mich keiner, aber ich höre alles, und kann durch einen Spalt zuschauen, was sie machen, wenn sie denken, ich seh nichts, und sie sich streiten oder es nur aussieht wie Streit, aber sie Sex machen, und sich küssen, als würden sie sich Kaugummis aus dem Mund klauen. Und dann stöhnen sie, aber anders, als wenn ich etwas sage, du störst, kann ich nicht einen Augenblick, kann man denn nicht eine Sekunde in diesem Haus mal seine Ruhe haben, ich kann nicht alles gleichzeitig machen, pass doch auf, mir ist langweilig, mir ist langweilig, ich kann das nicht mehr hören, mir ist langweilig, nein, du darfst nicht mein iPhone haben, wir hatten auch keine iPhones, wir haben gespielt, ihr seid doch zu zweit, warum spielt ihr nichts, dauernd stöhnen sie, wenn ich was sage oder mir wünsche, alles, was ich mach, ist falsch. Und wenn ich mit ihnen spielen will, geben sie mir das iPhone, ich sag einfach, ich will mit ihnen spielen, spielst du mit mir bitte, dann bekomme ich es, denn ich will ja gar nicht mit ihnen spielen, weil sie gar keine Lust haben mit mir zu spielen, nur ihr schlechtes Gewissen spielt mit mir. Mami spielt immer mit mir, wenn sie nervös heimkommt, wenn sie so verwuschelt aussieht und Stress hatte, wie sie sagt. Stress mich nicht, sagt sie dann, ich halte diesen Stress nicht mehr aus, und dann soll ich auch noch mit dem Jungen spielen, spiel du mit ihm, spielt doch Fußball.

Sie alle wollen mich loswerden, da verstecke ich mich lieber, dann bin ich sie los und bin mein eigener König und meine Familie, dann bin ich Papi und Mami und habe Zeit für mich und wir kuscheln zusammen und kauern und schmusen uns zusammen wie junge Welpen, wir liegen ganz nah beieinander und spüren unseren Herzschlag, alle zusammen. Wenn ich allein bin in meinen Höhlen, kauere ich mich immer so zusammen, wie ich es bei den Wölfen gesehen habe. Papi hat gesagt, hier gibt es keine

Wölfe mehr, keine einsamen Wölfe, die durch die Wälder streunen mit blitzenden Pupillen, keine Wolfsrudel. Hier jaulen die Menschen wie die Wölfe, sagte Papi, und tragen Wolfspelz, blökend mähende Schafe im Wolfspelz an ihren Champagnerflaschen und Zickenzitzen nuckelnd.

Papi ist immer aggressiv, wenn wir im Sonnbühel sind und die Männer Mami Schnaps spendieren oder ihr sagen, wie umwerfend sie aussieht und sie kennen, obwohl Papi die Männer gar nicht kennt und nur anknurrt, ohne zu beißen. Wenn er ein berühmter Skifahrer wie der Franz geworden wäre, dann würden sie sich vor ihm auf den Boden werfen und alle viere in die Luft strecken und mit ihren dicken Schwänzen wedeln, bis Mami sie streichelt. Aber Papi war zu langsam, weil er studieren wollte, sagt er, weil er Geld verdienen muss, damit wir uns diesen Urlaub leisten können und die Skischule. Aber die Skischule kann er sich sparen, das Geld schenk ich ihm und noch dazu mein Taschengeld.

Ich bin ein russischer Wolf, ihr werdet es schon merken, wenn wir gleich aussteigen, nahm er sich vor und umklammerte schon fest seine Stecken, als sie den Bügel öffneten und er sich aus dem Sessellift stemmte mit aller Kraft in seinen dünnen Armen. Er schob so kräftig an, wie er konnte, als müsse er seinen Mördern entkommen, warf sich nach vorne und hörte nicht auf ihr Rufen in seinem Rücken.

8

Es konnte unmöglich wahr sein, versuchte sich Bonnie zu beruhigen. Ein Materialfehler, irgendein Fehler, sie hatte etwas falsch gemacht, sicher, ganz sicher, hundertprozentig. Es konnte nicht sein, es durfte nicht sein. Sie war völlig betrunken gewesen, und ihre Angst hat die Farben verwechselt, das Ja und das Nein oder was auch immer. Sie trieb die Gedanken ab, schob sie hinter die Absperrungen und schrie einen Betrunkenen an, der auf die Motorhaube kotzen wollte.

Es herrschte der alljährliche Ausnahmezustand, überall waren Holzhütten aufgebaut, Glühweinstände, improvisierte Fanshops, Flaggenmeere, Schneekugeln, Hansi-Hinterseer-Spannbetttücher, Toni-Sailer-Masken mit Strohhalm, Streifreizwäsche mit Zielhang, Armenpelze, Reichenpelze, Würstel, Eitrige, Geplatzte, Bockwürste, Jagertee, Schnaps, Feuerkessel, Leuchtraketen, Tröten, ein unerträglicher Lärm, alle Lautsprecher im Jodelstreit, aber wie gleichgeschaltet in ihrem dröhnenden Trillertinnitus. Jetzt zog an ihnen eine Schlange Schweizer Fans mit Riesenkuhglocken vorbei, wie Buddhisten beugten sie die Oberkörper und wackelten mit ihren schweren Glocken ihr Oommh, glichen selbst den Rindviechern, und trotteten tranceartig über die Trottoirs, schufen sich Rettungsgassen und teilten das Meer der Schaulustigen und Sturzsüchtigen.

Bonnie glaubte, ihr Kopf wäre der Schlägel in so einer

Glocke und irgendein wild gewordener Schweizer würde mit ihr durch die Stadt schwanken. »Nie wieder ein Schweizer«, hörte sie sich zu Schatterer rufen, der sie in dem Lärm nicht verstand. »Kein Schweizer!«, das Schreien half. Schatterer würde ihre Aggression verstehen, ein vierter Schweizer Sieg auf der Streif in Serie wäre wie ein Weltuntergang. Die Anwohner waren eh noch alle traumatisiert von diesem alten Didier, weit über dreißig. *Voulez-vous coucher avec moi*, hatten die Eidgenossen gesungen und ihren dritten Sieg in Folge genossen, als wären sie nun vollends zurückgekommen und hätten sich Kitzbühel erneut unter den Nagel gerissen und als ein weiteres schwarzes Loch in ihren Käse eingemeindet. »Wenn man vom Teufel spricht«, brüllte Schatterer und drehte das Radio lauter, obwohl die Kuhglockenclan-Schweizergarde längst weitermarschiert war. »Das war Horror«, hörte Bonnie Didier Cuche von seiner ersten Streif erzählen, Märchenstunde. »Horror. Ich hatte das Gefühl, ich kann's nicht, ich will's nicht, ich gehe nicht vorne runter, ich fahre mit der Gondel wieder zurück. Dann habe ich mich gefangen und bin runtergekommen. Ich habe acht Sekunden verloren, aber ich war gesund im Ziel. Das war wie ein Sieg.« »Welcher von uns heute acht Sekunden Rückstand hat, der wird dann 14 Jahre später gewinnen, dann haben wir endlich auch wieder einen ganz oben am Trepperl.«

»In 14 Jahren gibt's keinen Schnee mehr«, raunzte Bonnie zurück, die immer noch nicht reden wollte und der dieses Stop-and-Go auf den Magen schlug, sie wollte sich am liebsten jedes Mal übergeben, wenn er auf die Bremse trat.

»Aber Schneekanonen, die das ganze Jahr Schnee machen, die aus der Luft Schnee machen, aus Wasser, aus Gras.«

»Aus Geld, Geld macht Schnee, fahr links rein, wir fahren hintenrum, so bin ich ja zu Fuß schneller.« Schatterer gehorchte wortlos, er wusste, Widerrede war tödlich, wer Bonnie widersprach, war ein Dead Man Walking. Spürte sie Widerspruch, bekamen ihre grünen Augen ein irrlichterndes Leuchten. Äußerlich wirkte es so, als entspanne sie sich, lehne sich zurück, lasse den anderen gewähren. Aber gleichzeitig durchblitzte es die Pupillen als Vorboten einer unaufhaltsamen Eruption. Dabei explodierte sie nicht. Nicht, dass sie cholerisch oder hysterisch wurde, mit Gegenständen um sich warf, schrie, aufstampfte, um sich schlug, spuckte, Gift sprühte. Nein, ihre Explosion war lautlos, unsichtbar. Es war kaum zu erklären, sie lud ihre ganze Umgebung mit Energie auf, einem Kraftfeld, das einen wie in der Achterbahn in den Sitz presste, der nach unten stürzte. Man spürte ihre Wut im Magen, der sich zusammenzog, in der Luft, die am Gesicht vorbeijagte, an diesem Ton, dessen Frequenz nicht Gläser zerspringen ließ, aber jeden Willen, länger widersprechen zu wollen oder an seiner Position festzuhalten. Dabei hatte sie noch nichts gesagt. Aber wer ein »Gibst du mir mal Feuer« in diesem Ton aushalten konnte, der war hart im Nehmen und bereit, durch die Hölle zu gehen, die langsam ihre Pforte mit Bonnies Lidern öffnete, die sie die letzte halbe Minute über geschlossen hatte. Wer diesen Blick überlebte, musste in Drachenblut gebadet haben.

Er war nicht nur stechend, als würde sie ihre Pupillen als Morgensterne aus den Augen schleudern. Nein, in dem nächsten Bruchteil eines Blickes war sie derart verletzlich und zerbrechlich, als müsse man ein Meer von Seelensplittern und Herzbruchstücken auffangen. Der Abschluss des Höllenblick-Trios war eine schiere, pure Langeweile, die an Körperverletzung grenzte und den letzten Widerstand brach, denn keiner konnte einen zweiten Blick dieser Lawinenstufe ertragen, ohne verschüttet und vergessen werden zu wollen.

»Halt an der Apotheke«, herrschte Bonnie Schatterer an, der überrascht auf die Bremsen trat, als gälte es einen Unfall zu vermeiden. »Kopfschmerzen?« Statt einer Antwort schleuderte Bonnie die Tür ins Schloss.

Keine drei Minuten später war sie wieder da, stoppte mit dem Daumen die Warnblinkanlage und befahl ihm mit einer Handbewegung loszufahren.

»Hast du die Apotheke überfallen, Aspirin oder Leben?«

Bonnie ignorierte ihn. Besser ihn ignorieren, dachte sie, besser für uns beide, schlimmer kann ein Tag gar nicht beginnen. Sie verstaute die Waffe im Handschuhfach, zog ihren Frauenschuh-Anorak aus, dann den schwarzen Kaschmirpulli, bis sie nur noch im T-Shirt war. Während sie sich auszog, hatte sie ihn beobachtet und einen seiner Sprüche erwartet, aber er hatte sie sich offensichtlich verkniffen, gut für ihn. Sie schwitzte. Sie schloss die Augen. Wie die Rennfahrer jetzt die Strecke vor dem inneren Auge Revue passieren ließen und mit den Händen die Kurven nachfuhren, versuchte sie sich durch die entscheidende Nacht zu navigieren.

»Hast du Bode Miller gelesen?« Was interessierte sie, was dieser blasierte Amerikaner von sich gab, ob er sich für den besten Skifahrer der Welt hielt und die Streif nur für ein Kinderspiel. Kinderspiel – Gänsehaut überzog ihre Arme, ihren Rücken, Bestzeit, ihr Körper war in Sekunden eine Buckelpiste und ihre Angst ritt Freeride über ihre Haut, tauchte unter sie mit ihren breiten Skischaufeln, stob alles Verdrängte auf, umschloss sie mit Kälte und Schnee. »Nur die erste Viertelminute sei ein Teufelsritt, meint er, dann sei alles überschaubar und kein Vergleich zu Wengen, wo einem am Ende die Kraft ausgeht, wo die Oberschenkel aufgeben, der Kopf, der ganze Körper streikt, du aber trotzdem noch die Kurve kriegen musst und die Kanten ins Eis fräsen. Nur weil er die Streif noch nicht gewonnen hat, macht er uns hier madig, relativiert alles. Erst marschieren sie in den Irak ein und dann schicken sie uns auch noch ihre Skimarines. Die sind doch auf Koks, bei denen sollten wir mal eine Kontrolle machen, eine Haarprobe, wenn du mich fragst.«

»Aber ich frag dich nicht. Pass doch auf, wir brauchen nicht noch eine Kühlerfigur, eine reicht. Warum trifft es immer mich zur Streif?« Bonnie schlug mit ihrem Schuh gegen das Handschuhfach, das sofort aufsprang und ihre Pistole auswarf, was einen Fan, der neben ihrem Fenster lief, panisch aufschreien und weglaufen ließ. »Die könnten die Streif doch nach München verkaufen zum Oktoberfest. Die fahren doch auch im Olympiastadion Slalom.«

»Du bist eben keine Österreicherin, du verstehst das nicht.«

»Fehlt nur noch, dass du mir sagst, ich kann nicht Skifahren. Ich bin Europacup gefahren, was denkst du, warum ich hier gelandet bin?«

»Weil du mit allen Schlitten fährst«, lachte Schatterer.

»Was willst du damit sagen, dass ich mit jedem ins Bett steige?«

»Hast du …, ich mein', warum bist du denn heute so gereizt?«

»Wir parken in der Tiefgarage vom Rasmushof.« Bonnie verstaute ihre Waffe im Halfter unter ihrem Anorak. »Ich geh rauf auf das Zimmer und mach alles klar.«

»Sollten wir nicht ins Zelt?«

»Zelt? Das stehen keine Bierbänke drin. Das ist eine aufblasbare, zweistöckige Luxuslounge, als würden die hier Formel 1 fahren oder Champions League spielen, dabei schauen sie nur ein paar selbstmörderischen Grünschnäbeln mit betonierten Oberschenkeln dabei zu, wie die Streif sie in den Arsch fickt, während die glauben, sie ficken die Streif, und das ganze Volk im Zielraum hofft, dass sie alle durch die Luft fliegen und in Einzelteile zerlegt unten ankommen, Skizirkus, Knochenkonfetti. Und ihr hisst wieder die weiße Fahne, aber merkt es nicht mal, weil ihr oben und unten einen roten Balken habt, eure Bretter vorm Kopf und unter den Füßen.«

»O.k. Ich höre dir zu, heul dich aus. Hier ist meine starke Schulter. Wie heißt er? Ein Skifahrer, stimmt's? Ein Ex-Skifahrer? Bonnie?«

»Bonnie«, sie konnte es nicht mehr hören, hielt sich die Ohren zu. Sie hatte sich diesen Namen nicht ausgesucht. Sie hieß Brigitte, kein unschöner Name, kein Name, um ihn zu ersetzen, auszutauschen, zu verniedlichen oder zu amerikanisieren, was sie hier machten, wenn sie ihrer kleinen Welt Anglizismen injizierten, um sie aufzublasen. Bonnie. Warum ausgerechnet Bonnie? Weil sie Klaid hieß,

Brigitte Klaid, Bonnie und Klaid, Bonnie wegen Klaid. Das Verbrecherpaar. Sie war Bonnie und Clyde. Als hätte sie nicht schon genügend Probleme damit, Brigitte zu sein. Zumindest hatten sie sie nicht Blondie getauft oder Gilbert & George. Das blonde Fallbeil, die kühle Wasserstoffblonde, die hysterische Piefke, die Dramaqueen-of-the-stoneage, die cholerische Ninja, die Tränensuse, die zerbrechliche Amokdeutsche, die Unberechenbare, die man immer auf der Rechnung haben musste. Bonnie, die doppelt sah, wenn die anderen wieder zuerst nur ein und dann alle Augen zudrückten. Wenn sie ein Auge zudrückte, dann war es ein totes Auge. Sie kannte kein Erbarmen, Erbarmen fand sie erbärmlich, diese Weicheierschlürfer und Warmduschervorhänge, die sie zur Seite schob. Wenn sie etwas zu erledigen hatte, erledigte sie jeden, der sie dabei aufhalten wollte, der es wagte, sich ihr in den Weg zu stellen.

Es gab nur Abende, da kannte sie sich nicht mehr, erkannte sich nicht im Spiegel, nicht in ihrem Bild von sich selbst, nicht in ihrem Beruf, wollte sie die Haut über den Kopf streifen wie die ganzen Kleider, die schon über dem Boden verstreut lagen. Ab und zu musste sie aus dieser Haut und diesen Häuten fahren, die Kontrolle über sich verlieren, aufdrehen, durchdrehen, abdrehen, bis ihr Ich den Drehwurm hatte, bis sie sich im Walzertakt oder in einer muskulösen Umklammerung drehte. Sie holte sich, was sie brauchte, aber bei ihr war nicht mehr zu holen als die Illusion, sie verführt, abgeschleppt, aufs Bett geworfen zu haben, sie auf den Rücksitzen genommen, sie im Aufzug gegen den Spiegel gefickt zu haben, sie völlig im Griff zu haben, während allein sie alles im Griff hatte, selbst wenn sie alles los und laufen ließ. Ihr Unterbewusstsein hatte einen Autopiloten, der sie aus der Nacht flog, aus den Stürmen und Gewittern, eine Special Task Force, die ihre Fluchtbewegungen automatisierte und zur Not einem Typen in die Eier trat, ihm den Arm auf den Rücken bog und ihm ihren Stiletto zum Lutschen gab. Sie gab sich die Kante, aber es war nicht sie, die über die Bettkante kippte. Sie vergiftete ihren Körper mit Alkohol und ihr Körper giftete zurück. Natürlich konnte und wollte sie nicht in Kitzbühel so über die Stränge schlagen, sondern fuhr so weit, bis man und sie selbst sie nicht mehr kannte. Die Strecke wurde von Mal zu Mal länger und die Folgen ebenso. Nach ihren Ausbrüchen war sie die Tage danach nicht wiederzuerkennen. Aber natürlich musste nur sie, nicht aber ihre Arbeit darunter leiden. Das war ihre eiserne Regel.

Auf sie war Verlass, aber sie selbst fühlte sich allein gelassen, mit Clyde, den sie nur in sich, aber nicht in ihrem Leben fand, den Mann, der zu ihr passte und kein Schatten auf ihrem Röntgenbild war. Sie war hier schon richtig. Sie liebte die Tiroler, aber sie hatte noch keinen Tiroler gefunden, den sie lieben musste und der sie nicht wie ein Paar neue Ski für eine Saison anschnallte, bis beim ersten Sturz die Bindung aufsprang und sie im Schnee zurückblieb.

»Bonnie, was ist? Hallo?« Er wischte mit der Hand vor ihren Augen und übersah den unterdrückten Reflex ihrer Hand, ihm mit der Kante ins Gesicht zu schlagen. »Redest du nicht mehr mit mir?«, fuhr er fort und schien zu genießen, dass er die Oberhand hatte, er gerade heute wacher war, er die erste Geige spielen würde, sie im Hintergrund stünde, weil sie den Schatten suchte, den Windschatten seiner Schultern, weil sie wieder Stimmen hörte und die Stimmen sich mit denen da draußen überlagerten, die Schreie, Sprüche, das Grölen, das Flüstern ihres Headsets, die Mikrofone, Sänger, DJs, Schlachtensänger, die Ordner. Er kannte sie, alle Stimmen kamen ihr zu nah, standen in ihren Gehörgängen wie vor einem Lift, einem alten Lift, der immer nur zwei nach oben schnauft, während die Schlange immer länger wird.

»Schau mal, was da draußen los ist! Magst du dich abknallen lassen, weil du schlafwandelst?« Bonnie ignorierte ihren Partner. Alle würde sie heute ausblenden, es ist ein Albtraum, kein Alpentraum, ich schlafwandle, alles wird gut, tief atmen, ich bin ganz allein auf der Welt. Sie schlug die Beifahrertür zu, zog die Skimaske aus ihrer Tasche und ging in aufreizender Langsamkeit die Betonrampe hoch zum Hoteleingang, wo der Bewegungsmelder die Glasschiebetür vor ihr öffnete und der Rezeptionist mit der Hand auf dem Telefon erstarrte.

9

»Du hättest doch wissen müssen, dass heute die Streif ist!« Yvonne steckte ihre Ski in den Schacht vor der Gondel, die stoisch lief.

»Aber nicht ...«

»Was?«, unterbrach ihn Yvonne und setzte sich in die hintere Ecke der Gondel. »Aber nicht alles besser als du!«, wollte Christoph schreien, aber seine Stimme fiel nach innen, als schrie er sich selbst an.

»Setz dich auf die andere Seite«, fuhr ihn Yvonne an.

»Warum?«, er zog seine Handschuhe aus und stopfte sie in den Helm.

»Weil wir sonst aus dem Gleichgewicht sind. Oder siehst du jemand anderes in dieser Gondel?« Yvonne schob ihre Spiegelbrille von den Haaren über ihre Augen.

»Hatten wir nicht einmal geträumt, allein in der Gondel ...«, Christoph streifte mit seinem Skistecken Yvonnes linken Skischuh.

»Und die 70.000, die nach oben starren«, sie kickte seinen Stecken weg.

»Aber wir sind doch in der Maierlgondel und nicht am Hahnenkamm!«

»Ja, weil du vergessen hast, dass heute die Streif ist und du einen Steifen bekommst, wenn du in der Gondel hockst! Wie lange braucht sie nach oben? Fünf Minuten? Das reicht dir doch, rein, raus, Reißverschluss zu. Aber mir reicht das nicht. Vielleicht einer dieser Schlampen, die deinen Hahnenkamm kraulen. Ich hab von einem Schlepplift eher einen Orgasmus als mit dir in der Gondel und deinem Gigolo-Gegockel.« Sie drehte sich ihre Kopfhörer in die Ohren.

Christoph nahm seinen Skistecken und stieß seine Spitze unvermittelt in Yvonnes Brust. Er durchbohrte ihr Herz, warf sich mit seinem ganzen Gewicht, das Herz auf den Griff gestützt, gegen sie und drückte sie an die Scheibe, bohrte, drückte und drehte, bis das Blut ihm ins Gesicht spritzte und ihre Hände nicht länger den Stecken umklammerten und das Einzige, was sich noch an ihr bewegte, die Musik aus ihrem Kopfhörer war, der über den Blutflecken baumelte und stöhnte.

»Was starrst du mich so an?«, Yvonne holte Christoph aus seiner Phantasie. »Bist du eingeschnappt? If looks could kill. Erst willst du mich ficken, und jetzt träumst du wahrscheinlich davon, mich aus der Gondel zu werfen und dir so ein junges Ding einzufangen oder Babette, die Schlampe.«

»Wir sind gleich da. Schau dir nur dieses Wetter an.«

»Ach, wir reden jetzt über das Wetter. Also ich glaube, es wird schneien, so strahlendblau wie der Himmel ist. Ein Schneesturm. Ich bin mir sicher, es gibt einen Schneesturm. Und weißt du was, er sitzt dir genau gegenüber. Wenn du glaubst, ich mach hier mit deinem Bilderbuchwetter mit, hast du dich getäuscht.«

»Nicht einmal die Streif ist so eisig wie du.«

»Liebst du es nicht eisig? Vergiss deinen Handschuh nicht. Warum trägst du überhaupt diese Seideninnenhandschuhe. Du bist doch keine Frau. Friert dich an den Fingern? Soll ich blasen? Kauf dir Fäustlinge. Dann bekommst du auch mal eine Faust zustande.« Die Tür ging auf, Yvonne war mit zwei Schritten draußen, hatte sofort ihre Ski in der Hand und war schon drei Meter entfernt, als Christoph endlich hinter ihr stand.

»Was heißt das? Wo fahren wir?«

»Getrennt«, sagte sie und katapultierte sich die Kante hinunter, versuchte, ihm davonzufahren, ihn, wenn sie schnell genug wäre, im Ungewissen zu lassen, ob sie wieder ganz hinunterführe oder aber mit dem Ochsalmlift zur Ehrenbachhöhe hinauf. Aber konnte sie so schnell sein, würde er so lange brauchen in seiner frustriert nervösen Ungeschicklichkeit, die Bretter unter die Füße und ins Laufen zu bringen? Oder hatte er die Schnauze voll von ihrer Eifersucht, ihren Nadelstichen, die längst zu Messerstichen geworden waren, die ihn nicht necken, nicht reizen, sondern verletzen sollten, zur Weißglut bringen, provozieren, dass er ausbrach, sie anschrie, alles, was er finden konnte, nach ihr warf, sie schlug, fast schlug, kurz davor wäre, so weit wäre, dass es keinen Unterschied mehr machen würde für ihn, für sie, weil dann alles klar und beendet wäre. Aber sie wollte, wenn sie miteinander schliefen, dass er sie schlug, nicht prügelte, ihr nicht weh tat, aber dass sie seine Kraft spürte, seine angespannten Muskeln, seine Aggressivität, dass er zeigen wollte, dass er der Mann ist, der sie beherrschen wollte, weil sie das wollte, dass er sie anherrscht, dass er endlich den Schritt weiterging, vor dem er scheute, dass er seine Scheuklappen abwarf und durchging, in ihr, auf ihr durchging, dass er nicht mehr mit sich machen ließ, was er sie machen ließ.

Und er wollte es, er wollte sich zurück nach oben

kämpfen, wollte sie zureiten, sie tief in die Kissen drücken, sie auf der Kellertreppe, in der Sauna nehmen, sie schwitzen sehen, außer Atem, wollte ihr die Luft abdrücken, an die Grenze gehen, nicht länger Angst vor ihr haben, wollte sie brutal befriedigen, um wieder zärtlich sein zu können, wollte all die Gewalt in sich, die er für sie empfand, all die Worte, all die Worte, mit denen sie ihn durch den Fleischwolf drehte, hinauswuchten. Nie hätte er ihr weh tun können, wollen, er verabscheute jede Gewalt, jede körperliche Gewalt, noch viel mehr aber die mentale, mit der sie ihn quälte, erniedrigte. Aber er spürte, dass es nicht Hass war, nicht Rache, nicht Langeweile, nicht Überdruss, nicht Perversion, sie unternahm eine Expedition tief in seine Seelenlandschaft wie ins Herz der Finsternis, die Flüsse hinunter, wo es dunkel und dunkler wurde, die Blätter dichter, der Dschungel undurchdringlicher. Sie vermutete dort, wo es nicht mehr weiterging, dort, wo keiner ein Licht erwartete, war eine Lichtung, dort war der, den sie liebte, den sie vom ersten Augenblick an geliebt hatte, den sie immer noch liebte, begehrte, den sie aber immer weniger spürte, weil er sich immer stärker verschloss, alles zuwuchs, verschattete.

Sie musste immer heftiger zuschlagen, um sich einen Weg zu bahnen durch dieses Dickicht hinter der Naivität seiner zur Schau gestellten Liebe. Sie lebte mit seinen Masken, sie hatte ein Kind mit seiner Maske, aber sie liebte sein Gesicht, sie suchte es, sie war unerträglich, weil sie keine Sekunde länger ertragen konnte, dass sie zu zweifeln begann, dass ihr Gefühl sie getäuscht hätte, ihr Instinkt sie verlassen und sie jetzt ihn zurücklassen müsste, wie eine Niederlage, eine unnötige Niederlage, die einen fast das Leben, aber zumindest ein bitteres Stück des süßen Lebens gekostet hatte, das nach Tod schmeckte im Nachhinein, als hätte sie eine Liebe geschändet, die sie wie einen Leichnam aufgebahrt hatte, aber wie einen Lebendigen ansprach.

Nein, sie wollte das nicht glauben. Er hatte sie schon so viel Kraft gekostet. Sie hatte ihn schon so viel Kraft gekostet. Sie betrog ihn, aber es war für sie ein Betrug wie Doping, sie ließ sich das fremde Sperma einspritzen, damit sie diesen Berg überwinden konnte, vor dem sie jeden Morgen stand, ein unerlaubtes Hilfsmittel, das sie sich erlaubte, um nicht die Ausdauer, den Punch, den Tritt zu verlieren.

Sie hatte nicht schwanger werden wollen, sie hatte kein Kind gewollt, noch nicht. Es verwirrte sie, was war von ihm in Igor? Welcher Teil? Die Wahrheit? Christoph hatte Angst, dass sie ihn verlassen könnte, dass sie den Jungen nähme und nicht einmal einen Zettel zurückließe, nur den Teddybär mit dem roten Tuch um den Hals auf dem Bett, das Haus ist leer, ihre Schränke leer, der Badezimmerschrank leer, der Kühlschrank leer, kein Ton, Stille, eine Chloroformstille, er läuft durch das Haus und findet niemand, niemand nirgends, keine Spur, nur den Teddy und seine feuchte Nasenspitze von den Tränen Igors.

Yvonne hatte ihrerseits Angst, dass er mit dem Auto in der Kurve Vollgas gibt und sie den Berg hinunterstürzen, in einem Flammenball mitten im Schnee verbrennen, nichts als eine Rauchwolke, eine schwarze Rauchwolke, die bis zum Wilden Kaiser zieht, die ihre Freundin Petra und auch alle beim Skifahren sehen, eine Wolke, die immer schwärzer, immer größer wird, von der Panoramaalm, vom Maierl, vom Sonnbühel, von der Kitzalm, von überallher sehen sie die Wolke, eine Sonnenfinsternis mitten am Tag.

Und dann fällt Asche, ihre Asche wie Schnee auf die Pisten, kalte Asche, feuchte Asche, Eissplitterasche, dicke Asche, auf die Gesichter, in die Gläser, auf die Schnitzel, die Pommes der Kinder, schwarze Pommes, in die Champagnerkübel, die Asche treibt auf den Eiswürfeln, Asche auf dem Pulverschnee, und die Skifahrer versinken in ihr, eine Aschelawine löst sich und rast auf die Terrassen zu, reißt die Menschen aus den Liften – und dann ist alles vorbei, die Asche zieht sich zurück, der Film läuft rückwärts, die Asche wird zurückgestopft in das brennende Auto, das immer noch brennt.

Sie hat das hier geträumt, in den Bergen träumte sie stets schlecht, schlief schlecht, wachte schwitzend auf, war schlecht gelaunt, wenn sie in der Früh von Igor geweckt wurde, lass mich schlafen, ich bring dich um, aufstehen, Mami aufstehen, Skifahren, aufstehen Schatz, Skikurs, Igor muss zum Skikurs, sie schlief doch erst in der Früh und dann rüttelten sie sie wach, rüttelten den Schlaf aus ihr, der sie doch erst gefunden hatte, nachdem er die ganze Nacht durch die Betten, die Täler, die Straßen geirrt war.

Aber der schlimmste Traum war in den letzten Nächten gekommen, als sie wusste, dass sie hierherfahren würde. Sie hatte geträumt, dass Christoph, während sie unter der Dusche steht, aus Zufall den Brief ihres Lovers entdeckt, dieses romantischen Spinners, er ist viel jünger, er liest ihn, er schreit durch das Prasseln des Wassers, er bringe Igor allein in den Skikurs, sie könne sich Zeit lassen, leg dich noch mal hin, wir treffen uns mittags auf der Hütte. Er ist sonst nie so, will keine Sekunde Gemeinsamkeit freiwillig aufgeben. Dann fährt er mit Igor los, aber sie gehen nicht in den Skikurs, sie fahren in den Wald, tief in den Wald, in den Zauberwald, sie fahren immer durch den Zauberwald, ein neuer Zauberwald, sagt er, wir fahren in den Wald des Zauberers, und dann drückt er das Gesicht des Kleinen in den Schnee, bis er erstickt, nimmt ihn in den Arm und vergräbt ihn unter dem Schnee. Und trifft sie im Sonnbühel, sie weiß von nichts, der Skikurs hat nur seine Nummer, er lächelt, er ist gut gelaunt, ein Anflug Melancholie hinter seinem Lachen, und dann sagt er, er habe eine neue Piste entdeckt, und dann sind sie allein und er geht an sein Handy und er sagt, Igor ist weg, Igor ist verschwunden, was ist mit Igor passiert, und sie stirbt vor Angst, sie will weg, aber er schlägt sie, nimmt ihr die Skier, zieht sie aus, lässt sie nackt zurück, fährt los und sie hört fern im Wald einen Schuss, er hat sich erschossen, und es wird schwarz, die Nacht kommt und sie schreit, sie friert, sie erfriert, Igor, sie läuft, sie stürzt, sie spürt die Kälte nicht mehr, sie sieht nichts mehr, bis sie fällt, fällt, fällt.

Dann wacht sie auf. Sie hatte diesen Traum schon zwei Mal. Sie lief sofort in Igors Zimmer, aber der lag schlafend in Christophs Arm, der heute früh zu ihm geflüchtet war, um bei ihm zu schlafen. Sie hat sich fest vorgenommen, wieder zu ihrem Therapeuten zu gehen.

Gleich hatte Christoph sie eingeholt, wie ein Rugbyspieler drückte er mit seinen Ellbogen alle zur Seite und drängelte sich im letzten Moment neben sie in den Sessellift. Er hatte die Abkürzung genommen, war direkt den

Steilhang hinunter zum Ochsalmlift, den Poserhang, er war in Rückenlage geraten und es hätte ihn fast zerlegt, er wäre mit einem Salto mortale in die paar Leute vor den Schranken geflogen, vor allen auf der Schnauze gelandet. Er hatte Glück gehabt, im letzten Moment die Kontrolle über den Ski zurückgewonnen, ein Reflex. Er war gut in Reflexen, seine Reflexe waren noch schnell genug für sein zu schnelles Fahren.

»Das wird heute ein genialer Skitag, du wirst sehen, es ist überhaupt nichts los, die sind alle bei der Streif, die Pisten sind wie leergefegt! Du siehst, wir sind schon wieder alleine im Lift!«, er rutschte um einen Platz näher zu ihr, sodass die Bank Seitenlage bekam und schräg in der Luft hing. »Wir könnten die 56 nach Aschau fahren. Das muss ein Traum heute sein!«

»Du musst Igor abholen, hast du das vergessen? Ich treffe Petra, was du aber sicher auch schon wieder vergessen hast.«

»Dann komm ich mit Igor nach«, Christoph wollte auf ihren vorwurfsvollen Ton nicht eingehen, nicht heute, nicht bei diesem Wetter, diesem Leuchten, die Luft, die schneidende Kälte befeuerte ihn.

»Und was soll er im Sonnbühel? Harry Potter futtern und sich dann zur Skikanone zaubern. Er könnte dich wegzaubern. Er hat schon gegessen. Er wird müde sein oder er mag sich das Rennen anschauen oder die Buden da unten oder Fußball oder was weiß ich. Auf jeden Fall weiß ich, dass ich ihn, dass ich euch beide nicht im Sonnbühel sehen will. Du hast doch selbst gesagt, was es für ein Wahnsinnstag zum Skifahren wird. Da brauche ich kein müdes, heulendes Kind, das vor schwarzen Abfahrten Angst wie vorm schwarzen Mann hat und dass ich dann die Ziehwege ziehen darf, weil du mal wieder schon voraus gefahren bist. Nein, heute nicht, heute ist mein Tag, das hatten wir ausgemacht. Ich brauch das. Schatz, wir fahren jetzt, wo du willst. Aber dann gönn mir bitte eine kleine Familienauszeit«, sie legte ihre Hand im Fäustling auf seinen Schenkel, »abends bin ich dann wieder eure brave Mami. Aber heute möchte ich zumindest einen halben Tag Mädchen sein, über Cremes quatschen und es ganz entspannt gleiten lassen. Es geht nicht gegen dich, mein Süßer, Petra hat Probleme, und ich will nicht dieselben bekommen, deshalb brauch ich einfach immer mal wieder auch etwas Zeit für mich, wo keiner an mir zieht. Ich sag ja auch nichts, wenn du mit deinen Jungs Fußball spielst oder schaust.« Sie fuhr mit ihrer Faust seinen Schenkel hoch. »Und jetzt fahren wir Aschau. Wir können uns ja dann allein ein Taxi gönnen und müssen nicht den Bus nehmen.« Sie schob den Bügel hoch. Weit vor dem Netz, das sie auffangen sollte, fielen sie vor dem Ausstieg.

10

Die Streif musste begonnen haben. Ein Raunen rauschte über die Hänge, klammerte sich an die Lifte, multiplizierte sich in den staunenden Mündern, in den unwissend geweiteten Augen, in den nervösen Schultern der Liftmänner, die zurück zu ihren Radios oder Bildschirmen wollten und den Himmel nach Zeichen absuchten, dem Vogelflug der Helikopter. Jeder hatte seine Privatmythologie, warum es heute klappen musste. Weil es mehr rote als blaue Anoraks gab, mehr weiße als gelbe Skischuhe, weil das Thermometer stieg, weil drei Streifen am Horizont waren, das gleiche Unterhemd, die gleichen Socken, weil er sich eine Woche nicht rasiert hatte, weil der Schnee es erzählte, weil der Eiszapfen es mit seinen Tropfen in den Boden bohrte, egal weshalb, ein Österreicher musste gewinnen. »Der Wind riecht nach Franz Klammer«, hatte ein schmierig lächelnder, sich wortlos für jede Bewegung entschuldigender Mann Ödön fast angeschrien und war dann im Lift zu ihm hinübergerutscht, war unangenehm nahe gekommen mit seiner abstoßenden körperlichen Präsenz, als hätte er Mundgeruch, als würde er zum Frühstück Fliegen fangen und sie mit seinen fetten, schmierigen Fingern zerdrücken, um sie auf sein Honigbrot zu kleben. Er platzte aus seinem Anorak, der mit seinen rosa Ballonärmeln aus einem anderen Jahrtausend kam. Man erwartete einen blonden langhaarigen Herkules oder Sonnyboy, aber dieser Mann hatte im Blick, in seinem devoten Lächeln ein

Kellerverlies, einen Bunker für dunkle Begierden, hinter jedem Satz fiel eine Eisentür ins Schloss. »Heute werden wir gewinnen.« Und erst jetzt fiel Ödön auf, dass er ein Deutscher war, dass er einen eigentümlichen deutschen, verwehten Akzent hatte, eine belegte Stimme, eine Blaupilzzunge. Zum Glück waren sie in keiner Gondel, sagte er sich und wollte einwenden, nie und nimmer würde der einzige Deutsche gewinnen, im Gegenteil, der könne froh sein, wenn er ohne Verletzung den Zielraum erreiche und nicht vom Gespött der Menge totgeprügelt würde.

»Da, schau, da drüben«, der Deutsche zeigte auf einen Skikurs, »da schlittert unsere Zukunft! Das sind die Streifhörnchen. Ich hab schon geschrieben, wir müssen die Samenproben unserer Streifgewinner sammeln, den Ferstl Sepp, und dann müssen wir sie unseren goldenen Skimädels einspritzen, Skiborn, verstehen Sie, dieses Mal zum Wohle der Skination, wir dürfen uns nicht länger erniedrigen lassen von diesen Österreichern und Schweizern, das gefährlichste Rennen der Welt muss ein Deutscher gewinnen, wir gewinnen ja auch die Formel 1. Sie werden sehen, Sie werden von mir hören, ha!«, der Kauz sprang fast aus dem Lift und beschleunigte, wie man es seinem Gewicht nicht zutraute, er wurde plötzlich ganz geschmeidig, ging in die Knie, schwebte fast über die Buckel, er nahm die Abkürzung durchs Gelände.

Ödön verfolgte den Skikurs, der unten querte. Es waren nur noch Skikurse unterwegs. Sie schossen aus dem Schnee in allen Farben und Leiberln, lauter kleine Teufel mit Leuchtwesten und Tierhelmen, Häschenohren.

Es gab Kurse mit Kindern in Kostümen. Obwohl Fasching noch fern war, waren sie ganz verkleidet und die

Piste glich an manchen Stellen einem Streichelzoo. Ödön hoffte nur, dass die Mangas nicht auch noch das Skigebiet für sich entdecken würden und er mit japanischen Monstern oder Mädchen mit zerrissenen Netzstrümpfen Schlepplift fahren müsste.

Dort unten musste der nächste Unfall passiert sein. Zwei Skidos brachten Kinder zu einem am Rand gelandeten Helikopter, der gleich den Schnee aufstäuben würde, und während die RedBull-Showhelikopter und Weltkriegsmaschine Kunststücke zeigten und Saltos durch die Luft schlugen, einen Looping nach dem anderen auf die sonnenüberflutete Postkarte zauberten, weinte ein Kind, schrie vor Schmerz, übertönt von den Rotorblättern, dem Schluchzen seiner Mutter, den Fangesängen vom Zielraum, die nach oben stiegen, Jubel, vom Wind getragen, Lautsprecheransagen, und da lagen zwei Jungen, die mit den Köpfen aneinander gestoßen waren und schossen durch einen Luftraum, der so außer Rand und Band war wie alles auf dem Boden. Fehlten nur noch die Düsenjets, die die Streif vor ausländischen Terrorattacken schützten, vor Rucksackbomberfallschirmspringern und Plastiksprengstoffparaglidern, vor all den Freestylern, die durch den Himmel wirbelten und unvermutet einschlugen.

Und da waren sie tatsächlich die Jets, die mit ihrer Überschallgeschwindigkeit den Rennläufern unten auf dem Eis vorgaben, wie sie Fahrt aufnehmen sollten und die Schallmauer durchbrechen. Wenn ein Österreicher sich aus einer Raumkapsel in die Atmosphäre stürzen könnte, warum nicht mit dem gleichen Todesmut in die Mausefalle?

Als Ödön an der Unfallstelle war, überkamen ihn Tränen, er schüttelte sich vor Schluchzen, sein Körper zuckte, er konnte nicht mehr. Im Schnee lag ein Krokodilskostüm ohne Kopf, ein Tigerkostüm, dessen Kopf halb abgetrennt war und das im Hals ein Loch hatte. Ödön suchte nach Blut, aber es war kein Blut zu finden, nur die Spuren der Rettung, der Hilfe, die hoffentlich nicht zu spät gekommen war. Und während er stand und versuchte, wieder die Kontrolle über sich zu bekommen, jagte der nächste Raser über seine Ski und hätte ihn um ein Haar gerammt. Hätte er seinen Kopf nur etwas nach vorn geneigt, er hätte ihn abrasiert. Ödön wollte ihm nach, ihn sich schnappen, aber im letzten Moment hielt er inne. Er schien ein herausragender Fahrer zu sein, nahm immer mehr Speed auf und verschwand plötzlich in den Wald. Ödön könnte ihn nicht einholen. Und wenn er ihn einholte, was dann? Was würde er dann machen? Ihn zusammenscheißen, anschreien, ihn anzeigen, ihm die Faust ins Gesicht schlagen, ihn anspucken, einen Tumult erzeugen, ein Geschrei, einen Auflauf. Es war ihm nichts passiert, warum wegen eines solchen Idioten nun alles riskieren, was er minutiös vorbereitet hatte. War der Krokodilskopf im Helikopter? Würden sie ihn mit in die Notaufnahme nehmen, mit dem Bett durch die Gänge rasen, umklammerte das Kind ihn mit der kleinen Hand und ließ ihn nicht mehr los? Vielleicht hatte es sich nur das Bein gebrochen. Vielleicht war alles gar nicht so schlimm, redete er sich ein, ein paar blaue Flecken. Leichenflecken, durchschoss es ihn, und wieder kamen ihm die Tränen. Er fasste sich. Er hatte doch ein Ziel. Er musste zur Kapelle, er musste rechtzeitig dort sein. Wenn er seinen Zeitplan nicht einhielt, riskierte er alles. Er blickte auf sein Handy, den Livestream.

Das wäre die Ironie der Geschichte, dachte er sich, wenn er sich jetzt den Arm brechen würde, wenn er einen Unfall hätte, wenn ihn jemand rammen, in ihn hineinfahren würde, sein Herz aufspießen, die Skispitzen durch den Kehlkopf fräsen, wenn ihm jemand die Innereien zerfetzen und ihm schlicht das Kreuzband riss, weil er ausweichen musste, eine falsche Drehung. Es brauchte ja niemanden, er konnte es selbst einfädeln, ein unkonzentrierter Moment, eine Bodenwelle, ein Loch, ein Stück Eis unter der Schneedecke. Sein Vater hatte ihm immer Hals- und Beinbruch gewünscht, und er hatte Skiheil geantwortet und beide hatten sie mit einer Wut im Bauch dabei gelacht.

Ödön wischte sich die Tränen aus den Augen, setzte die Brille wieder auf, die fremde Farbe und er fuhr so, als fahre er einem Skilehrer hinterher, Schwung für Schwung. In Schönheit sterben, dachte er, und verkantete.

11

Huller stellte sich vor, wie in den voll gestopften Hütten Panik ausbrach, Eltern ihre Kinder suchten, hysterische Mütter, schreiende Väter, Skilehrer, die mit Blicken an die Wand neben den Gekreuzigten genagelt werden, Massenfluchten, jeder will zahlen, mault, schimpft, und die ihre Kinder noch nicht gefunden haben, weil sie im Schnee spielen, weil sie sich verstecken, unter der Treppe, in der Toilette, weil sie Versteck spielen, weil sie im Schuppen den Atem anhalten, hinter dem Skido kauern mit frierenden Fingern, weil sie allein mit den andern fahren, sie fahren ja immer den Hang, Familienabfahrt, was soll schon passieren?

Skikurse werden unterbrochen, Väter beschimpfen Skilehrer, russische Gäste, Amerikaner, Italiener, alle, die kein Deutsch verstehen, stehen da und verstehen nichts, spüren, etwas ist passiert, fragen nach, kommen nicht durch. Und die anderen, die weitersaufen, Champagner bestellen, wie obszön, regen sich die einen auf, Perverse, brüllen die anderen und hoffen, ihre Aggression loszuwerden in so einem feisten Gesicht, einmal den Skistock in so einen Silikonbusen zu stechen, einmal diese gespritzten Lippen platt drücken, einmal diesem ganzen Geldgeschwür die gierigen Hälse umdrehen.

»Im Paradies bricht Panik aus«, lachte er laut in seine Maske.

»Was meinst du?«, der kleine Junge fror, er schlug die kalten Hände auf seinen Schultern überkreuz.

»Nichts. Ich habe gesagt, ich bin noch immer der Schnellste, denen fahre ich noch im Traum davon.« Jede Nacht im Traum war Huller auf der Streif, strampelte die Decke ab, navigierte sich mit seinen Schlangenhänden durch den Kurs, bevor er sich aus dem Starthaus katapultierte mit einem Schrei, der ihn aufwachen ließ. Noch halb im Sprung, in seine nackte Haut wie in einen Rennanzug gepresst, realisierten seine Augen in Zeitlupe, dass er an der Bettkante lag, und funkten Entwarnung, während sein Körper noch durch die Luft schoss, die Oberschenkel gegen die Brust gedrückt, die Zehen in die weiße Bettdecke gekrallt. Wenn er aus seinem Albtraum stürzte, war ihm, als läge er auf einer Eisplatte hingestreckt und das Adrenalin pumpte Hitze durch seine Venen.

»Du musst stärker sein als die Kälte«, nahm er den Jungen in den Arm, »die Kälte ist ein Tor, das du hinter dir lässt. Die Kälte ist nur in deinem Kopf, nicht in deinen Fingern oder deinen Füßen. Früher sind wir nackt Ski gefahren, nachts. Lalelu, nur der Mond schaut zu. Ein besseres Training gibt's nicht. Wenn du stürzt, erfrierst du, aber erst verbrennst du, weil das Eis dir alles aufschürft, deine Haut planiert für den Schmerz, der heiß und dann kalt ist. Wenn es dich zerlegt, wird dein Herz ein Schneeball, den du dir aus der Brust reißen magst. Du musst dich blau frieren, bis du die Farbe des Mondlichts hast, bis du dazugehörst zum Schnee, zum Himmel, zu den Bäumen, den Zweigen, den Tieren. Du bekommst ein Fell, das keiner sieht, nur die, die es auch haben. Wir sind wie ein Wolfsrudel, jeder ist einsam, aber wir gehören zusammen, verstehst du. Das Rennen fahren ist ein Gelübde. Es ist wie in den Märchen, du verkaufst dem Teufel dein Herz. Da, unter dem Eis, da hat er all unsere Herzen vergraben und da rasen wir drüber, weil wir eigentlich hinunter wollen, unter das Eis, und sie uns wieder holen. Da, schau, ganz rot blinkt es, da unten im Zielraum liegt meines. Der Teufel schenkt dir Siege, aber nur der Teufel siegt, der gewinnt jeden Weltcup. Der hat einen Schlüssel für dein Schlüsselbein und dann schleicht er sich rein und fährt mit. Und wenn du einen Fehler machst, geht ein eisiger Wind durch deine Adern, weil er pfeift, der Teufel, sei kein Feigling, was bremst du ab, geh in die Knie, geh volles Risiko, auch wenn du nichts mehr spürst, wenn deine Schenkel taub vor Schmerz sind, wenn deine Muskeln wie Feuer brennen, deine Knochen vor Ermüdung brechen, deine Sehnen porös werden wie Papier in der Hand, bleib unten, beug dich nach vorn, küss beim Fahren fast den Boden, sei kein Feigling, Augen zu und runter. Und wenn du gewonnen hast, kommst du in Teufels Küche. Da ist es schön warm, denkst du, aber da friert's dich erst wirklich. Weil dein Schutzengel, der sich wie ein Rückenprotektor an dich geschnallt hat, Brandblasen auf den Lippen hat und seine Flügel als Asche von den Schulterblättern fallen, und er mit seinen nackten Schultern aussieht wie ein Brathendl am Grill, wenn sie ihn nicht gleich in eine Bierdose stopfen und rupfen.

Aber du bist der Sieger und das wolltest du ja. Und alle wollen jetzt was von dir, aber du weißt noch gar nicht, was du von ihnen willst, außer ein Glas Wasser, weil du so Durst hast, weil deine Kehle so trocken ist, aber sie haben nur Champagner, Champagner ist das Skiwasser der Sieger, das Vordudlergeblubbere in deinem Kopf und deinem

Bauch. Einen Hunger bekommst du, Berge könntest du essen, aber du bekommst nur Häppchen, musst Austern schlürfen und sie schlürfen dich wie eine Auster, in der sie auf Medaillen wie auf Perlen hoffen. Die Auster stirbt an ihrer Perle, und du stirbst an deiner Medaille, an deinen Siegen, weil sie des Teufels sind, weil du sie am Ende zum Teufel wünschst. Denn irgendwann kannst du nicht mehr, dann bist du ein Hundertstel zu langsam, dann zwei, dann eine halbe Sekunde, dann eine ganze, eine ganze Sekunde. Sag mal laut 21.«

Der Junge war ganz verstört, zitterte, warum 21, aber er gehorchte, der Huller war doch ein Held, ein Held wie Superman oder Batman, ein dunkler Held, so ein Held, der ein Unglück hatte, der durch ein Unglück Superkräfte bekam, von denen keiner wusste, der Huller, dessen Ski berührten gar nicht den Schnee, dachte er, hatten die anderen Jungs gesagt, der Huller ist ein Teufelskerl.

»21«, brachte er brav über die Lippen.

»Weißt du, wie lange das war? Das war eine Welt, Gosse oder Gold. Bis du schaust, ist alles vorbei. Dann kannst du noch im Fernsehen mit den Augen mitfahren oder mit einer Kamera in der Brille für die Deppen da draußen, die mit ihren Bierbäuchen zusehen und hoffen, dass es dich zerlegt, wenn sie rülpsen. Dann kannst du noch mal alles riskieren, aber eigentlich interessiert sich keine Sau mehr für dich, es sei denn, du beleidigst die Jungen, sagst, die können nichts, die reißen nichts, die gewinnen nichts, die haben keinen Biss, die beißen nicht, die fressen nicht Schnee, die sind verwöhnt, die Fernsehgelder, das Sponsoring, die Werbung, die Jungen gewinnen die Streif, bevor sie die Streif gewinnen und gewinnen sie dann nicht, nie, keine Gondel wird ihren Namen tragen, keine Gondel, in der fette Russen, rotzige Holländer, die Wiener Würstelbudenblasierten oder die Muschimünchner hocken und gescheit daherreden, wie sie die Streif runterjagen werden, und dann rutschen sie auf der Familienstreif runter wie von ihren aufgespritzten Frauen mit den Botoxbuckelpisten zu Hause. Aber das verstehst du nicht. Jetzt sind wir da, siehst du es, ist es nicht atemberaubend? Aber das musst du lernen. Für wen, für was magst du denn gewinnen, das musst du dich fragen. Für die andern oder für dich? Für die andern und für dich gewinnst du nur für den Teufel, der mit seinem roten Lippenstift die Tore markiert für dich. Du musst, du kannst nur für den Schnee gewinnen, für den Berg, dem du zeigst, dass du ihn liebst. Du musst den Berg lieben, der Berg ist dein Freund und der Schnee ist der Freund des Berges und er liegt auf ihm, so, schau her, so liegt er auf ihm, wie er auf deiner Haut liegt. Du gehörst zum Berg und zum Schnee, du gehörst nicht mehr denen da draußen. Dein einziger echter, dein einziger wahrer Sieg, der bleibt, den dir keiner nehmen kann, weil ihn keiner haben will, dein einziger Sieg ist der Tod, wenn du für den Berg stirbst, wenn du dich für den Schnee opferst, damit du selbst zu Schnee wirst. Dann fällst du vom Himmel, dann bist du selbst der Pulverschnee, der Tiefschnee, und du spürst, wie die Ski tief in dich eintauchen, ganz tief, und je tiefer sie tauchen, desto mehr fliegst du und wirst unendlich, unsterblich.«

Huller nahm den schweren, feuchten schwarzen Handschuh von dem Mund des Jungen, fixierte seine Skibrille, bekreuzigte sich und schob an, bis er hinter der Kuppe nicht mehr zu sehen war.

12

Wie lange sollte er noch diesen Skikursen hinterherfahren? »Doch hege ich vergebens trügerische Träume«, drängte sich die Stimme in Andrejs Kopf. Er konnte sich spalten, er führte ein Selbstgespräch und im Hintergrund repetierte er Verse, seine Lieblingsverse, die er wie Mantras wiederholte, wie Perlen durch seine Gedankenfinger gleiten ließ. Wie hatte Vladimir sich das vorgestellt? »Es sträubt sich mein Verstand, zur Hoffnung nicht bereit.« Sollte er sich den Jungen in der Toilette schnappen, ihm beim Pinkeln helfen, die Skihose ausziehen, den klemmenden Reißverschluss aufreißen und ihn dann ... Ja, was dann? »Wie – nichts?! Und die Idee? Der Liebe erstes Beben?« Er konnte ihn ja nicht auffressen oder in Stücke zersägen, in Plastiktüten verteilen und dann das Puzzle zu Hause im Kinderzimmer der Zwillinge wieder zusammensetzen und dem Kleinen mit seinem Wodkaatem das Leben zurückhauchen und den Motor des Hoppelhasen in den Arsch stecken, damit keiner merkte, dass er trotzdem mausetot war. »Wie furchtbar ... Wieder schau ich traurig auf das Leben.«

Entführen, kein Problem. »In der Einöde, im Dunkel der Verbannung zogen sich still meine Tage hin.« Wagentür auf, rein in den Wagen, Gas geben. »Ohne Gottheit, ohne Inspiration, ohne Tränen.« Ins Haus einbrechen, Chloroform, betäuben, raustragen, »ohne Liebe«, wegfahren.

Aber im Skigebiet? Einfach den zappelnden Jungen unter den Arm klemmen? »Verlierst du den Verstand, so bist du schrecklich wie die Pest, man setzt dich dort fest; das Tier. Und hänselt dich. Das Tier.« Den Skilehrer auf Russisch und gebrochenem Deutsch beschimpfen, das ist mein Kind, Mutter, Hure, Heim, Junge, du mir gestohlen, Polizei, Menschenräuber, Porno, blas dir Hirn weg, brauchst du Geld, ihn anbrüllen, dass er um sein Leben fürchtet, und währenddessen den Kleinen schnappen und ihn wegzerren? »Das Tier. Und in der Nacht verstummt, versinkt der helle Klang der Nachtigall, der Bäume dumpfer Fall.« Und der Kleine schreit wie am Spieß. Nein, er müsste sich das Bein brechen, ich komme mit dem Skido, binde ihn fest und haue ab. Das wäre die Lösung, eine elegante Lösung, aber wir müssten das vorbereiten, einer müsste ihn über den Haufen fahren, andere dazukommen, aufgeregt, einen Streit inszenieren, Vorwürfe, Panik, Auflauf, einer ruft die Rettung, und ich komme mit dem Skido, falsche Diagnose, spritz ihm Beruhigungs- und Schmerzmittel, schnall ihn fest, decke ihn zu und hau ab, lasse alle verwirrt stehen, wir treffen uns am Krankenwagen, im Helikopter, an der Bergstation, aber ich verschwinde durch den Wald. »Die Erde schläft in einem blauen Glanz ... Wieso ist mir so weh und so schwer zumute? Erwarte ich etwas? Bedauere ich etwas?«

Wie soll ich das alleine machen? Hoffen, dass er als Letzter im Kurs fährt, dann von hinten kommen und ihn mir schnappen, unter den Arm krallen und wegrasen? So wie ich Ski fahre? Ich würde mir und ihm das Genick brechen, er würd mir mit seinen Stecken, seinen Skispitzen die Augen ausstechen, die Eier anstechen, der Skilehrer würde mir hinterherrasen, mich überholen, ich müsste ihn erschießen, ein Schuss zwischen die Stirn mit dem Schalldämpfer, aber schießen und zugleich auf Skiern den kreischenden, um sich schlagenden Jungen unter dem Arm? Ich müsste ihm ein Märchen erzählen, ein russisches Märchen, ein trauriges Märchen, mit einem Jungen und einem Bären. Und immer am Ende frisst der Bär alle, den Jungen, den Fuchs, den Hasen, die Schwalbe, den Himmel, die Welt und verschlingt sich am Schluss selbst. Wie ich mich jetzt bewegen soll, weiss ich nicht genau. Ich stehe vor der Tür, den Knopf im Ohr und warte auf meine Kopfstimme im Ohr, ich dichte. Das bin ich. »Ich erwarte nichts mehr vom Leben, und um das Vergangene ist es mir keineswegs leid; ich suche Freiheit und Ruhe! Ich möchte mich vergessen und in den Schlaf sinken!«

»Du musst mehr in die Knie gehen«, hörte er den Skilehrer, der plötzlich alle linken Skier einsammelte.

Oder ich bin Tat, sagte sich Andrej, ich töte, das ist das andere Ich, der Körper, der Klotz. Ich bin der Tintenkiller, hätte ich fast zu den Zwillingen gesagt, als sie mir mit dem Büstenhalter ihrer Mutter Handschellen anlegen wollten. Sie will mich heute noch sehen, sie wartet im Hotelzimmer. Wenn du nicht kommst, verrate ich alles Vladimir, ich sage ihm, du hättest mich vergewaltigt. Ich sage ihm, ich bekomme ein Kind von dir. Soll ich es wegmachen oder machst du ihn weg? Soll ich den entführten Jungen mitnehmen, wenn ich sie ficke, und dabei meine Skimaske auflassen? »Ach wüsstet ihr doch nur, wie ohne Scham Gedichte aus dem Müll geboren werden. Ein Wutschrei, auch ein Teergeruch kann's sein, geheimnisvoller Schimmel an den Wänden.« Bestimmt steht sie drauf, wenn ich die Skibrille auflasse, den Helm, wenn ich ins Zimmer einbreche, Andrej, Andrej, drück fester zu, fester. Und der Kleine schaut zu? Und erzählt, wenn sie ihn freikaufen, was er gesehen hat? Ich müsste ihn töten. Aus Versehen töten. Töten ohne zu erröten, wie das Rot der Rose töten, das aus dem Nichts schießt. »Schon fällt ein Vers mir übermütig ein, schon haltet ihr ihn freudig in den Händen.«

Es wäre nicht das erste Mal, dass wir bluffen und vortäuschen, einer lebe noch. Jedesmal werden die Hotels kleiner, das nächste Mal will sie in den Rosengarten, während Vladimir unten isst, schiebt sich eine Kirsche in die Fotze und will, das ich sie pflücke, lässt sich die Badewanne mit Kaviar füllen und will, dass ich mich zu ihren aufgeblasenen Titteninseln durchfresse oder ich es ihr mit einem Hummerschwanz besorge. Früher sah sie aus wie eine Nutte und verhielt sich wie eine Heilige, jetzt sieht sie aus wie eine Heilige und verhält sich wie eine Nutte. Warum sagt Vladimir nicht, sie ist die Mutter meiner Kinder, ficke sie, sonst nervt sie mich, die Kinder brauchen eine Mutter. Warum bin ich das Mädchen für alles? Ich muss sie töten, sonst wird sie mich töten, wie sie schon meine Nerven tötet. Aber Vladimir würde mir die Schuld geben, ich muss ja aufpassen auf sie, auf sie und die Kinder. Du zahlst mit deinem Leben dafür, ich bezahl dich gut, besser als der Tod. »Hätt ich gewusst von diesen Dingen, als ich den ersten Schritt getan: dass wir mit Zeilen blutig ringen, dass unser Handwerk töten kann! Ist vom Gefühl der Vers durchdrungen, schickt es den Knecht, den Knecht, mich, das bin ich, mich schickt er, schickt es den Knecht ins Rampenlicht, um Grund, um Schicksal wird gerungen, die Kunst, sie interessiert da nicht.« Die Kinder purzelten wie die Dominosteine übereinander.

Er liebt sie, ja, Vladimir, ich glaube, er liebt sie, weil er seine Kinder liebt, er liebt ihre Gebärmutter, ihren Muttermund, ihre Schenkel, wenn sie seine Kinder rauspressen, ihre Wehen, er hat bestimmt ihren Mutterkuchen gefressen und gehofft, dass er ihn fruchtbar mache, heile, er lässt sich alles mögliche Zeug aus China, aus Japan schicken, ich weiß nicht, was er schon alles geschluckt hat, welche Tiere, welche Innereien, welche Pulver, welche Schamanen ihm den Schwanz mit Tigerpisse eingerieben haben. Auch mich wird er zu solch einem Pulver verarbeiten lassen, wenn er erfährt, dass ich es mit seiner Frau treibe, »der gute Freund wird gegen mich am Stiefelschaft das Messer wetzen«. Er wird meine Knochen mahlen lassen, er wird irgendwelche Gurus meinen Schwanz kochen lassen, reduzieren, die Vorhaut abziehen, grillen, und dann wird er ihn verschlingen, wird mich sich einverleiben und hoffen, dass ich aus ihm wieder herausspritze, aus seinen fruchtbaren Lenden als Samen herausspritze und in seine Alte hinein und sie mich einsperrt, einklemmt, einnistet in ihren Unterleib und sie küssen sich, während ich im Dunkeln wachse und wieder hinaus will. Und bin ich draußen als schreiender Balg und liege in seinen Armen, »häng ich mich auf in grüner Nacht an einem Nagel, der da rostet«.

So besessen, wie er von seinen Kindern ist, warum lässt er mich den Kleinen entführen? Haben sie mich schon entdeckt? Der Lehrer ist mit den Skiern beschäftigt. Er fällt zurück, der Kleine. Was macht er da? Will er sich absetzen? Vielleicht muss er pinkeln. Warum merkt denn keiner was? Da hinten, da geht's doch hinab, da kann er doch stürzen. »Des Nachts geschieht's mir immer wieder: Mein Bett fliegt in die Heimat fort, in eine Schlucht geht's plötzlich nieder – die Schlucht ist ein Erschießungsort. Ich fühle mich erstarrt durch Sinnen. Die Schlucht ist ein Erschießungsort. Ein Erinnern. Die Schlucht. Du willst das wirklich. Erschießungsort. Du hast das gerne. Du willst das wirklich. Die Schlucht. Du hast's gesucht, die Schlucht ist ein Erschießungsort.«

Ein Schuss. Ein dumpfes Vibrieren. Wieder. Und wieder. »Ich weiß nicht, wo ich mich befinde, was vor mir liegt. Wenn man so lange unterwegs ist. Der Kopf, der Kopf wird wirr, das Auge, trüb, es weint, das Fleisch wird wässrig und verschließt dir's Ohr. Verschließt dir's Ohr.« Andrej drückte seine Mittelfinger in seine Ohren. Er sah den Jungen hinter dem Baum verschwinden. Ich blute aus den Ohren, stammelte er, und folgte ihm.

13

Warum soll ich nicht mitfahren? Mit einem Fremden gehen? Dann werden sie sich nicht mehr streiten. Dann werden sie sich in den Armen liegen und weinen. Rotz und Wasser werden sie heulen, Krokodilstränen mit solchen großen Zähnen. Mami wird schluchzen, genauso schluchzen, als ich sie zuletzt gesehen habe, als dieser Mann da war, mit dem sie sich eingesperrt hat, als ich zu früh von der Schule kam. Sie hat geschwitzt, wie wenn sie aus der Sauna kommt, dann läuft Mami nackt durch den Garten und reibt sich mit Schnee ein. Sie war ganz weiß am Bauch, habe ich gesehen, als der Bademantel sich öffnete, dabei war es ja vormittags und der Schnee war ja geschmolzen. Mami, warst du in der Sauna? Mami hat mir fast eine geklebt, dabei war ich so stolz, dass ich ganz alleine nach Hause gefunden habe. Ich bin noch nie alleine nach Hause gekommen. Ich bin einfach den Großen nach und in den Bus gestiegen, die wohnen bei uns um die Ecke. Ich habe mich auf Zehenspitzen gestellt und den Rücken ganz gerade gemacht und so geschaut, als hätte ich schon Latein und würde so komische Worte sagen, wie sie im Probeunterricht gesagt haben. Wenn mich jemand fragte, hätte ich so ein Wort gesagt, damit sie wissen, ich bin schon ein Gymnasiast, ein Lateinschüler, wie Papi sagte, der am liebsten gehabt hätte, ich gehe aufs Skigymnasium oder in die Baumschule, wenn er wütend war.

Wenn sie böse zu mir sind, stelle ich mir immer vor, ich

bin ein Baum, ein kleiner Baum neben diesen Riesen und ich habe kleine, zerbrechliche Zweige, und die Rehe kommen und reiben sich an mir, die Eichhörnchen rennen an meinen Armen hoch, die dicken Feldhasen sitzen zu meinen Füßen und knabbern irgendwas, die Wildschweine kommen mit ihren Jungen und ich halte die Luft an, damit nicht die Eber ihre Säbelzähne in meine Rinde rammen, mich umschmeißen und dann niedertrampeln. Die Vögel fliegen zu mir, sie bauen sich Nester in meinen Locken, ich muss mir nie mehr die Haar waschen, die Küken lernen das Singen und schlingen alles aus den Schnäbeln ihrer Eltern, während meine Eltern mich suchen, überall suchen, dabei haben sie mich doch in die Schule geschickt. Und dann hör ich die Motorsägen, sie kommen immer näher, alles schreit, der ganze Wald schreit, die Tiere schreien, der Boden, die abgetrennten Zweige, die Stämme, denen sie die Bäuche zersägen, überall fallen die Bäume, sie werden mich erschlagen, wenn sie mich nicht abholzen, werden die großen mich erschlagen, auf mich drauffallen, ich bekomme keine Luft mehr, wenn sie auf mir liegen, wenn der fremde Mann auf mir liegt, wenn ich mit Papi spiele, tauch nach oben, wenn du keine Luft mehr bekommst, heb deinen Arm, wenn du keine Luft mehr bekommst, rutsch einfach runter, wenn es dir zu steil ist, fahr wieder Pizza. Papi, nimm mich zwischen die Beine, trau ich mich nicht zu sagen, du bist ein großer Junge. Ich bin ein großer Junge, ich bin schon allein nach Hause gefahren, aber das hat Mami mir verboten, Papi zu erzählen, sonst schimpft er mich, hat sie gesagt, Fernsehverbot, Fußballverbot, aber nie gibt es Geigenverbot, nie Matheverbot, nie Skischulverbot.

Ich mag nur zum Franz, habe ich ihm gesagt, aber der Franz, hat er gesagt, hat keine Zeit. Wenn Papi lügt, merk ich es sofort, da fühlt er sich so unwohl in seiner Haut, hat er zu Mami gesagt, ich will das Kind nicht anlügen, ich bin als Kind immer angelogen worden. Und ich sitze auf der Treppe und hör alles. Ich werde mal Detektiv, ich spioniere meinen Eltern nach, damit ich es lerne, ich stell mir vor, sie haben ganz schlimme Geheimnisse und ich wäre gar nicht ihr echter Sohn, sondern sie hätten mich geklaut, entführt, ich wär ein Königskind oder das Kind von einem Milliardär oder einem Russen, weil ich Igor heiße, und der war ein böser Mann, deshalb haben sie ihn umgebracht, um mich zu befreien, und dort oben in einem der Schneekanonenseen versenkt, und der böse Russen-Papi kommt jetzt als Schneeflocken auf die Piste. Deshalb ekelt mich immer, wenn ich da vorbeifahren muss, deshalb bin ich jetzt so gefahren.

Mich friert es. Nicht so stark reiben. Mit meiner Skimaske sehe ich aus wie ein Bankräuber, sagt Mami und hebt die Hände, wenn ich sie mit meinem Stock bedrohe, Gummibärchen oder Leben! Ich hab meine Gummibärchen verloren, im Lift sind sie mir runtergefallen. Ich wäre am liebsten nachgesprungen, aus dem Sessellift gesprungen. Das ist zum aus dem Fenster springen, sagt Mami immer, und Papi möchte aus der Haut fahren, und ich sperr mich in meinem Zimmer ein und zieh die Vorhänge unter meinem Bett zu und spiele Pflanzen gegen Zombies, aber wenn ich weinen muss, platschen dauernd meine Tränen auf das iPad und dann fressen die Zombies meine Kullertränen und werden ganz groß und stehen gleich in meinem Zimmer, sie klopfen schon an der Tür, hämmern gegen die Tür, treten gegen die Tür, mach auf, mach sofort auf, aber ich stopf mir meine Ohrstöpsel ins Ohr, überall sind die Zombies schon, sie haben den Garten aufgefressen, sie haben Papis Seite im Bett gefressen, sie haben meinen, unseren Schneemann aufgefressen, aber ich werde sie alle abknallen, bis Papi Mami wieder küssen darf, dann steht Happy End über unserm Haus, von solchen Hubschraubern in den Himmel geschrieben wie unten bei dem Rennen. Hast du die gesehen? So, genauso haben sie sich gedreht.

Entschuldige. Wo fahren wir jetzt hin? Da ist es dunkel. Es ist so kalt, dass ich gar nicht heulen kann, ich darf auch nicht heulen, ich bin groß, ein großer Junge schon. Und die Sterne werden in der Nacht glitzern, der kalte Schnee wird glitzern im Sternenlicht, und ich werde von allem so weit entfernt sein wie der Stern vom Schnee, ich bin so weit weg wie der Mann im Mond, wenn er auf die andere Seite geht. Fährt der Mann im Mond auch Ski? Kennst du den Mann im Mond? Kannst du so wie ich mit den Zähnen klappern? Soll ich schreien? Ich schrei nicht. Niemand wird mehr meine Stimme hören. Ich spiele toter Mann auf dem Schnee. Ich lieg ganz splitterfasernackt, wie Mami sagt, auf dem Schnee und spiele toter Mann und am Morgen bin ich ein toter Junge und dann müssen alle ganz traurig sein. Dann finden sie mich und ich bin ganz blau, so blau, als würde ich auf dem Wasser liegen und toter Mann spielen. Ganz blau, und auf meiner Haut wäre statt Salzwasser der Frost, eine Frostschicht, ganz hart wäre meine Haut, ganz hart gefroren, ich wäre brettelhart, wie Papi sagt, brettelhart, ich wäre hart wie ein Snowboard. Alles wäre zugefroren, die Lippen, die Nasenlöcher, die Lider, die Augen. Wie eine Pfütze wäre ich zugefroren und wenn man draufspringt, würde ich in tausend Teile zerbrechen. Und meine Augen wären ganz weit weg, wären beim Mann im Mond. Der Mann im Mond hat mich entführt, würde sie sagen, meine Augen, Mörder würde meine Stimme schreien, aber meine Zunge ist ja am Gaumen festgefroren und steif wie mein Körper. Ich bin ganz eingefroren, du kennst das, wenn du böse warst, ich bin ganz eingefroren dann, wie im Eisfach, im Plastik eingefroren und ins Gefrierfach geschoben, und dann ist es dunkel, weil die Tür zuknallt, weil der Deckel der Truhe zufällt, ganz dunkel und kalt. Und dann taue ich auf wie die Fischstäbchen, Eispulver überall, steinhart, ich liebe Fischstäbchen, wenn sie in der Pfanne in der Butter schwimmen und brutzeln und fast verbrennen, wenn Mami zu lange telefoniert, und ich die Pfanne vom Herd nehme und meine Handfläche ganz knapp über den roten Kreis halte, weil es so schön heiß ist, so schön warm, die Finger.

14

Jedes Mal, wenn Joseph durch die Unterstadt lief, um zu Vladimirs Wohnung zu gelangen, traute er seiner Ortskenntnis nicht. Niemand würde hier das Luxusappartement eines Russen, der bei Sinnen und Dollar war, erwarten. Hier, wo es aus den Lokalen nach verbranntem Fett roch, die jugoslawischen Köche und afrikanischen Spüler auf Klappstühlen auf der Straße saßen und Zigaretten rauchten, deren Filter sie vorher abbrachen und in den Gulli warfen, wo der Tourismus billig oder noch bezahlbar war, wo Autos wie die Ufos übergewichtiger Marsmenschen umherirrten, die an die Utopie eines Parkplatzes glaubten und sich längst in der hundertsten Umdrehung befanden, sich unter Hupen und Fluchen mit ihren deutschen Kennzeichen, mit den ausladenden Hüften und breiten Reifen ihrer SUVs durch die engen Gassen zwängten.

Joseph wartete nur darauf, dass einer einmal Amok fuhr, einfach aufs Gaspedal trat und alles abräumte, was vor ihm die Straße querte. Für was hatten sie denn den Grill vor der Motorhaube? Es hieß doch Skisafari, oder? Joseph war etwas zu spät dran, es gab kein Durchkommen bei diesen Fanmassen, diesem speckigen Lindwurm und grölendem Untier, das sich selbst vermehrte und in alle Ecken schleimte, überall floss das Bier mit dem Urin zusammen nach unten, floss in die Stadt, in den Untergrund, in das Bett des betonierten Bachs. Joseph war alle

Schleichwege gefahren und dann gegangen, aber er konnte die Rempler, Schulterklopfer, Anspucker, Solidarisierer, Fraternisierer nicht vermeiden, er musste schließlich durch sie hindurch, sich kontaminieren, Farbe bekennen, rot-weiß-rot. Er wirkte wie ein englischer Lord bei der Armenspeisung, legte Hand auf, beschwichtigte, ballte die Faust, konnte seinen Ekel in ein plakatives Dazugehören verwandeln, sodass er unbeschadet die fünfzig Meter bis zum Hauseingang überstand und froh sein musste, dass sie ihn nicht auf ihren Schultern getragen hatten.

Joseph holte Luft vor der Tür zum Treppenhaus, klopfte sich die unzähligen Berührungen vom Loden, säuberte mit einer kleinen, raffinierten, ausfaltbaren Kleiderbürste seine Garderobe, strich sich mit einem Kamm durchs Haar, streifte seine Autohandschuhe ab und setzte, nach einem Moment der Meditation, sein verbindliches Lächeln auf, das ihm aber sofort wieder im Hals stecken zu bleiben drohte, als er sich daran erinnerte, dass es keinen Aufzug gab. Dass im Zuge des Kleinkrieges der anderen Eigentümer, für die jeder Russe die bolschewistische Gefahr verkörperte, der Bau einer Dachterrasse mitsamt Aufzug, abgelehnt wurde, obwohl Vladimir natürlich alles aus eigener Tasche fürs Allgemeinwohl gezahlt hätte. Aber war es nicht schon schlimm genug, einem Russen im Treppenhaus zu begegnen? Wäre es nicht ganz unerträglich, mit ihm im Aufzug zu fahren, gar stecken zu bleiben? Mit einem Russen? Diesen Barbaren! Erst waren sie nur Kommunisten, aber jetzt sind sie auch noch Kapitalisten und tun so, als gehöre ihnen alles, weil sie so ungehörig sind, so unersättlich, als könnten sie jeden Einwand mit Geld oder Gewalt stopfen, jedes Loch mit einem Loch im Kopf.

Was der Kommunismus nicht geschafft, wovon Trotzki nur geträumt hatte, das hatten sie jetzt erreicht, die Weltherrschaft, die Internationale Rubelrüpelrevolution. Sie waren überall und drehten alles um, walzten alles nieder, kauften alles auf, und wer sich nicht kaufen ließ, den kauften sie sich. Ihre Säuberungen verschmutzten alles, sie waren nicht länger Proletarier, sondern Petrolproleten, Gaspromgenossen.

Joseph hörte nicht mehr hin, mit welchen Russen-Vorurteilen ihn der Immobilienmakler, der ihn auf der Treppe eingeholt hatte, bewarf. Die Hirschhornknöpfe auf seinem pinkfarbenen Trachtensakko waren hirschkopfgroß, er trug Phantasie-Trachtensakkos wie Göring Uniformen, alles an ihnen war schrill, schreiend schrill, und so geschmacklos, wie es kein Russe je zustande gebracht hätte, selbst wenn er sich Chanel mit Diamanten auf die Stirn gepierct hätte oder seinen Cockring um den Hals baumeln ließe. Und was alles noch viel schlimmer und unerträglich machte war, dass Hohlbäumler nichts als eine billige Kopie war von Hornfester, dem Kaiser unter den Immobilienkönigsmachern, der seine leuchtenden Trachten, so sagte es das Gerücht, sogar selbst entwarf. Hornfester und seine Frau waren ein ebenso schrilles wie bodenständiges Paar. Sie waren in jeder Hinsicht aufsehenerregend, waren in ihrer Originalität ironisch und in ihrer Ironie originell. Sie passten in keine Schublade und widerlegten auf den ersten Satz und spätestens den zweiten Blick jedes Vorurteil, wenn sie jemanden kennenlernten. Sie waren sympathischer Glamour. Aber vor allem: Sie waren nicht kopierbar. Hohlbäumler versuchte es trotzdem, erreichte sie nie, vielleicht kam daher sein Frust, der ihn in den Hass und seine Hasstiraden trieb, wie jetzt gegen Vladimir.

Dabei lebte Hohlbäumler von Vladimir, er war seine Kitzbühler Hand, wie immer man das interpretieren mochte, wo und in was diese Hand mitspielte und in welchen Taschen sie war, welche Hände sie schüttelte oder in sie einschlug. Vladimir hatte einen Plan und Hohlbäumler die Pläne dazu, für ihn war nur ein Handstrich nötig, auf einem Scheck, einer Überweisung. Hohlbäumler baute mit Vladimirs Geld, baute aus, baute um, baute an, baute neu, riss ab, riss ein, der Russ, der kommt, der Russ, der kommt, ob er aber über oder aber über unter …, wie es im Lied hieß, egal, er kam, er war längst gekommen. Vladimir hatte seine Kunden, Hohlbäumler war sein Kundschafter, sein Behördenflaneur, der jeden Makel wegmakelte. Vladimir hatte die Scheine und Hohlbäumler war für den schönen Schein zuständig, er machte aus Naturschutzgebieten Oligarchenzoos, aus Russen Österreicher und aus Österreichern Oligarchen, seine Gamsen scheißen Mozartkugeln und die deutschen Esel das Geld, um das er sie beschiss, weil sie wie die Russen nicht glücklich waren, wenn sie nicht zu viel zahlen mussten. Nur wenn die Summen astronomisch waren, konnten sie nach den Sternen greifen und sie auf den Boden holen und mit Füßen treten.

Hohlbäumler gab ihnen das Überheblichkeitsgefühl, das sie brauchten, um nicht zu merken, dass er sie in Wahrheit erniedrigte und nicht sie ihn, wie sie dachten. Sie lachten ihn aus, begriffen nicht, wie lächerlich sie selbst waren, wie er den Clown spielte, der sie waren mit ihren Pappnasen, die ihnen der Suff ins Gesicht steckte, mit ihren Bäuchen, die nie genug bekamen. Hohlbäumler mochte die Russen, denn sie waren, was sie waren, sie wollten nicht auch noch erlesen sein, Künstler, Intellektuelle oder egal wie wichtig. Sie hatten einfach das Geld, das reichte ihnen. Sie waren reicher und mussten deshalb auch nicht noch reicher an sonst was sein. Alles und jeder war käuflich für sie, es gab eine klare Währung. Was teuer war, war gut, und je teurer es die anderen zu stehen kam, desto wertvoller war es ihnen. Das Wort »unbezahlbar« kannten sie nur aus der Werbung für ihre Kreditkarten.

Hohlbäumler sprach ihre Sprache, ohne ein Wort Russisch zu verstehen oder zu sprechen. Er fühlte sich Joseph Grünsee überlegen, denn er teilte weder dessen Skrupel noch dessen Weltbild, das gezeichnet war von einer Sehnsucht nach Stil, nach einer Zivilisation, die dieses Wort verdiente und es sich jeden Tag neu verdiente. Grünsee war kultiviert, weil Kultur für ihn der Verbrennungsmotor seines Kopfes war, weil er wusste, dass ohne Kultur alles Konjunktur war und jeder Konjunktiv unmöglich, es nur die nackten Tatsachen der rohen Gewalt gab. Für Grünsee war Stil und Form die Chance, sich zu vergessen, sich zu verwandeln, sich zu überhöhen. Was andere im Sport erfuhren, die Glückshormonausschüttung, wenn man über seine Grenzen ging, empfand er, wenn er Shakespeare las, Keats zitierte, den Motor eines Aston Martin wie ein Gemälde nach dem Goldenen Schnitt bemaß und seine Geräusche wie die Ouvertüren einer Oper. Eigentlich gehörte er nach London und war hier fehl am Platz. Nur die Landschaft hielt ihn hier und ein paar Lokale wie der Hallerwirt. Der Hallerwirt war für Joseph, wie das Hagsteiner, aus der Zeit gefallen in eine zeitlose Schönheit und Vergangenheit. Der Hallerwirt war wie sein Holz, es atmete, die Jahre, die Menschen, die Wünsche und Sehnsüchte.

Der Hallerwirt war wie das Hagstein nicht gefällig, gefiel sich nicht in Gefälligkeit. Sie waren, wie sie waren, und es war gut, wie sie waren, und sie wussten, dass sie gut waren. Das Essen war so ehrlich, dass einem das Herz aufging. Am liebsten traf er sich hier mit seinem Freund Hady, dem Direktor. Er hieß kurz Hady, weil er es liebte, scharf zu kochen und zu essen, höllisch scharf. Hades hatte er seine Gewürzmischung genannt, und so war ihm wohl der Name geblieben. Hady und Lord waren selbst leidenschaftliche Köche und wie in einem John-Ford-Western trafen sie sich einmal im Monat zum Tatar-Duell. Es war ein Spaß für ihre Gäste, aber für sie war es der rohe Ernst. Aber sie konnten auch lachen über sich, wenn auch Hadys Ironie so hintergründig war, dass ihr schwer auf den Grund zu kommen war. Aber das machte ihn aus, sein Humor, seine Lust am Spiel und seine weißen Haare, die er, so ulkten seine Freunde, vom Tiefschneefahren hatte, dann ging er zu Lois Stern, setzte sich in seine Ecke und ließ seine Geschmacksnerven, seine Zunge, seine Phantasie Segel setzen, dann saß er in einer Bar in Hongkong nahe den Wolken. Er musste nur Lois Stern beim Kochen zusehen und er war wieder versöhnt mit allem, beruhigt, beseelt. Er erholte sich in der Heimat von der Heimat.

Aber hielten ihn wirklich nur die Landschaft und die Lokale? Nein, die Liebe hielt ihn hier, der Blick jeden Morgen auf den Wilden Kaiser, der für ihn die Queen war, und als einer ihrer liebsten Untertanen war er ihr Lord

Chancellor bzw. ihr Cromwell und manchmal auch James Bond, wenn er aus seinem Wagen stieg und allen die Luft wegblieb. Leider konnte er jetzt nicht weiterträumen, sondern er musste jetzt im Hier und Heute Treppen steigen und noch dazu in Begleitung dieses geldadeligen Hohlbäumler, der arm im Geiste war und reich an Unterwürfigkeitsgesten. Denn natürlich umarmte er den gerade geschmähten Vladimir mit österreichischer Devotheit unter dem Abbeten aller Komplimente, die er in der kurzen Zeit über die Lippen brachte, wie es Joseph mit keinem einzigen gekonnt hätte. Hohlbäumler war nichts als eine Marionette, die man brauchte für alle, die die Bretter vor ihrem Kopf für die Welt hielten und durch sie ihre großen Löcher bohrten oder das vermeintlich große Rad drehten, dem die Luft ausging, wenn Grünsee es wollte. Vladimir ahnte nicht, dass Grünsee ein doppeltes Spiel spielte. Er wollte verhindern, dass Kitzbühel zu einem Tiroler Baden-Baden verkommt, wollte vermeiden, dass es bald so viele Helikopter wie Pistenraupen gab und mehr Geld- als Fremdenzimmer. Er las Gogol, Puschkin, Tschechow, aber die Wirklichkeit drängte auf Dostojewski. Tolstoi war ein Märchen, denn es gab längst keine Wahl mehr und Frieden war nur ein anderes Wort für Krieg und Krieg nur ein anderes Wort für Kapitalismus. In Kitzbühel nannten sie das nicht Manchester-, sondern Alpenkapitalismus, der Schuldenberg ruft. So wie nach Deutschland nicht die elitären, mondänen Jungtürken Istanbuls kamen, sondern die armen Nichtschlucker aus Anatolien, so kamen aus Russland nicht die armen Kulturschaffenden, sondern die reichen Kapitalbeiseiteschaffenden.

»Wo ist denn Ihre bezaubernde Frau, Vladimir?«,

stürmte Hohlbäumler auf den Kaviar zu und sondierte, während er sich ein Glas Champagner reichen ließ, wer da war, wer nicht da war, welche Gesprächspartner sich bezahlt gemacht hätten und welche Gesprächspartnerin bezahlbar bzw. gratis und ein Geschenk des Hauses wäre, eine dieser unzähligen Aufmerksamkeiten, für die keiner mehr aufmerkte, weil sie selbstverständlich geworden waren in diesem Haus mit seiner üppigen Gastfreundschaft, die einen an den Busen drückte oder zur Brust nahm, für die man das Glas hob, hinunterstürzte, bevor man es über den Rücken warf, was keiner sich traute, aber in Gedanken tat, ein Scherbenmeer. Es gab wieder von allem im Überfluss, auf dem Tisch eine Kriegsflotte Kaviar-Canapés, Kaviarkübel, Kaviarkokotten auf der Couch, alle blond, alle kurzberockt, nur die Netzmuster der Strümpfe unterschied sie, Hummerschwänze aus allen Weltmeeren, tote Hosen, Schnecken, Froschschenkel, Magersüchtige und Fettpolster, Champagnerflöten und Stehgeiger, Tatar und Tartaren, Tattoos und Tabus, Titeltunten und Tittentorpedos, Panzerkreuzer und Kreuzersonaten, Lenin in Platin und Stalin in Stahl, Rasputin und Putinraster, Flüchtlinge und Flüchtige, Wodka und Wotan, Traurigkeit und Trüffel, Weißbrot und Wasser, Ikonen und Ichdrohnen, Grills und Grillen. Alles an dieser Wohnung war in Luxus getaucht, es erfüllte alle Klischees ohne Klischee zu sein, denn immer wieder stach etwas heraus, das atemberaubend war, ein Bild, eine Truhe, ein Stuhl, eine Handschrift, ein Buchrücken neben bloßer Haut. Wer seine Vorurteile pflegen wollte, konnte sie pflegen, wer genau schaute, schaute tiefer, tief in Vladimirs Seele hinein, in einen Schneesturm, der nicht enden wollte.

War die Wohnung vom Schnitt, von der Größe, von der Raffinesse oder Vulgarität her wie andere Wohnungen, so war die Terrasse ein Schock an Schönheit für jeden, der sie das erste Mal sah und betrat. Zwei Kirchen auf der Höhe, deren Dächer und dahinter die Streif, der Zielhang, die Schräge, die Kitzbühel weltberühmt machte. Auf dem Geländer war ein leinwandgroßes, randloses Vergrößerungsglas angebracht, das die Skifahrer auf die Terrasse sog, sie auf einen zurasen ließ. Innen gab es naturgemäß auch einen Screen, der über die ganze Wand ging, und die Fernsehbilder. Aber ohne Ton, denn Vladimir ließ Arvo Pärt hören, die Musik gewordene Melancholie, die sakrale Schwermut. Er entschuldigte sich, er habe ganz vergessen, die Musik zu wechseln, den Ton anzuschalten, sicherlich möchte man den Live-Kommentar hören. Aber die Fugen Pärts waren nicht mehr zu übertönen vom schrillen Lärm der Zielraumschickeria und Meute, nicht vom Kratzen der Kurven, die Musik hatte alles in einen Totentanz verwandelt und Vladimir bat zum Tanz mit einem Lächeln und einer Flasche Ruinart Rosé, blutgetränkt, mit deren Perlen die Notenhälse nicht brechen, sondern nur ersäuft wurden.

Die ersten Läufer waren, vom Gros der Gäste mehr geduldet als bemerkt oder verfolgt, schon ins Ziel gejagt. Plötzlich geht ein Raunen durch den Raum, fast wie eine Erleichterung. Peter Fill wirbelt es durch die Luft, der Italiener ist, nachdem er auf Bestzeitkurs war, schwer gestürzt, er kam nach dem Karussell zu nah ans Netz. Ein Salto Mortale, aber er kommt auf einem Ski auf und fängt so den Sturz akrobatisch ab. Die Mädchen kreischen, endlich hat es einen zerlegt, aber da, er steht schon wieder,

Männer, echte Männer, nicht solche Brutalosanftblüter wie Boris, der Londoner Oligarch, der in seiner übertriebenen Zärtlichkeit und seinen weichen Worten wirkt, als hätte er schon Hunderte mit seinen Stimmbändern erdrosselt. Er tut so, als könnte er keiner Seele etwas zuleide tun, wenn es nur eine tote Seele ist. Auf einmal können sich die Gäste gar nicht mehr beruhigen, nach dem schönen Sturz tritt jetzt in der Unterbrechung der Terminator auf: Arnold Schwarzenegger nimmt seinen Platz auf der VIP-Tribüne ein. Und dort sind auch Bernie Ecclestone und der Weltraumspringer Felix Baumgartner.

Unterdessen war Roland Baumann auf der Strecke, ist gut dabei, aber verpatzt die Traverse, er ist viel zu weit unten und muss fast wieder bergauf fahren.

»Die Traverse duldet keinen Fehler«, profiliert sich Hohlbäumler als Experte, »jetzt, der Kröll, der Kröll machts! Der Kröll holt uns die Streif!«

Nach dem Gleitstück geht Kröll in Führung, verliert dann aber im unteren Teil immer mehr.

»Das holt er in der Traverse wieder raus«, versucht sich Hohlbäumler zu entspannen, hat ihn aber längst aufgegeben. »Was für ein Ritt! 12 Hundertstel nur. Zwei Österreicher sind vorne!«

Hohlbäumler schien sich als Einziger wirklich für das Rennen zu begeistern, er und die Wiener, die er nicht kannte und nicht kennenlernen wollte. »Da, der Svindal hat es auch versaut! Und kein Schweizer, alle versagt! Zwei Österreicher vorne!«

Joseph drängte sich zwischen ihn und Vladimir, der jetzt auf der Terrasse stand und hinüberblickte, dann aber doch den Screen bevorzugte.

»Der Paris ist ein Guter«, warf Joseph in den Raum, den er nicht Hohlbäumler überlassen wollte.

Und der junge Südtiroler gab ihm recht. Nach der Hälfte der Strecke lag er sogar leicht vorne.

»Die Traverse. Optimal!«, euphorisierte sich Joseph, während Hohlbäumler auf einen Sturz hoffte, dass es den Italiener ordentlich zerlegt, dass er beim letzten Sprung die Kontrolle verliert und ins Aus saust, in die Netze katapultiert wird, dass sie ihn mit dem Helikopter abholen.

»Was für eine Fahrt! Fabelzeit! Keinen Fehler! Den holt keiner mehr ein! Mit dem hat keiner gerechnet«, grinste Joseph und meinte außer ihm selbst. Er, der im Erfolg leiser wurde, fast lautlos, dort wo andere an Lautstärke gewannen, aufdrehten, sich zurücknahm, dort kostete er still den Triumph aus wie ein Gentleman und die Fiktion eines fairen Sportsman.

»Da können Sie schon mal mit dem Gondellackieren anfangen«, musste er dann doch loswerden.

Der überraschende Verlauf des Rennens hatte die Laune der Gäste ruiniert, sofern sie Einheimische wie Hohlbäumler oder Wahl-Österreicher oder gar Wiener waren. Aber jetzt gab es noch eine letzte Chance.

»Der Hannes, der Reichelt, Hannes, Hannes go, go, der Hannes macht's«, exaltierte sich Hohlbäumler, und seine Hirschhornknöpfe am Revers liefen so puterrot an wie sein Gesicht, das der Champagner und die Kaviarbrötchen zu einem runden Ballon aufgeblasen hatten, in den man eines der Kokainröhrchen stechen mochte, die auf der Toilette unter dem Handtuchstapel lagen.

Reichelt beginnt ganz stark.

»Da, 37 Hundertstel, er ist 37 Hundertstel schneller da oben«, johlten die Kitzbühler in der Hoffnung, alle mit in den Zielhang hinunterzureißen.

»Aber der Vorsprung schmilzt und schmilzt«, wandte Joseph ein und konnte seine süffisante Bosheit gar nicht erklären. Im Grunde interessierte er sich auch gar nicht für das Rennen, nicht aus sportlichen Gründen, nicht aus nationalem Selbstwertgefühl oder Stolz. Die Streif war ein Standortvorteil, ein Alleinstellungsmerkmal, Disneyland, der umgestürzte Eiffelturm.

»Das wird ganz eng«, wurde Hohlbäumler immer leiser, kleinlauter und schielte zu Vladimir, der permanent sein Handy auf Nachrichten überprüfte und kein Auge für die Piste hatte, keine Augen für die Schenkel und ihre steilen Abgründe und Routen abseits der Piste.

»Die Traverse läuft nicht optimal«, genoss es Joseph jetzt fast, Hohlbäumler in die Knie zu zwingen.

»Doch, doch, er schafft es, er schafft es, Hannes, Hannes!«, gab Hohlbäumler alles, als wäre es jetzt ein Rennen zwischen ihm und Joseph.

»Es wird ihm im Zielhang deutlich an Geschwindigkeit fehlen«, drehte sich Joseph siegesgewiss ab und zeigte Hohlbäumler den Rücken, ignorierte demonstrativ den Zieleinlauf Reichelts. Unendliche Sekunden lang war es vollkommen still, in der Stadt, der Wohnung, in den Köpfen.

»Dritter! Dritter!«, sprang Hohlbäumler in die Luft, verlor die Kontrolle, »Dritter!«

Ein Jubel brandete durch die Stadt, aus dem Zielraum bis zur Terrasse hinauf. »Dritter?«, fragte Joseph trocken, ohne eine Antwort zu erwarten, »eine Blamage. Österreich hat nicht nur ein Toiletten-, sondern auch ein Abfahrtsproblem«, und wandte sich dem Oligarchen zu: »Sagen Sie, Boris, wo gehen Sie in London am liebsten zum Essen?«

»Der Mayer kommt noch, der Matthias, der war Zweiter gestern, im Training. Kein Abfahrtsspezialist, aber …«, Hohlbäumler merkte, dass ihm keiner zuhörte und Vladimir in einem Zimmer verschwand.

Auf der Terrasse hatte der aus Moskau eingeflogene Koch und Grillmeister, der lässig in seinen Hausschlappen in der Kälte stand, den Grill angeworfen und schmiss ein Steak nach dem anderen auf den Rost. Er grillte für mindestens fünfzig Gäste, Flank-Steaks, Rib-Eyes, Porterhouse, Lammfilets, Hummer, Garnelen, Hühnchen aus Frankreich, Wagyu-Beef aus Japan neben Würsteln. Er grillte und grillte, aber niemand aß, alle waren satt vom Kaviar, vom Borschtsch, von den Vorspeisen, die niemand für Vorspeisen gehalten hatte. Dem Koch war das gleichgültig, stoisch choreografierte er sein Ballett auf dem Rost, und einer der unsichtbaren Bediensteten holte das Grillgut ab und verstaute es in der Küche, warf es vielleicht sofort in den Mülleimer. Es spielte keine Rolle, die Geste zählte, der Überfluss, der Überdruss. Der Rauch setzte sich in allen Kleidern fest.

»Da, der Mayer, beste Zwischenzeit! Bärenstark!«, doch ehe Hohlbäumler weiter triumphieren konnte, hatte Mayer schon so viel an Zeit verloren, dass er nur noch um ein respektables Ergebnis fuhr, vor allem im unteren Teil verlor er deutlich seine Linie. »15ter, immerhin.«

Hohlbäumler fühlte sich isoliert, irgendetwas lief gegen ihn. Jetzt war auch Joseph verschwunden. Nein, er telefonierte, dort in der Ecke. Er wirkt nervös, so nervös wie sonst nie.

»Da, der Deutsche, diese Niete, 25ster! Zwei Sekunden zurück, zwei Sekunden!«, jubelte Hohlbäumler in den Raum, als könne der Deutschenhass sie alle verbinden. Doch keiner beachtete ihn, er war Luft, parfümierte Luft. »Der Innerhofer, der ist noch für eine Überraschung gut. Der hat eine Wut im Bauch, weil sie ihn rückversetzt haben nach dem Training. Nur weil er nach seinem Sturz weitergefahren ist, so ein Unsinn. Hat gleich den Rücktritt der FIS-Funktionäre gefordert. Südtiroler Dickschädel. Sind ja auch Tiroler die Südtiroler, wie wir, egal wie ein Tiroler gewinnt heute, wir sind die Gewinner«, streckte er sein Glas in die Höhe. »Was sag ich, da, Wahnsinn, 18 Hundertstel vor der Bestzeit! Wie der das da oben meistert, irre. Da! Mist, jetzt hat er die Einfahrt ins Gleitstück verpatzt, da wird er Geschwindigkeit verlieren, das sind kostbare Hundertstel, das holt er nicht mehr ein, die Piste unten ist auch nicht mehr optimal, nein, das wird nichts mehr, schade, dabei hatte der doch so eine Wut im Bauch, was für eine Wut ...«

Hohlbäumler kippte den Champagner wie Wodka in einem Zug hinunter, goss sich neu ein. »Auf Paris! Die Stadt der Liebe«, er schwankte, Ruinart Rosé, »nein, auf den Dominik Paris natürlich, den Streifsieger! Und auf den Reichelt, Hannes, und auf Kitzbühel und das berühmteste und schwerste Rennen der Welt!«

Er stolperte und kippte über den Schemel vor ihm. Nun hatten ihn endlich alle wieder wahrgenommen, lachten, hoben die Gläser und halfen ihm auf. »Auf die Streif!«, hallte es, und Hohlbäumler leckte sich das Blut von den

Fingern, suchte den Glassplitter, der ihm unter die Haut gefahren war.

»Wir waren betrunken, ich, ja, natürlich habe ich gesagt«, Joseph drängte sich in die Ecke, hielt die gewölbte Hand um das Handy, sondierte mit den Augen den Raum, ob jemand ihn hörte oder, schlimmer noch, seinen Gesprächspartner. »Ich kann Sie vertreten, ja, verteidigen, Sie müssen mir nur sagen, was, haben Sie etwa, Sie sagten, haben Sie etwa, Sie haben doch nicht, den, den Jungen?« Joseph hustete, ihm wurde schlecht, Eiweißschock, Restalkohol, Frischalkohol. »Haben Sie? Natürlich nicht am Telefon, nein, ich bin nicht in der Kanzlei, nein, gut. Im Sonnbühel, Sie kommen dort hin. Wollen wir nicht lieber? Gut. Bitte unterlassen Sie ..., das ist..., Sie wissen es! Ich möchte es hier nicht aussprechen ..., ich ..., ich flehe ..., flehe Sie an ..., ein ... Gut, im Sonnbühel um zwei, wenn Sie mir versprechen ... Hallo?«

Aufgelegt. Das ist ein Irrer, der verarscht mich!, versuchte sich Joseph zu beruhigen, aber sein Magen zog sich zusammen, als wäre ihm das Herz in den Magen gerutscht und der krümmte sich jetzt, umschloss es jetzt wie eine Lawine einen Verschütteten.

»Vladimir?«, rief Joseph. »Vladimir?«, aber er fand ihn nicht, er war nirgends zu sehen, sie hatten nicht über das Hotelprojekt gesprochen, weshalb er gekommen war. Er blickte zu Hohlbäumler, der jetzt von drei Blondinen umringt die Streif mit seinen kurvenden Händen hinunterjagte. Joseph verwarf die Idee und wandte sich an einen der Bediensteten. »Sagen Sie bitte Vladimir meinen Dank, ich musste leider überraschend los, es tut mir sehr leid, es war formidabel.« Der Russe hatte nichts verstanden, wie Joseph sofort klar war, aber er hatte keine Zeit zu verlieren.

»Andrej«, Vladimir saß im Kinderzimmer auf dem Bett der Zwillinge, eine trockene Zigarette im Mundwinkel, die er rauchte, als rauchte er sie. »Andrej, wo bist du? Ruf zurück, du Hurensohn! Warum hast du dein Handy aus, habe ich dir nicht verboten, das Scheißding auszuschalten! Hast du das Paket? Mach sofort das Handy an!« Vladimir klappte das Handy zu, nur um sofort wieder anzurufen. Schon seit er die Party verlassen hatte, machte er nichts anderes, als zwischen den Kuscheltieren der Mädchen zu liegen und dabei zu versuchen, Andrej auf der Piste zu erreichen. »Endlich! Es läutet. Jetzt wird dieser Idiot wieder Schüsse hören, was für ein idiotischer Klingelton, ich muss es ihm verbieten, oder ich erschieß ihn. Geh ran, jetzt geh ran! Andrej!«

Vladimir verstummte, er hatte eine Kinderzeichnung aus dem Bauch des Bären gezogen. Ein großer schwarzer Mann und darunter eine Frau, nur ein roter Schuh, eine Strähne, und eine Sprechblase, die aus seinem Rücken steigt mit einem Herzen. »Der Junge interessiert mich nicht. Komm sofort!« Vladimir klappte das Handy zu.

15

Ödön verstaute das Handy in der Innentasche seines Anoraks. Er schaute auf seine Armbanduhr, das Rennen müsste vorbei sein, die Menschenmenge würde sich neu verteilen, in das Skigebiet strömen, die Lifte würden sie füllen, die Pisten aus ihrer Einsamkeit aufschrecken, die Leere würde sich beleidigt zurückziehen in die Wünsche, und das weiße Blatt würde in kürzester Zeit vollgeschrieben sein, und in den Heißluftballons gab es endlich Grund, auf einen immer bunter werdenden Ameisenhaufen hinabzuschauen.

Ödön hatte jeden Weg, den er ausprobiert hatte, gestoppt, sich alle Varianten eingeprägt, die Zeiten der letzten Kontrollfahrten notiert und wann die Hütten ihre Gäste hinauswerfen würden, vor allem, wenn oben auf der Ehrenbachhöhe alles verlassen wäre außer dem Hotel. Er war ganz alleine im Hotel. Das Hotel war geschlossen, sie renovierten es.

Ödön erinnerte sich, wie er in dem Zimmer unter dem Dach saß, auf Augenhöhe mit dem Lift, der die Skifahrer zur Ehrenbachhöhe hinaufschweben ließ. Warum war er in diesem Nicht-Ort hängen geblieben? Weil es ein Nicht-Ort war. Auf der anderen Seite konnte er bis zur Hahnenkamm-Bergstation blicken oder rechts hinunter zum Sonnbühel, das er immer geliebt hatte. Er müsste sich nur die Skier anschnallen, hatte er sich gesagt, und hätte nicht einmal die Schuhe zugebracht in seinem depressiven Zustand. Welche Feste hatten sie dort gefeiert.

In der Silvesternacht hatte er sogar Joseph kennengelernt. Vom Sehen her kannte er ihn schon lange, aber er war nie in Kontakt mit ihm gekommen. Der Anwalt Joseph Grünsee, Lord, ihren Lord. Ödön hatte sich über Joseph informiert, hatte alle Schnittstellen und -mengen zwischen ihnen überprüft, nachgelesen, gefragt, fragen lassen, beobachtet. Aber er war nicht der Einzige, dem Joseph Grünsee ein Rätsel war, das sie nur zu gerne gelöst hätten. Schien die Lösung so offensichtlich und einfach, rückte sie in die Ferne und er gleich mit, je mehr man über ihn zu wissen glaubte.

Für Scotty, den Galeristen, war Joseph, das hatte er Ödön in dieser Glamournacht erzählt, ohne zu wissen, wer er war und ohne, dass sie sich an ihn erinnert hätten, ein Englishman in Kitzbühel, auch wenn er aus dem hintersten Schwarzwinkel Osttirols stammt, aus einer engen Stube unter dem Gewitterhimmel, aufgewachsen zwischen zitternden Gräsern, in Schattentälern, wo selbst die Wolken froren, wenn sie eilig über sie hinwegzogen. Er kam aus einem vergessenen Landstrich, durchbohrt von Tunneln, eifersüchtig abgeschirmt von steil aufragenden Felswänden, aus denen die Bergsteiger fielen. Einem Tal, wo sich die tollwütigen Füchse Gute Nacht sagten, wo jeder jeden gebissen hatte und sie alle immun waren und gegerbt gegen die Zeit, die Haut geschliffen an den Wetzsteinen des Winds, die Stirne im Schnee gekühlt, dass kein Sommer sie auftauen konnte für den Gedanken an einen Sommer, der länger bleiben könnte als ein Erschrecken über die Strahlen im Gesicht, das unerwartete Lächeln, das Wort, das ein Jahr gewartet hatte, bis es mit geschlossenen Augen über die Lippen sprang. Jeder Satz war eine

Alpenüberquerung mit nackten Füßen. Wenn es einer aus dieser übellaunigen Falte der Natur, aus der atemberaubend kargen Schönheit, hinausschaffte in die so genannte Freiheit vor den sieben Bergen, musste er sich fühlen, als hätte er sich aus einer Lawine befreit. Aber diese Landschaft verließ man nicht, man trug sie sein Leben lang mit sich, ihre Blütensamen in den Blutbahnen, ihre Steine in den Gelenken, das Rufen der Tiere in den Träumen, den Geschmack der Milch auf den Lippen und die Zeitlöcher der Kehlenworte im Kopf, wenn so einer mit sich selbst sprach wie ein Sohn, der heimkehrt, ohne dass die Wunden sich je geschlossen hätten.

Die Einheimischen trugen das Tal mit in die Welt, aber nie die Welt mit zurück ins Tal, wo sie keiner brauchte und falls doch, nur mit Schnaps zu verkraften war. Sie wollten ihre Heimat fliehen, aber es blieb als Fluchtort die Atemlosigkeit der Gegenwart, sie blieben ihr ein Leben lang und bis in den Tod hinein verhaftet.

Auch Huller war hier aufgewachsen, aber schon als Kind hatte ihn seine Mutter nach Kitzbühel entführt, weg von dem einsilbigen Vater, der immer mehr verstummt war und den Sohn mit in die Wälder nahm, aus denen er verstört zurückkam wie ein Reh im Maul des Wolfs. Alle hatten weggesehen, und sie hatten gedacht, wenn keiner ihn mehr ansah, müsste man erst recht kein Wort mehr darüber verlieren, dass Sohn und Frau am Sonntag ihre blauen Flecken und Blutergüsse verbargen beim Vaterunser. Joseph hatte als Einziger den Mut gehabt, ihm ins Gesicht zu sagen, was mit ihm passieren würde, würde er sie noch ein einziges Mal berühren. Dann half er ihnen zu gehen und ging selbst mit. Nicht über Nacht, nein, er verabschiedete sich am helllichten Tag. Er würde studieren, er wollte Anwalt werden. Einer, der das Recht hatte, wo andere die Muskeln hatten. Einer, der in aller Ruhe jeder Gewalt ihre Energie raubte und Schläge mit Worten parierte, geduldig wartend auf den entscheidenden Moment, da er alles mit einer überraschenden Wendung drehen konnte.

Joseph hatte diesen Rhythmus, der ihn von allen anderen unterschied, wie ein stoischer Wanderer, der mit dem ersten Schritt weiß, wann er am Ziel ist und wie er seine Kraft einzuteilen hat, um alle Davongeeilten hinter sich zu lassen. Was ihm zu seinem Nenn-Adel verhalf, zum Lord machte; hatte ein Auge, einen Blick, bevor er eine Meinung, ein Urteil äußerte. Sein Charme war wie eine Daunenjacke, wenn die Nächte kälter wurden. Hatte Scotty alles in seinem iPhone, hatte es Lord in seinen Schläfen, die nahezu immer vibrierten wie englische Züge, die noch immer versuchen, das neunzehnte Jahrhundert zu verlassen. Er hatte einfach alles im Kopf. Als Jurist war er der Anwalt schlechthin. Nichts, was nicht über seinen Tisch ging. Manche nannten ihn sogar den Paten von Kitzbühel und hätten ihm sicher den Siegelring geküsst, wenn er Leute respektiert hätte, die vor ihm auf die Knie sinken. Er war ein Meisterstratege. Man hätte ihm zugetraut, mit den Bergen Schach zu spielen und sie dabei zu bewegen. Er wusste alles, aber auch von nichts, wenn es nötig war. Seine Kanzlei war das Nadelöhr, durch das die Reichen und Russen wollten, und vor dem sie wie Kamele stehen blieben, wenn sie sich vor ihm aufspielten.

Meistens lächelte er, doch sein Lächeln unterschied sich von seinem Lachen. Wenn sich seine Augen scharf stellten, verging es den meisten. Auch Huller, als er Lord gewinnen wollte, über fadenscheinige Tricks den Sieg einzufahren, den er auf der Piste verschenkt hatte.

Ödön warf noch einmal einen prüfenden Blick zurück auf das Loch, das er in den Speichersee gesägt hat, den See, über den im Sommer Hansi Hinterseer wie Jesus geschwebt war auf einem Floß, von unsichtbaren Fäden gezogen. Der blonde Erlöser, auf dessen Wiederkehr sie warteten, den Streifsieger und Sänger, die Auferstehung versprechend mit ausgebreiteten Armen. Würde er über das dünne Eis gehen, bräche er ein. Die ganze Stadt, dachte Ödön, ist auf dünnem Eis gebaut. Was war das? Was für ein Geräusch? Er brauchte keine Minute bis zur Kapelle. Sollte er lieber hier warten? Nein, in der Kapelle wird ihn keiner sehen, dachte er, nicht jetzt, nicht später, dort könnte er bis zur Dunkelheit ausharren. Außerdem drehte das Wetter, der Himmel führt etwas im Schilde, sagte er sich. Er will mich täuschen, ich spüre es, die Narbe schmerzt, schmerzt so, als würde das Wetter in Kürze drehen. Ein Sturm zieht auf, war sich Ödön sicher. Hoffentlich käme er rechtzeitig.

16

Bonnie stand nur ein paar Armlängen vom Terminator entfernt. Alles war nach Plan gelaufen. Sie blickte auf Schwarzeneggers Hinterkopf. Sie war schwanger. Bonnie konnte es nicht fassen. Das Phantom. Sie jagte einem Phantom nach. Sie war immer schlecht im Rechnen gewesen, erhöhte Temperatur, Temperaturtabellen, Fieber, Quadratwurzel, Exponentialfunktion, Statistik, Wahrscheinlichkeitsrechnung. Wie hoch war die Wahrscheinlichkeit, dass sie ihre Waffe ... Sie erinnerte sich an den Fleck in ihrer Wohnung. Sie zählte zurück, zehn, neun, es war eine heiße Zeit gewesen, sie hatte keinen Unterschied gemacht. Sie hatte alle Nummern nach der Nummer weggeschmissen, keine zweite Nacht war ihre Devise und hatte ihren Lovern Lügen in die Hand geschrieben oder war einfach noch in der Nacht, in den ersten Morgen- und Gewissensstunden aufgebrochen, während sie noch schliefen, zerkratzt, geschlagen, bewusstlos geküsst. Ein Schluck Wein und weg auf Nimmerwiedersehen. Sie zuckte zusammen bei dem Gedanken, sie könnten alle hier sitzen in der Zuschauermenge, alle wären sie hier, der Vater des Kindes, er wäre ganz in ihrer Nähe, mit seiner Familie, seinem Sohn oder seiner Tochter, hielt Händchen mit seiner Frau, entdeckte sie und zuckte zusammen. Sie würde abtreiben, abtreiben müssen. Alleinerziehende Revolverheldin sucht Tagesvater. Sie hatte ihrem Vater am Sterbebett versprochen, nie abzutreiben, war in Heulkrämpfen neben ihm gesessen, warum waren das seine letzten Worte, treib nie ab, versprich mir das. Vielleicht ginge es von selbst ab, wenn sie auf der Piste stürzte, wenn ein Schuss sie streifte, wenn sie die Nacht durchtanzte. Sie hatte die ganze Flasche in sich hineingeschüttet, als hätte sie es geahnt, als hätte sie das Embryo, das Kind ertränken wollen im Rotwein. Das Phantom. Bei wie viel Promille fing das Leben an? Warum erfanden sie jetzt alle Namen für ihre Weine, The Legend, Mephisto. Sie hatte das Rennen kaum wahrgenommen, sich nur auf Schwarzenegger konzentriert, seine Umgebung, aber eigentlich war sie abwesend gewesen. Wollte er aufstehen jetzt? Wieder kein Österreicher. Nur Dritter, und Zweiter, auch der Kanadier sah gut aus. Vielleicht war es ein Rennfahrer. Der Sieger hätte ihr gefallen als Vater, seine Spermien hätten sicher vor nichts Angst. Was für Schenkel dieser Paris hatte und das süße Bärtchen, war ja fast noch ein Junge. Aber sie standen lieber auf Skiern als auf Mädchen. Die schwangere Kommissarin. Hat das Phantom dir ein Kind gemacht? Sie würden sie verspotten. Vielleicht wars der Arnie bei der Streif, du hast ihn doch nicht aus den Augen gelassen, bist ihm im Rasmushof sogar in den Keller nach. Warum nicht gleich mit Boris in der Besenkammer, Bonnie und Boris. Vielleicht, wenn sie sich weiter schwarzärgerte über sich, über ihren Leichtsinn, ihre Leichtsinnlichkeit, sie war ein leichtes Mädchen für so einen muskulösen Rennfahrer. Wenn ein Österreicher gewonnen hätte, wäre Schatterer unausstehlich gewesen. Jetzt feierte die Menge in der Arena sich selbst, den Südtiroler und ihren Dritten. Sie waren die eigentlichen, wahren Sieger, die unter diesem leuchtenden Himmelszelt versammelt waren, die Auserwählten. Gleich würden sie in das andere Himmelszelt von Do&Co hinüberwandern, Austria-Austern schlürfen, Tiroler Trüffelgröstl.

Plötzlich ging ein Raunen durch die Menge, sie blickte auf den Bildschirm. Das Rennen war vorbei, der letzte Fahrer war längst im Ziel, aber da war ein weiterer und die Zeit lief. Bonnie konnte sich nicht erklären warum, aber die Uhr lief und die Kameras übertrugen den Lauf des schwarzen Fahrers. Die Verantwortlichen gerieten in Panik, schrien durcheinander, gaben hektische Kommandos, er war nicht aufzuhalten, wer sich ihm in den Weg gestellt hätte, dem hätte er den Kopf abrasiert, der hätte sein eigenes Leben oder das des Läufers riskiert, er blieb auf der Strecke und riss eine Zwischenbestzeit nach der anderen.

Bis jemand im Publikum schrie: das ist der Huller, das ist der Huller Franz. Da war er schon über die Traverse und hatte sie so gut wie kein anderer vor ihm gequert. Jetzt stürzte er auf den Zielraum zu. Wo er gestürzt war, damals. Was hatte er vor? Bonnies Ohr fiepte, jetzt hörte sie die Stimme. Was hat er vor? Haltet ihn auf. Haltet ihn auf. Er will in die Menge schießen. Sollte sie Huller erschießen, während er auf sie zuflog? Sollte sie sich über Schwarzenegger werfen? Ihre Pistole jetzt ziehen und abdrücken. Da! Huller, sie sah ihn, Bestzeit, er würde Bestzeit … Dann ein Knall. War es ein Schuss, ein Aufprall? Alles schrie, stob auseinander, sprang auf, Schockstarre. Kurz verlor Bonnie den Überblick und sah nichts als schwarz und Blut auf Schnee.

17

»Dein Handy ist aufgeladen«, Petra reichte Yvonne ihr Telefon und goss sich Champagner nach. Die Sonne verspielte sich in den Eiswürfeln und labte sich an den Gesichtern der beiden Frauen, die sich ihr entgegenstreckten wie Blumenkelche zu Beginn des Frühlings nach einem unerbittlichen Winter. Sie hatten alle Beziehungs- und Kosmetikfragen durchdekliniert, waren durch ihrer beider Leben wie durch zwei Slalomläufe gekurvt, hatten ausführlichst mit den hübschen Kellnern geflirtet und mit ihrem imaginären Strohwitwentum kokettiert. Wir brennen lichterloh, hatte Petra mit ihren verlängerten Wimpern gezwinkert und sich überlegt, in welches Körperteil sie als nächstes das Geld ihres geschiedenen Mannes investieren sollte, um ihre ewige Jugend zu verlängern.

»Du hättest es ruhig tot lassen sollen, kaum hast du es aufgeladen, schon blinkt es wieder. Mailbox, Mailbox, Anonym, Unbekannter Teilnehmer und dann ist es kein Unbekannter Teilnehmer, sondern deine dir nicht unbekannte Schwiegermutter. Sicher ist es Christoph. Geh schon ran! Nehmen wir noch eine Flasche? Oder zwei Gläser?«

»Es ist die Mailbox«, antwortete Yvonne und konnte kaum das Band abhören, da ein Aufschrei aus dem Nebenraum kam, wo die Streif übertragen wurde. Sofort liefen alle von der Terrasse in das Zimmer oder scrollten auf ihren Smartphones, ob etwas passiert sei, da sie nur für wahr halten konnten, was dort auf dem Display aufblitzte. »Die Streif ist doch schon vorbei«, verfolgte Petra verständnislos die Panik und war versucht, selbst aufzustehen, wenn sie es nicht als unschicklich empfunden hätte, wie ein aufgescheuchtes Huhn den anderen hinterherzuflattern. »Da muss etwas Schreckliches passiert sein«, interpretierte sie die Gesichter der Menschen im Fenster, das Raunen.

»Igor«, stammelte Yvonne und fing zu weinen an, ohne dass sie Petra oder irgendjemand beachtet hätte. »Igor ist verschwunden. Der Skikurs. Auf der Mailbox. Er war plötzlich weg. Sie suchen ihn. Wo ist Christoph? Warum habe ich denn jetzt keinen Empfang!« Plötzlich saß sie ganz allein da, denn auch Petra war nach drinnen geeilt. Yvonne hielt sich die Hände vors Gesicht und konnte die Tränen nicht mehr halten. »Igor ist verschwunden!« Aber keiner interessierte sich dafür und selbst die Sonne kehrte ihr den Rücken zu und machte sich hinter einer Wolke davon und überließ dem unerwarteten Schnee die Tränen abzustreifen.

II

STURM

1

Der Schneesturm kam aus heiterem Himmel. Dem Himmel war das Lachen vergangen, eingefroren zog er sich hinter das Grau ins Unsichtbare zurück und überließ der polaren Kaltluft und den Tiefdruckgebieten die Webcams, die nur noch ein weißes Rauschen übertrugen, Schneeflocken, die gegen die Kameraaugen klatschten und wie dicke Tränen hinunterliefen. Der Schnee fegte die Menschen von der Piste, trieb sie vor sich her wie Schlachtvieh, drückte sie an die Wände, in jede freie Ecke unter einem Dach. Aber es gab keinen Unterschlupf, keinen Schutz, der Schnee war überall, der Schnee war schneller, der Schnee war schon da, er fiel, er wehte, kam von allen Seiten, stieg aus dem Herzen hoch, weiße Blutkörperchen vermehrten sich unter der Schneehaut, verstopften die Adern. Der Schnee legte sich auf alles, was sich bewegte oder still stand, er kannte kein Erbarmen, keine Gnade, er schlug sich mit dem Wind, raste, wurde rasend, ein wütender Wind, ein wütender Schnee. Die Äste krachten, die Bäume bogen sich, der Schnee machte sich schwer und schwerer, auf den Dächern, den schwankenden Gondeln, den Sesselliften, spuckte auf Schutzbrillen und schmolz auf dem Kunstleder, nur um noch kälter zurückzukommen, die Straßen unbefahrbar zu machen und alles Menschliche unsichtbar. Man konnte nicht die Hand vor den Augen sehen, nicht den Matsch hinter den Augen, das Blitzeis über der Seele.

Der Schneesturm berauschte sich an sich selbst, rächte sich dafür, dass er während der Streif still gehalten hatte, dass er diesen leuchtenden Glückshimmel geduldet, ertragen hatte, das Wildekaiserwetter, dass er die Helikopter Purzelbäume hat schlagen lassen, dass sie sich wie Kreisel auf der Nasenspitze der Berge im Hintergrund drehen durften, dass die alten Doppeldecker rote Bullen durch das Blau zogen, die Sonne sich für ihren Ball das Glühen aus den geweiteten Pupillen geschlürft und sich schamlos breitgemacht hatte, alles in den Schatten gestellt hatte mit ihren Strahlen, ein Strahlen in jedes Gesicht, in die Strähnchen der Starlets und sogar auf die Glatzen der Geldgatten gezaubert hatte. Die Sonne hatte die Rennläufer angefeuert und sie in ihrem besten Licht gezeigt. Es war wie im Märchen. Aber irgendjemand muss die Kugel kräftig schütteln, hatte sich der Schnee gedacht, und war gefallen und gefallen, ließ sich vom Wind mitreißen, und sie entfachten gemeinsam einen Sturm, und verschafften ihrer Wut freien Lauf, straften die Meteorologen Lügen. Keiner hatte ihn vorausgesehen, er griff aus dem Hinterhalt der Schönheit an, stand nur in einem alten Bauernkalender auf vergilbten Seiten, eingesperrt in einen Schrank. Unter Staub begraben hatte er sich entfacht und hätte sich gerne mit einer Windrose einen der Rennläufer ans Revers gesteckt, das Starthaus durch die Luft gewirbelt, die Fangnetze durch die Stadt geschleudert, die Tribüne abgetragen, das schicke Partyzelt, das wie ein Schneckenhaus auf dem Zielraum saß, der Schneekönigin geschenkt, mit allen angsterstarrten Figuren. Die sonst alles kalt ließ, ließ der Sturm kalt stehen, ließ sie in der Dämmerung stehen, die gierigen Gestalten, als der Strom ausfiel und die erste

Tänzerin die Treppe hinunter der Crowd vor die kalten Füße fiel. Der Sturm war in Höchstform, er war austrainiert, er erinnerte an das Jahr, in dem Ödön geboren wurde, als er vom 3. bis 9. Februar im Iran unter seinen Schneemassen Dörfer und sechstausend Menschen begraben hatte in seiner Zeit des Zorns.

Für wie lange hätte er heute Luft, fragte er sich, und hatte Joseph Grünsee ganz übersehen, der sich im Auge des Sturms noch ins Sonnbühel hatte drücken können. Er sah wie ein Schneemann aus und die Frau auf dem Barhocker am Eingang schrie, als sie ihn so schneeverweht den Raum betreten sah, und der Sturm mit ihm nach innen kam. Jetzt war der Sturm im Haus, machte sich unsichtbar, kroch in die Knochen, kostete seine Kälte in den Rücken aus, zog über Schultern mit kratzenden Eisfingern, hauchte in Nacken und träumte, er wäre wie der Scirocco und könnte sich als roter Sand auf alles legen, allen zeigen, ich bin da, ich bin überall, es gibt keinen Schutz, du kannst die Türen nicht vor mir verschließen. Joseph wagte es kaum, den Schnee abzuschütteln, er hatte Angst, er könnte die Hütten überfluten, so von Schnee beladen fühlte er sich, durchnässt bis ins Mark.

»Gib mir einen Schnaps«, versuchte er die Situation aufzulösen und die Blicke von sich abzulenken, zurück in die Wirtschaft, wo die Champagnerkorken gegen die wie aufgespießte Köpfe an der Decke hängenden Helme knallten, wo die goldbraunen Schnitzel sich über die Tellerränder streckten, die faustgroßen, blutigen Steaks sich auf Holzbrettern mit extra scharfen Messern wie Butter durchschneiden ließen, wo die Weine älter waren als die Frauen der Männer, die sie zahlten und mit den Kellnern ein Glas nach dem Köpfen tranken in der Hoffnung, wenn schon keinen Platz in ihrem Herzen, so doch einen im Lokal zu bekommen. Manche dachten, man müsste sich seinen Tisch nicht ersitzen, sondern ertrinken, als gäbe es ein verborgenes Parker-Punkte-System, um mit den richtigen, teuren Weinen nicht länger abseits zu stehen, sondern endlich zum Sitzen zu kommen. Es dauerte, bis man einen Platz für alle zum Sitzen hatte, für die ganze Entourage, der man demonstrieren musste, dass man so beliebt, wie das eigene Geld geliebt war.

Natürlich konnte man hier keine Tische reservieren und sich durch die Menge zu dem freien Tisch am Ende des Raums quetschen unter den neidischen Blicken der Wartenden, ihren Mordphantasien, die im Rücken kribbelten, wenn man ihnen die kalte Schulter zeigte und sie stehen ließ, während man selbst Platz nahm, der Platzhirsch war. Hier gab es mehr Sechzehnender als in allen Wäldern Kitzbühels.

Das konnte aber dem Sonnbühel alles nichts anhaben, es blieb unberührt von denen, die durch es hindurchgingen. Das Sonnbühel konnte sie verkraften wie eine Regel die Ausnahme. Denn dieser Ort war himmlisch und die Kellner wie aus einer anderen Welt, nicht nur die Ruhe selbst, sondern ein Glücksversprechen in den Augen der Gäste, die an ihren Lippen und Lächeln hingen wie Junkies. Sie blieben am Boden, lässig, ohne jedes laissez-faire, sie waren auf eine geradezu erschreckende Weise professionell, diszipliniert, organisiert. Es wirkte alles beiläufig, sie liefen Kilometer, ein einziger Hindernislauf durch Menschenmassen und Eitelkeitsaufhäufungen, durch Verwerfungen und Anwürfe. Sie bestimmten die Regeln und das Spiel.

Joseph liebte diesen Ort, aber heute war er ihm fremd, ohne dass er sich erklären konnte, warum. Der Schneesturm hatte ihn wie alle anderen überrascht, angefasst, war wie ein Haufen halbwüchsiger Schläger über ihn hergefallen mit grundloser Gewalt und Wucht. Joseph rang nach Luft, die Hitze nach der Kälte, der Alkoholatem, der ihm entgegenschlug, nach der rauhen Reinheit des Schnees die Ausdünstungen der zusammengepferchten Menschen, die ihre Angst wegfeierten, die Rachen hinabschütteten, Kette rauchten und die Vorhäute ihrer Zigarren abschnitten. Heute haute ihn das um, warf ihn um, raubte ihm das Stehvermögen, sein nobles Darüberstehen und Überalleshinwegsehen. Er kam sich vor wie in einem Schwitzkasten gefangen und könnte nicht sehen, wer ihn sich da geschnappt hatte und umklammert hielt. Ihn erfasste eine irrationale Furcht, als läge auf allem und jedem ein Fluch, als seien sie verwünscht, weil all ihre Wünsche erfüllt waren und nichts mehr zum Wünschen übrig geblieben war. Der Sturm tobte, als ginge die Welt unter, und vielleicht ging heute eine Welt unter.

Joseph bestellte den nächsten Schnaps, war gar nicht hinein in die Stube zu den Gesichtern, die ihn kannten, die ihn zu sich rufen, die ihn auffordern würden, Platz zu nehmen, mit ihnen zu trinken, die ihm Champagner- und Weingläser in die Hand drücken würden, ihm auf die Schulter klopfen würden, die zusammenrückten für ihn und ihn anschauten wie einen Doppelpunkt. Nein, er war noch nicht so weit. Der Anruf lag ihm im Magen, dieser Mann, der mit dem Mord eines Kindes gedroht oder ihn schon begangen hatte, oder es entführt und ihn hier treffen wollte, ihn als Anwalt gewinnen oder nur, dachte

Joseph, ihn mit sich in den Abgrund reißen wollte. Er konnte sich nicht an sein Gesicht erinnern, so sehr er sich auch quälte. War er schon im Raum? Nein, vermutete Joseph. Und dann? Was würde dann passieren? Würde er ihm unter all den Leuten hier seine Geschichte erzählen, würde er ihm in die Augen schauen: Ich habe einen Jungen umgebracht und im Schnee vergraben. Holen Sie mich da raus.

Joseph hatte das Gefühl, als sei er daran schuld, als würde er dafür verantwortlich gemacht werden. Er würde diesen Mann nicht verteidigen, niemals. Er war hier und würde ihn treffen, weil er eine Gewalttat verhindern wollte, wenn man sie noch verhindern konnte, wenn man ihn noch aufhalten konnte, besänftigen, umstimmen, verstehend entwaffnen, denn das war Josephs Stärke, er hatte ein Ohr für seine Klienten, er hörte sie an und sie hörten auf ihn und hörten auf, das Falsche zu machen. Vielleicht war es ja nur ein Scherz, ein dummer Scherz, ein Streich, den jemand ihm spielte, oder ein Falle, in die ihn ein Konkurrent lockte. Sein Bauchgefühl sagte ihm etwas anderes, es war ihm egal. Er würde dieses Risiko wie sonst auch gehen, denn es bestand die Chance, und wenn es nur eine leise in dieser Lautstärke war, ein Leben zu retten, ein Kind, das vielleicht gerade zu Tode fror, weinte, nach seiner Mutter schrie, gefesselt war, an einen Baum gefesselt, im Sturm, und der Schnee sprang mit seinen Stiefeln in sein Gesicht, und er konnte nicht die Hände vor sein Gesicht halten, er war schutzlos, schutzlos dem Wetter, diesem Mann ausgeliefert, seiner Perversion, seiner Gier, seiner Brutalität.

Joseph kippte den Schnaps in einem Zug. Nein, er durfte sich nicht diesen Bildern überlassen, er musste seine Gelassenheit zurückfinden, sein Gleichgewicht, Ruhe bewahren, die Ruhe im Auge des Sturms. Das Brennen im Magen half ihm, es tat gut. Wenn dieser Typ wirklich käme, würde er tun, was zu tun war. Gleich würde er Scotty sehen, das würde diese düsteren Gedanken zur Tür hinaus in den Sturm jagen. Und dennoch würde dieser Typ und die Frage, ob er kommt, wer er wäre, was er getan oder nicht getan hätte, die Unbeschwertheit dieses Streifnachmittags nehmen, an dem er bis in den nächsten Morgen hinein hatte feiern wollen und genießen, dass seine Stadt für einen Tag, für ein Wochenende einen Hauch von jenem Wind hatte, der ihn in London durch die Straßen trug.

Joseph zählte bis drei, dann stand er auf, zog den Anorak aus, hängte ihn auf und ging in den großen Raum, wo ihn Scotty mit winkenden Armen zu sich an den Tisch rief. Er sah so frisch aus wie immer. Lord konnte sich nie erklären, wie es Scotty gelang, alle Spuren zu verwischen, als tauchte er sein Gesicht jeden Morgen in den Schnee, oder er hatte mit dem Teufel einen Pakt geschlossen, dass er ihm mit jedem Sonnenaufgang eine neue Leber implantierte.

Gestern Nacht noch hatte Scotty bis drei Uhr früh in ihrer Bar in München gesessen und die letzten Bilder seiner aktuellen Ausstellung verkauft, um auf die Piste zu kommen. Scotty war Galerist.

Man nannte ihn Scotty, weil er Scott Fitzgerald ähnelte, in seinem Trinkverhalten, in seiner Lebenslust, seiner Leidenschaft, seiner Formvollendung, seiner Rauschdisziplin, seiner Metamelancholie. Scotty war der geborene Freund. Wenn auf nichts mehr Verlass war, dann auf ihn, auf ein Glas neues Lebenselixier, mit einem Eiswürfel gekühlt und einer Zigarre befeuert.

Aber er hätte den Namen Scotty auch deshalb verdient, weil er ein technisches Genie war. Kein Gerät, dem er nicht Herr wurde, er war nicht nur der Meister des Vernetzens, sondern der Herr der Netzwerke. Er überließ nichts dem Zufall, er drängte den Zufall in eine Falle und nahm ihm jede Fluchtmöglichkeit. In jedem Lokal, in das sie gingen, sprach er die Bedienung mit Namen an, fragte sie nach ihren Kindern, nach völlig unerwarteten Details, betrat die Küche, begrüßte den Koch, vergewisserte sich, dass dessen Bruch verheilt war, und fragte, ob er noch immer dieses eine Gericht besser als jeder andere auf der Welt zuzubereiten verstand.

Scotty begegnete allen mit Respekt und erwartete, dass man ihm den gleichen Respekt zukommen ließ, vor allem dann, wenn er betrunken war und sein Gesicht zu einem roten Leuchten aufstrahlte, seine Augen begannen, alle zu umarmen, weil sein Herz hinauf bis zu den Wangen schlug und seine Bewegungen einer geheimen Notfallchoreographie gehorchten und alles ausglichen, korrigierten, was jeden anderen ins Stolpern, Schwanken, zum Fallen gebracht hätte. Er lallte nicht, eher sang er, er war mehr trunken als betrunken, mehr berauscht, als dass er einen Rausch hätte. Er war ein großer Trinker, einer jener Trinker, die ausgestorben waren. Wenn er getrunken hatte, verwandelte er sich von Fitzgerald in Hemingway.

Lord hatte einmal für seine Verhältnisse fast wütend

reagiert, als ein gemeinsamer Freund sein Verhalten Kellnern gegenüber als liebedienerisch denunzierte, ihm Unterwürfigkeit unterstellte. Denn so verdeutlichte es Lord dem Freund: Scotty ist ein Dompteur, ein Dom-Pérignon-Dompteur, der sich seine Kellner wie Tiere dressiert und sie zu den unvorstellbarsten Kunststücken animiert. Wenn er ihnen den Bauch pinselt, dann nur, damit sie ihm den seinen füllen, ohne dass er sich ein Loch in ihn stehen muss. Freundlichkeit war für ihn nicht nur eine Frage des Stils und der Würde, der Zivilisation, sondern auch das entwaffnende Wunder gegen alles Hässliche und Hasserfüllte, aber eben auch das: ein do ut des. Und er bekam fast immer, was er wollte.

Darüber hinaus liebte Lord etwas ganz Unerklärliches an ihm. Er fühlte sich mit ihm und durch ihn herausgenommen aus der Gegenwart, weil eine andere Zeit mit ihm gegenwärtig wurde, jene Zeit, als Gentlemen und Schriftsteller das Abenteuer suchten, indem sie sich lässig eine Zigarette anzündeten und dem Minotaurus in die Augen schauten, als wäre er eine Frau am anderen Ende der Bar, dazwischen eine Bretterbrücke über einem Abgrund, einem reißenden Erzählfluss und einem Glas, das zwischen den Lippen brach.

Er hatte, für Lords sensibles Ohr, einen fatalen Hang zur Volksmusik, wenn er den falschen Wein erwischt hatte und mit seinem iPod »Scotty sucht den nächsten Hinterseer« spielte.

Naturgemäß war er ein begnadeter Skiläufer, als hätte er mit jeder Schneeflocke schon einmal getrunken und würde sie persönlich begrüßen, bevor er auf ihr geometrische Muster in die Hänge carvte, die seine Bilder als große

Kunst auszeichneten. Jetzt perfektionierte er den Einkehrschwung und stieß mit Lord auf die Streif an und den Südtiroler Sieger, denn war nicht Tirol Tirol wie eine Rose eine Rose? Der Rest des Tisches konnte ihrem Gespräch nicht folgen, den kurzen Andeutungsschwüngen, den Buckelpisten.

Aber Lord schaffte den Einstieg nicht, er war abwesend, nur zur Hälfte da, mit geteilter Aufmerksamkeit, fast gespalten. Da war der eine Lord, der das Glas hob, charmierte, mit einem Zwinkern jede ironische Bemerkung mit Gänsefüßchen markierte für jene, die bei jeder Doppelbödigkeit seiner Sätze ins bodenlose Nichtverstehen fielen.

Und da war der zweite Lord, der nervös um sich blickende, den Raum sondierende, der mit einem Ohr alle Gespräche verfolgte, seine Aufmerksamkeit wie ein Richtmikrofon von Tisch zu Tisch schwenkte und Sätze aus der Kakophonie isolierte, analysierte, sortierte, Muster erkannte. Was war heute anders? War es schon sichtbar? Musste er nicht das Unsichtbare im Offensichtlichen orten? Aber eigentlich gab es nur eine Frage: War er schon da? Beobachtete er ihn? Hatte er ihn angelogen, um sich zu erkennen zu geben oder zu verschwinden, wenn die Situation für ihn zu unsicher war?

Lord kannte die meisten, ohne sie zu kennen. Aber konnte es nicht jeder sein? Wie sah denn ein Kindesmörder aus, ein Kindesentführer? Was verbarg sich hinter diesen Gesichtern? Welche Sehnsüchte, welche dunklen Keller, welche Verließe, welche Hotelzimmer, welche Verstecke, Geheimschubladen, Computer in schwarzen Netzen, welche Pseudonyme, Chatnamen, Darkrooms, Masken? Wer von ihnen führte ein zweites Leben, ein Leben hinter dem Leben, das er mit seiner Familie, seinen Freunden, in der Firma führte? Hatte nicht jeder einen hidden track? Einen Song, der am Ende kommt, wenn keiner mehr etwas erwartet, wenn du längst eingeschlafen bist, und er bricht aus den Boxen und knallt dich an die Wand? Hatte er auch nichts und niemanden übersehen? Zu gern hätte er Scotty eingeweiht, ihn zu sich gezogen und ihm ins Ohr geflüstert, ihn um Hilfe gebeten, um sein scharfes Auge, seinen untrüglichen Instinkt für das Bild hinter dem Bild, die Schrift unter der Schrift, das Dunkel, aus dem das Licht schießt.

Lord musste an ihr Kinderspiel denken, wenn sie mit den Eltern im Restaurant waren und sich vorstellten, was die anderen Gäste machten, wie sie hießen, ob sie Familie hatten, welche Berufe sie ausübten, ob sie Mörder waren, Lehrer, Engländer, Amerikaner, Russen, Franzosen, Deutsche, was sie im nächsten Moment bestellen würden, wer als Nächster aufstehen würde, wer auf eine Frau wartete oder auf einen Auftragskiller, auf die Sachertorte, die Imperialtorte, wer welches Tier war, welchem Tier er bis aufs Haar und die Schuppen glich, ein Karpfen, ein Hund, eine Katze, eine Ratte, ein Schwein, der gestiefelte Kater, das tapfere Schneiderlein, der dort, das ist Rumpelstilzchen, das Händchen hält mit Aschenputtel, dort der Zwerg auf dem Schoß des Eisenhans und Hans im Glück mit der Börsenzeitung und der Schneekönigin, die ihm ihre kalte Schulter zeigt.

Hinter allem, was man sah, war etwas, das man nicht sah, aber nicht übersehen durfte, für das man ein Auge haben musste. Jeder, der in diesen Raum blickte, überlegte Lord, jeder, der die Hauszeitung las und die Fotos betrachtete, würde eine schöne, skischillernde Oberfläche vermuten, mit Kunstschnee planierte Pisten und Persönlichkeiten, geformt von Plastischen Chirurgen. Aber konnte es nicht etwas ganz anderes sein als eine danteske Höllenschleife, »Dante schreibt für die Bunte«? War das nicht vielleicht der Götterhimmel? Ein Geheimbund, ein Netzwerk, eine große atridische Familie?

Lord hatte es sich abgewöhnt, die Menschen nach ihrem Äußeren zu beurteilen, nach ihren Getränken oder Klamotten, nach ihren Frauen oder Männern, nach ihrer Sprache oder Sprachlosigkeit, nach ihrer Herkunft oder Zukunft. Vorurteile sind hinterher Nachteile, war seine Devise. Er schaute sich die Menschen an, wie sie erschienen, wie sie sein wollten, und versuchte dann gegen jeden Anschein herauszufinden, wie sie waren, wie werden würden. Lord war immer auf Augenhöhe, selbst wenn er dafür in die Knie gehen musste oder auf dem Tisch tanzen. Er zwang sich, niemanden zu unterschätzen, und wollte selbst unterschätzt werden, wenn er den Wert der anderen schätzte.

Jetzt entdeckte Lord die weinende Frau am Nebentisch hinter Scotty, der sie verdeckt hatte, aber zur Toilette gegangen war. Lord hatte nur auf die Männer geachtet. Die Frau war panisch, sie konnte nicht an sich halten, es schüttelte sie die Verzweiflung, die Angst packte sie und warf sie hin und her, beutelte sie.

»Was soll ich nur machen«, hörte Lord sie schluchzen.

»Igor ist bestimmt bei Christoph, glaub mir, es ist ihm nichts passiert, es wird sich alles auflösen. Wahrscheinlich hat er ihn gesehen und hat einfach den Skikurs stehen gelassen, um zu seinem Papa zu fahren, und hat ihn dann angelogen. Du weißt doch, wie frech er lügen kann, der Rotzlöffel.«

Die Freundin nahm sie in den Arm, aber Yvonnes Augen verrieten, dass ihre Angst nicht kleiner, sondern von Augenblick zu Augenblick größer wurde und wuchs wie die Schneemassen vor den Fenstern und die Stärken des Sturms, der immer wütender gegen das Sonnbühel und seine Heiterkeit anbrüllte.

Lord hatte aufgemerkt, als er gehört und gefolgert hatte, dass sie ihren Sohn vermisste. Er war erschauert und die Schweißperlen auf seinem Rückgrat gefroren zu Eistränen. Ein Junge? Der Vater? Wenn er der Mann war, auf den er wartete?

Yvonne konnte, wollte sich nicht beruhigen, sie hätte am liebsten laut geschrien, das ganze Sonnbühel zusammengeschrien, sich die Haare gerauft, wäre auf den Tisch gesprungen und hätte gebrüllt: Mein Sohn ist verschwunden, Igor, er ist weg, und ihr sauft hier, besauft euch, lacht und habt euren Spaß! Gebt mir meinen Sohn zurück! Wie könnt ihr nur so fröhlich sein, während Igor vielleicht friert oder, oder, oder.

Fast wäre sie in Ohnmacht gefallen, ihr war schwarz vor den Augen geworden, sie war, ohne dass sie es gemerkt hatte, aufgestanden, wie ferngesteuert hatte sie den Stuhl weggeschoben und war dann zusammengesackt, ein Häufchen Elend, das keiner zusammenkehren würde, das war der Job des Personals, den Dreck nach draußen zu schaffen, alle störenden Spuren von trauriger Menschlichkeit beiseitezuschaffen und aufzuwischen wie die Kotze auf dem Klo, wenn wieder einer über seinen Durst getrunken hatte und es ihm nicht gereicht hatte, im Suff neben das Urinal zu pissen und die Papierhandtücher über den ganzen Raum zu verteilen, wenn er mit ihnen um sich warf wie mit seinem Geld.

Lord fing Yvonne im letzten Moment auf, setzte sie wieder auf den Stuhl, umarmte sie mit festem Griff, gab ihr Halt, wenn schon nicht Zuversicht, bis sie wieder zu sich kam, halbwegs atmen konnte und Worte zwischen das Schluchzen zwängte.

»Igor«, wiederholte sie immerzu, »Igor.«

»Das ist Ihr Sohn, nicht, Igor?«

»Ja, Igor ist mein Sohn, er ist ein wunderbarer Junge, er fährt ganz wunderbar Ski, er ist im …«

»Was ist mit Ihrem Sohn?«, insistierte Lord, obwohl er merkte, dass sie vielleicht unter Schock stand, im Innersten geschockt war, besessen und ergriffen von einer unvorstellbaren Angst und Ahnung.

»Igor«, versuchte sie zu antworten.

»Igor«, fuhr Petra dazwischen, »Igor ist ihr Sohn, er ist, wie soll ich sagen, nicht schon wieder heulen, Yvonne, es ist bestimmt nichts, glaub mir, ich spür das, Igor ist ihr Sohn, die Skischule hat angerufen, dass er sich vom Kurs entfernt hat, dass er plötzlich nicht mehr da gewesen sei.«

»Diese Schlampe, warum hat sie nicht aufgepasst, sie hat Christoph gleich schöne Augen gemacht, sie hat Igor gar nicht gesehen«, presste Yvonne alle Wut aus ihrer zitternden Brust.

»Die Skischule wollte wissen«, erklärte Petra und umarmte nun auch Yvonne, sie nahmen sie beide in die Zange, »ob Igor sich gemeldet habe, ob er zu seinen Eltern gefahren sei, ob er bei Yvonne sei oder seinem Vater.«

»Christoph«, stöhnte Yvonne, aber kam nicht weiter.

»Christoph ist ihr Mann.«

»Wo ist er«, fragte Lord, »kann man ihn nicht anrufen? Vielleicht ist der Junge bei ihm?«

»Er geht nicht ans Telefon«, wehrte sich Yvonne gegen die Umklammerung, »er hat ihn entführt, er will ihn mir wegnehmen, er bringt uns beide um, er wird uns beide umbringen ...«, dann war sie wieder nicht mehr zu verstehen, weil sie um Luft rang oder die Worte in ihrem Ringen verschluckte.

»Rede keinen Unsinn, Yvonne, glauben Sie ihr nicht. Sie hatte einen Traum, und jetzt denkt sie ..., das ist krank, Yvonne, Christoph liebt euch, er liebt euch abgöttisch!«

»Du musst es ja wissen«, schob sie Petra zur Seite, »du schläfst ja mit ihm, hat er dir das gesagt, während er dich fickt, dass er uns liebt, ich liebe Igor, und fickt dich in den Hintern, du magst es doch so, oder? Hast du doch gerade vorher erzählt, sie mag es von hinten, müssen Sie wissen, am liebsten mit verheirateten Männern, die Kinder haben, und dann müssen sie ihr von ihren Familien erzählen, damit sie kommt, eine schöne Freundin, du.«

Petra überlegte kurz, ob sie Yvonne eine knallen sollte, sie war beleidigt, verletzt, sondierte sofort, wer mitgehört hatte, ob es jemand gehört hatte, wie sie sie ansahen, aber sie sah nur Lords Augen.

»Sie steht unter Schock, du weißt ja gar nicht, was du sagst, komm wir gehen.«

»Was haben Sie der Skischule gesagt?«

»Noch gar nichts«, antwortete Petra schneller als Yvonne, in der Angst, sie könne sie erneut beschimpfen. Warum hört der Sturm nicht auf, fragte sie sich, warum kann ich nicht einfach aufstehen und gehen, ich habe mit alldem nichts zu tun, fickt euch, tolles Wochenende, dieser verzogene Rotzlöffel, windelweich würde ich ihn schlagen, wenn er nach Hause kommt.

»Wir müssen die Bergwacht verständigen. Wir lassen Ihren Mann ausrufen.« »Aber Igor ist doch verschwunden!«

»Wir sollten Schritt für Schritt vorgehen. Wenn der Junge bei Ihrem Mann ist oder sich bei ihm gemeldet hat, können wir die Situation ohne viel Aufsehen deeskalieren. Es ist die Streif. Wenn sie bekannt geben, dass ein Kind verschwunden ist, bricht die Hölle los. Alle Kameras werden sich auf Sie stürzen und die Medien werden die Suche behindern, sollten wir ihn suchen müssen.«

»Ja, wir müssen die Medien einschalten«, griff Yvonne nach dem Wort wie ein Ertrinkender nach einem Strohhalm, »sie müssen es überall durchgeben, im Fernsehen, im Radio, dass sie Igor suchen, Igor, bitte melde dich, deine Mama wartet auf dich, sie ist dir nicht böse, ich bin dir nicht böse, Igor, sie müssen es an den Liften ausrufen!«

»Es ist keiner an den Liften, alle Lifte sind abgeschaltet. Draußen tobt ein Sturm. Wir...«

»Er wird erfrieren, Igor erfriert, er ist da draußen und Sie denken nur an Ihren scheiß Tourismus, Sie Mörder, ich stehe jetzt auf und schreie, ich rufe die Presse an!«

»Du rufst nicht die Presse an, ruf Christoph an, schau, ob er angerufen hat.« Petra wandte sich an Lord. »Sie haben hier doch Zimmer, oder? Vielleicht sollten wir sie auf ein Zimmer bringen.«

»Ich lass mich nicht wegsperren, das würde dir wohl

so passen, mich wegsperren und meinen Mann und mein Kind krallen, während ich vor Sorge, vor Kummer sterbe. Bestell mir einen Schnaps, ich brauche einen Schnaps, mir ist schlecht, verzeih, es tut mir leid, es tut mir so leid, ich bin an allem schuld, es ist meine Schuld, er wollte doch gar nicht in den Skikurs, er wollte bei uns bleiben, Christoph wollte, dass wir gemeinsam fahren, aber ich musste mich ja mit dir treffen, ich hatte dir ja versprochen, dass wir uns treffen, und jetzt ist Igor verschwunden!«

»Jetzt soll ich auch noch schuld sein, dass dein Bengel einfach aus dem Skikurs abhaut!«

»Wenn er sich etwas gebrochen hat. Er hat die warme Skiunterwäsche. Christoph bringt ihn um und dann holt er mich. Er kommt hier hereinspaziert und tut, als ob nichts wäre und tötet mich. Er weiß, wie er mich töten kann.«

»Vielleicht ist es wirklich besser, Sie legen sich hin. Ich kümmere mich, ich werde die Behörden informieren, sie werden alles Nötige veranlassen, damit wir Ihren Sohn finden. Glauben Sie mir bitte, es ist nicht das erste Mal, dass ein Kind aus dem Skikurs ausbricht und abhaut und dann nach kurzer Zeit wieder auftaucht, ganz unschuldig lächelnd, während es seinen Eltern einen tödlichen Schrecken eingejagt hat. Spätestens in einer Stunde werden Sie ihn in Ihre Arme schließen«, versprach Lord und glaubte seinen eigenen Worten nicht, schaute auf den Schnee, den Sturm draußen, dem noch immer nicht die Luft, nicht die Wut ausgegangen war, nicht der Zorn, der Schnee sammelte seine Heere und stürmte herab, er umkreiste das Sonnbühel, es war nicht daran zu denken, die Hütte zu verlassen oder nur die Tür zu öffnen. Und es wird nirgends anders sein.

Wie sollte man den Jungen suchen, ohne sein Leben zu riskieren, das Leben der Suchenden? Und bald würde es dunkel. Wenn der Sturm nicht nachlässt, gibt es keine Chance, falls der Junge dort irgendwo ist. Und wie will sein Anrufer den Weg hierher finden, wenn er nicht schon da ist? Aber wenn es dieser Christoph wäre, dann hätte sie ihn ja erkannt. Oder er ist im Haus, hat sich im Haus versteckt? Aber wie sollte das gehen? Lord verwarf den Gedanken, aber er fühlte sich beobachtet, hatte das beklemmende Gefühl, dass der Tod mit ihm im Raum sei und alle Zeit der Welt hatte, während ihre ablief, Sekunde um Sekunde im Schnee, der fiel und fiel und fiel.

»Wenn Sie mir die Nummer Ihres Mannes geben«, holte sich Lord zurück in das Gespräch, »kann die Bergwacht ihn sicher orten und finden.« Nicht, wenn er sein Handy weggeschmissen hat, dachte Lord, oder im Schnee versenkt. Wenn sie recht hatte, wenn ihr Mann gewalttätig war, wenn ihre Träume sie nicht umsonst verfolgt hätten, wenn ihr Mann sein Mann am Telefon wäre, dann würde er kommen, würde er im ersten Moment, wenn es der Sturm zuließ, kommen. Lord hoffte, sie wären nicht ein und derselbe und alles nur ein falscher Schrecken, man würde den Jungen finden, er wäre schon unten im Ort. Aber so sehr er sich die Hoffnung und Erlösung einredete, desto mehr krampfte sich sein Magen zusammen zu einem Stein, der in die Tiefe des Unterbewussten fiel, in einen schwarzen See und seine Kreise zog. Endlich kam Scotty zurück an den Tisch. Wo war er nur so lange gewesen, er musste ihn einweihen, er musste ihm alles sagen, Scotty würde ihm helfen, er fand immer einen Weg, wenn alle Wege versperrt waren, aber nie, wenn alle Straßen offen vor ihm lagen.

Er setzte gerade an, ihn zu rufen, als Yvonne ihm in die Rippen stieß:

»Ein Anruf, ein Anruf, mein Handy vibriert!« Sie konnte es nicht in die Hand nehmen. »Heben Sie doch ab, gehen Sie ran, Igor, Igor.«

Lord griff nach dem Handy, doch bevor er den Anruf annahm, blickte er gespannt auf das blinkende Display, er betete, es wäre Christoph, doch was er las war: Anonym ruft an. Lord hätte am liebsten das rote Feld gedrückt, aber er berührte mit einem unterdrückten Zittern das grüne: »Ja?«

2

»Wenn ich diesen Beichtstuhl verlasse, wird es einen Toten geben«, Ödöns Lunge starrte durch das Gitter in die Dunkelheit, »ich schwöre es.« »Bei Gott«, wollte er nachsetzen, aber er brachte es nicht über seine geplatzten Lippen, brachte es nicht übers Herz, denn das war längst kälter als alle Liebe in der Welt, kälter als der Schnee, der jetzt fiel und alles unter sich begrub, gleichgültig, ohne Reue. Er fiel, fiel auf die Dächer, in die rauchenden Kamine, fiel in die Krägen, in die toten Augen, fiel auf die Pisten, fiel auf den Kunstschnee und ließ sich in der Nacht überrollen von den Ketten, bis am Morgen die ersten Kurven in seine Unversehrtheit schnitten, das Pulver aufstoben und Zeichen zum Abgrund zogen, hinab in die Hölle, die Stadt, in der morgen nur noch die zerbrochenen Flaschen, die von Skistiefeln zertretenen Zigarettenschachteln und das Erbrochene, die Pisse in den verborgenen Ecken, hinter den Ständen, an die Streif erinnern werden, die Mutter aller Rennen.

Was interessierte das den Schnee, wenn er fiel, von allen wie der Heiland erwartet, die Erlösung, Herr erlöse uns aus der Wüste und lass es schneien, damit alles Gras verschwindet. Denn Gras ist wie das Fleisch, und das Fleisch will nicht verfaulen, sondern schockgefrostet im Zielhang an ihren Flaschen hängen, am Hacken ihrer Champagnergläser, das Fleisch will feiern und sich taxieren lassen in seiner Daunenhaut, bevor die nächste Kurve durch die Parade fährt.

Wie viel Schnee wäre nötig, sie alle verschwinden zu lassen, hatte sich Ödön gefragt, als er in die Gondel gestiegen war. Wie lange musste es schneien? Bis alles vergessen war, bis nur noch das Weiß zu sehen war und das Grau der Gipfel, die mit ihren Kreuzen den Himmel aufschlitzten, wenn er sich mit seinem Herzen auf die Erde legen wollte, um die Schreie zu ersticken, die ihn um den Schlaf brachten, die Stoßgebete wie Messerstiche, Herr, lass ihn verrecken, Herr, lass ihn pleite gehen, Herr, lass ihn aus der Kurve fliegen, Herr, schenk ihr eine Fehlgeburt, Herr, lass sein Geschäft platzen, lass den Scheck platzen, lass die Blase platzen, lass die Stopfleber platzen, die Milz, die Galle, lass ihre Eingeweide wie Konfetti mit dem Schnee das Bild zeichnen, das sie verdienen.

Der Hass hatte sich über Ödön wie eine Hornhaut gezogen. Sein Verstand erinnerte ihn an die Trauer, seine Augen an die Sehnsucht, die Lust, aber er hatte alles eingezwängt und ausgesperrt in seinen Schutzanzug. Ganz in Schwarz war er in der Gondel gesessen, ein schwarzer Ritter, schwarzer Helm, schwarzes verspiegeltes Visier, darunter eine schwarze Sonnenbrille. Wie ein Krieger hätte er sich schwarze Balken unter die Augen schmieren wollen, wären seine Augenränder nicht schon schwarz genug gewesen, Traueranzeigen unter leeren Pupillen, aus denen die Erinnerung an das Glück fast völlig verschwunden war, nur ein Blitzen, das er nicht kontrollieren konnte, das stärker war als er.

Sein Körper hatte ein eigenes Gedächtnis, sein Körper liebte diese Landschaft, jeden Quadratzentimeter, jeden Strauch, jeden Stein, den Gott zwischen seinen Zahnlücken auf die Erde gespuckt hatte, sein Körper liebte die

Tannenschatten, die Fichtenschatten, das uralte Holz der Hütten mit seinen Rissen und dem getrockneten Jahrhundertschweiß, die Decken, in denen die Seelen kleben geblieben sind, als sie aus der Brust in die Ewigkeit entfliehen wollten, die Herrgottswinkel, die Weihwassertränen, die Kachelöfen und ihr Ruß in den Ecken, seine Lungen inhalierten diese Orte, ihre Geschichten. Als würde sein Körper seinen eigenen Schnaps brennen hier, so besoffen war er von Glück, wenn er diesen Landstrich berührte, mit den Blicken, den Füßen, den Fingerspitzen.

Dabei war Ödön eigentlich kein sentimentaler, kein poetischer Mensch, kein Tagträumer, kein Nachtschwärmer, kein Naturbursche. Aber ihm ging es hier so, wie es Menschen ergeht, wenn sie das erste Mal in Afrika den Boden berühren und ihre Seele in die Knie geht, aus dem Brunnen zu trinken, aus dem wir geschöpft wurden. Ihm war ähnlich zumute, er fühlte sich in einem Echoraum, das Glück rief und rief, ich bin hier, ich bin hier, du gehörst mir, du gehörst hier, hier, hierher, nur mir. Warum musste er die Ohren versperren? Er hatte die Musik unter dem Helm voll aufgedreht, aber die Sirenen lachten ihn nur aus, die Gondel hatte sich geschüttelt vor Lachen, und ihm gegenüber hatte ein Junge gesessen, der nicht aufhören konnte, ihn anzustarren, und es mit der Angst zu tun bekam. Als wäre er, Ödön, seinem Albtraum entsprungen und könne nicht mehr aufwachen und alle Schreie erstickten in der Kehle, um die sich die eigenen Stimmbänder schlossen. Den Jungen hatte gefroren. Ödön hätte ihm am liebsten die Hände warm gerieben, heiß zwischen seine Finger gehaucht, als würde er auf ein Blatt blasen, wie als Kind, als sie Cowboys spielten und sich die Lippen an den scharfen Rändern der Gräser wundbliesen, sich die Spreißel in die Oberschenkel trieben und Blutsbruderschaft schlossen mit dem Blut ihrer blutigen Knie, was nicht zählte, weshalb sie sich mit dem Taschenmesser fast die Pulsadern aufschnitten und wie die Schweine blutend, Handgelenk an Handgelenk gepresst, auf dem Stein saßen und in die weite Prärie mit tränenverdrückten Augen starrten.

Ödön liebte diese Narbe, versteckt unter seinen schwarzen Fäustlingen, in denen er seine Fäuste geballt gehalten hatte, als die Gondeltür sich quietschend geschlossen hatte, nach endlosem Warten. Zu Tausenden waren sie gekommen, die Streif zu sehen. Ödön war früher auch einer von ihnen gewesen, einer Skikaria, der Blosn, des selbsternannten Jetset, war Teil der armen Reichen und der reichen Armleuchter, Teil der Überihreverhältnisseprasser und der Unterihremniveauasketen. Er hatte dazugehört und nie zugehört, wenn sie die Märchen ihrer unerhörten Gewinne feilboten. Natürlich waren hier Leute mit echtem Geld, ehrlich verdientem Geld, hart verdientem Geld, Leute mit Geld, aber schlechtem Geschmack, und Leute, die sich guten Geschmack leisten konnten, indem sie andere kauften, die für sie einkauften, einrichteten, arrangierten.

Hätte man sie obduziert, man hätte Preisschilder auf ihren Herzklappen gefunden, und ein leeres Kaschmirjäckchen, falls da eine Seele sein könnte, die dort fröre. Nur, wer sollte sich aufregen? Die Einheimischen? Verachtung war keine Währung, mit der sich Hotels bauen ließen. Sie schauten fast wehmütig auf diese sonderbare Bussi-Barbarenbande, die regelmäßig, wenn Weihnachten nahte, einfiel und alles niederfraß und wegsoff. Hätte niemand gedacht, es könnte schlimmer kommen, war es schlimmer gekommen. Irgendwie, hatte Ödön einmal gedacht, ist Kitzbühel wie Kalifornien, und der Gedanke hatte ihm gefallen: alle warten auf die große Welle.

3

Mein Kind, ich habe mein Kind verloren, meinen Jungen! Bonnie hielt die Hand auf ihren Bauchnabel, als wäre die Bewegungslosigkeit unter ihm der untrügliche Beweis, dass das Baby tot wäre. Eine Totgeburt, sagte sie sich, ich gebäre einen toten Jungen, und sie sah, wie er blutig zwischen ihre Schenkel fiel, ein leichenblasser Junge, ein großer Junge, ein Lächeln in den Augen, in dem ihre Pupillen festgefroren waren, überall Schürfwunden, blaue Flecken von Tritten, Missbrauchsspuren, der Abdruck eines Stricks um den Hals, eine dünne rote Linie, ein toter Junge, ihr Junge, aber sein Herz schlug noch, ein toter weißer Körper, aber das Herz schlug, schlug wie unter einem weißen Vorhang, drückte sich durch die Haut hinauf, wollte aus der Haut fahren.

»Alles in Ordnung, Bonnie?«, legte Schatterer behutsam die Hand auf ihre Schulter.

Bonnie öffnete die Augen, noch ganz benommen. »Ja, alles in Ordnung, bestens, ich habe den ganzen Tag noch nichts gegessen, Unterzucker vielleicht, ja, vielleicht Unterzucker. Wie ist die Lage?«

»Warum hältst du dir dauernd den Bauch, Bonnie? Hast du dich verletzt?«, ließ er nicht locker und beobachtete ihre Reaktion. Er wusste, wann sie log, wann sie Schmerzen wegdrückte, sie in die Tasche drückte, wusste, wann sie ihre Tage bekam, bevor sie es wusste. Lange hatte er sich eingebildet, ihr Schutzengel zu sein, sie aus der

Schusslinie zu nehmen, sich in jede Kugel zu werfen, die auf sie abgefeuert wurde, in jeden Blick. Aber mehr als vor anderen hätte er sie vor sich selbst schützen müssen, hätte unter ihre Schädeldecke kriechen müssen, hätte alle falschen Gedanken herauswerfen müssen, durchlüften, die Scherben einsammeln, den Müll entsorgen, das Bett frisch beziehen und die Eiswürfel aus dem Gefrierfach an ihre Schläfen halten, bis sie abkühlten, bis die Kopfschmerzen vor der Kälte flohen. Er war ihr sogar bei ihren nächtlichen Ausbrüchen gefolgt, hatte sie beschattet, auch wenn er lieber das Licht statt der Schatten gewesen wäre, lieber vor ihr als hinter ihr gewesen wäre. Ohne dass sie es merkte, säuberte er die Spuren, versteckte ihre Schlüssel, wenn sie fahren wollte, nahm die Typen beiseite, die ihren Rausch ausnutzen wollten, nahm sich die zur Brust, mit denen sie geschlafen hatte, dass sie nie wiederkamen. Dafür musste er nicht gewalttätig sein, ein Foto reichte, eine Drohung, unterstrichen von seinen Armen. Er spielte ihr in die Karten, als wären sie ein Team, als wäre er ihr Clyde, der unsichtbare Clyde, von dem sie nichts wusste, den sie am nächsten Morgen missmutig beleidigte, anfauchte, dem sie den Mund verbat, weil jedes Wort wie die Hand auf einem Sonnenbrand war. Ob er in sie verliebt war, gewesen war, wusste er nicht, sie waren ein Team, ein Doppelwesen, sie retteten einander das Leben, ohne einander das Leben zu retten. Aber Leben war das falsche Wort, denn sie hatten kein Leben, Leben konnte man das nicht nennen. Wir sind jetzt eine Familie, hatte sie sich gedacht, als sie ihn anblickte, aber es nicht gesagt, doch er hatte sofort gespürt, dass heute etwas anders war, dass sie verletzbar war, anders verletzbar, dass sie jeden Automatismus verloren hatte. Wenn sie im Einsatz waren, verstanden sie sich blind, als wären sie ein Körper, als gäbe es ein unsichtbares, gemeinsames Nervennetz. Er schaute sie an, und es war ihm plötzlich, als gehorche ihm sein Arm nicht mehr, als wäre er eingeschlafen, taub für jeden Befehl, den sein Hirn funkte.

»Ich fahr dich in die Klinik«, insistierte er auf einmal.

»Bist du verrückt? Warum, ich habe nichts, gar nichts, das entscheide schon ich selbst, außerdem können wir hier nicht einfach abhauen. Hallo, die Streif, das Zelt, die tausend Leute hier, Herr Schwarzenegger, die Politiker, Personenschutz, das sind auch wir, wir sind hier fucking da, um diese Personen zu schützen, und dann rast dieses Arschloch einfach fast in uns rein. Was, wenn er zu blöd gewesen wäre, sich selbst umzubringen, und verzogen hätte am Ende, aus einem Reflex, und mir seinen Ski in die Brust gerammt hätte, mit ihm gleich dazu. Ich hätte ihn aufhalten müssen, weißt du, ich hätte auf ihn schießen müssen, als ich ihn kommen sah, ihm in den Oberschenkel schießen sollen, in die Schulter, aber bei der Geschwindigkeit hätte ich ihn gleich in den Kopf schießen können. Woher soll ich denn in der Hundertstelsekunde wissen, was der will, ob nicht einfach nur im Ziel uns einstäuben, seinen Ski von den Schuhen reißen will und sich wie der Sieger hinstellen, der er nie war. Fährt dieser Irre Bestzeit, umgebracht hätte er sich dafür und bringt sich um. Meinst du, wir dürfen auch ans Buffet?«

»Er ist nicht tot, der Huller. Er liegt im Koma, haben sie gesagt.«

»Was, wenn das ein Terrorist gewesen wäre? Denkt doch keiner, dass die auf die Piste kommen. Wenn das einer mit einem Sprengstoffgürtel gewesen wäre, stell dir das vor. Wir haben total versagt.«

»Haben wir nicht, das war auch nicht unser Job, das war der Job der Wiener.«

»Aber ich wusste nicht, was tun, verstehst du, das erste Mal wusste ich nicht, was tun. Und dann falle ich noch, stürze, wie eine Anfängerin, wie eine blutige Anfängerin, ja, fehlt, das ich noch blute, blute und in Ohnmacht falle, die Frau Kommissarin mit den blutigen Händen, weltweit im Fernsehen, wie sie sich über den Terminator beugt, den ein Skischuh terminiert hat.«

»Was ist mit deinem Bauch? Wenn du innere Verletzungen hast. Du bist gestürzt!«

»Hör auf, mich zu bemuttern. Ich bin kein Kind.« Sie konnte nicht weitersprechen, sie zuckte nach dem Wort zusammen. Kind. War das schon ein Kind? War das schon Leben? Trieb sie ein Kind ab, wenn sie abtriebe? Wie groß war das Kind in ihrem Bauch? Warum sagte sie nicht einfach zu ihm: Ich bin schwanger und obwohl ich noch nie mit dir geschlafen habe, obwohl wir uns noch nie geküsst haben, obwohl wir uns nicht lieben und ich nicht einmal weiß, ob wir uns mögen, du bist der Vater, pass auf mich auf, pass auf das Kind in meinem Bauch auf, pass auf, dass es nicht trinkt, dass es nicht raucht, dass es nicht die Nächte durchtanzt. Wer mit mir schläft, schläft mit meinem Kind, pass auf, dass es niemand anrührt, dass mir niemand die Schenkel auseinanderdrückt und es ansticht, mit seiner Zunge kitzelt, pass auf, dass ich nicht zu schwer hebe, dass ich nirgends runterspringe, dass ich keine Tabletten schlucke.

Aber sie sagte nichts von all dem, sondern drehte ihn

um: »Da draußen, siehst du den Sturm, uns bläst es gleich weg, das ist wie ein großes weißes Rauschen auf diesem Riesenbildschirm, und wir sind die Idioten dahinter, das Streifcamp. Schau sie dir alle an, tun so, als ob nichts passiert sei, haben keine Angst, der Sturm könnte ihre Autos in die Hand nehmen und durch die Scheibe schleudern.«

»Die stehen in der Tiefgarage.«

»Müssen wir nicht da raus? Haben wir nichts Besseres zu tun, als auf die Promis aufzupassen, dass sie sich nicht an den Lachsbrötchen verschlucken oder mit den Hummerscheren die Schwänze abschneiden oder die Froschschenkel in die Augen bohren?«

»Bonnie, du redest, als hättest du getrunken. Du hast doch nicht getrunken?«

»Ich bin im Dienst, ich trinke nicht im Dienst, wenn mein Dienst nicht trinken ist. Hör mal im Funk, was los ist. Da muss doch die Hölle los sein. Ein Schneeanschlag. Al Qaida schießt aus allen Schneekanonen. Hol mir bitte eine Brezel.«

Sie wollte hinzufügen: »Und saure Gurken, Gürkchen auf Schokoladentörtchen.« Aber es war lächerlich, so zu tun, als wäre sie schon im siebten Monat schwanger. Aber irgendwie gefiel es ihr sehr, sie fühlte sich nicht mehr einsam. Plötzlich lächelte sie in den Raum, in die tanzende Menge, die es den Teufel scherte, was da draußen gerade los war, dass die Welt unterging, dass ein Rennläufer im Koma lag, dass die Autos von den Straßen rutschten, dass Menschen vielleicht erfroren, eingeschneit wurden, ohne Verbindung zur Außenwelt. Auch sie hatten keine Verbindung zur Außenwelt mehr, der Sturm, der Schnee war eine Wand, durch die man nur laufen konnte, wenn man den Kopf dafür hatte. Warum nicht auch ein Glas Champagner jetzt, Champagner war doch erlaubt, oder? Einen Schluck. Warum hatte sie so verachtend auf die Leute geschaut? Sie feierten, warum sollten sie nicht feiern? Sie waren schön, viele waren schön, schöne Frauen, schöne Frauen, die meisten in Schwarz, in kurzen schwarzen Kleidern, schwarze Anzüge, weiße Hemden. Ein Totentanz, dachte sie und erschrak über das Wort, das ihr aus dem Bauch kam. Mein Bauch redet, lächelte sie, es lebt, er lebt, mein Junge.

»Wo bleibst du denn so lange«, fuhr sie Schatterer an, aber ganz heiter auf einmal, der Schmerz war wie weggeblasen. »Und wo ist meine Brezel?«

Schatterer blickte um sich, klärte die Lage, prüfte, ob jemand zuhörte, aufschnappen konnte, was er ihr im nächsten Moment anvertrauen würde und nahe an ihrem Ohr zuflüstern, anschreien gegen die Musik: »Ein Junge ist verschwunden!«

4

Eigentlich hätte Ödön nicht die Hahnenkammbahn nehmen wollen, sondern über den Jochberg und dann die Schwebegondel, die 3S, sich langsam bis zur Hahnenkammkapelle vorarbeiten wollen. Wie eine Trutzburg stand sie da, wie eine Blombe, die Gott aus seinem Mund gefallen war, nachdem er in einen seiner Planetenäpfel gebissen hatte. Auf dem von einer Steinmauer umfriedeten Plateau thronte sie über den Pisten, baute sich dem Wilden Kaiser gegenüber auf wie ein Terrier vor einer Dogge, als müsste sie das Gebirge davon abhalten zu wandern, sich immer näher zu schieben mit seinen reißenden Zähnen, dieses Steine spuckende Ungeheuer, das nachts zitterte. Diese krönende Felswand, in der alle Schönheit versteinert lag und bei jedem Atemzug einen unsichtbaren Kieselsteinbrösel in der Lunge zurückließ. Und auf Augenhöhe die Kapelle mit ihrem schlichten Turm, den Schindelschuppen, dem Kreuz im Himmel für das Kreuz mit dem Himmel, die weißen Mauern, nicht vom Schnee unterscheidbar. Wenn der Himmel ins Bodenlose fällt, wird sie ertrinken wie die Kirchen auf dem Grund der Stauseen.

Sie war Ödön immer unwirklich vorgekommen, wie aus einer fremden Zeit. Dabei war sie gerade mal fünfzig Jahre alt. Geweiht dem Bernhard von Aosta, dem Schutzheiligen aller Bergbewohner, Bergbesteiger, aller Pistenparadiesvögel und Schneereiter. Der heilige Bernhard, der die Gestürzten mit Hunden rettete, die sie nach ihm benannt haben, die Hunde nach dem Heiligen, die Lawinenhunde für die unter ihrem Unglauben Verschütteten, der Heilige der Schluchtenstürzer, der Schneekanonen, der Heilige derer, die der Berg ruft, die Gott zu sich ruft, indem er den Berg rufen lässt, komm, komm, lass alle Angst fahren, komm immer näher hinauf, ganz hinauf, komm mir ganz nah, ganz nah zu mir, bis du meinen Herzschlag hören kannst, bis dein Tritt keinen Halt mehr hat, bis der Schnee dich umschließt, als wärst du ein Insekt im Stein für die Ewigkeit. Du Heiliger der Waghalsigen, die nur zwei Finger vom Tod trennt oder dem Zauber der dünnen Luft, die reiner ist und die durch einen fließt, als wäre sie unendlich und nicht nur die zweite, dritte Luft. Als wäre da ein Wind in den Wolken, ohne den man ersticken würde, fängt man ihn nicht mit dem letzten Atem ein.

Aber welcher Heilige hätte Ödön noch helfen können? Er starrte auf die Pieta. Sie irritierte ihn. Schon als er in der Bank gesessen hatte, kroch ihm ein Unbehagen vom Magen hoch. Er hatte sich bedroht gefühlt, nicht getröstet. Die Skulptur war aus einer einzigen Wettertanne geschnitzt, mit der Axt aus dem Baum gehauen. Dieser knorpeligen Tanne, deren Wurzeln jetzt gekappt waren. Die Pieta ruhte auf einem Lichterbaum, der zu beiden Seiten kahle, entzweigte Stämme in die Luft streckte. An jedem Stamm drei dicke Kerzen auf Eisenschalen. Wie auf der Stirn eines Ungeheuers, dachte er sich, sitzt sie da, auf der Stirn eines Stiers, dessen Hörner brennen. Sein Körper wäre hinter der Wand, phantasierte Ödön, der Stier schnaubte, drückte gegen den Stein, aber die Ruhe der Pieta war nicht zu stören. Eine Pyramide der Mantel, unter dem Maria dem seitlich knienden Erlöser unter die leblosen Arme griff, während seine Dornenkrone gegen ihre Brust drückte. Ödön hatte sich gewünscht, sie würde den Mantel schließen, Jesus verbergen vor der Welt, vor seinen Blicken, dieser tödlich verwundete Körper, Vater, Vater, warum, warum hast du mich verlassen, Vater.

Ödön waren die Tränen über die Wangen geflossen, unter seinem Helm hatte er geweint, geheult, hatte es seine Brust durchzuckt. Aber wie teilnahmslos waren Maria und Jesus, wie längst nicht mehr von dieser Welt. Was, wenn sie beide die Augen öffneten, jetzt? Was, wenn er seinen linken Arm höbe? Was, wenn Harz aus den Wunden flösse, all die Wetter aus dem Holz herausbrächen, denen die Tanne widerstanden hatte, bis sie sich nicht länger biegen konnte, sondern brach, gebrochen wurde. Mit wie viel Axtschlägen niedergeschlagen? Warum hatte niemand die Kerzen angezündet? Könnte er einfach nach vorne gehen und sie anzünden? Er hoffte, als er so aus dem Beichtstuhl hinüberblickte, der Pfarrer würde sie entbrennen, bevor er zu ihm kam.

»Wird es einen Toten geben, einen Toten«, mahnte ihn seine innere Stimme, einen Toten, den nächsten Toten, er muss sterben. Wird es einen Toten geben?

»Wie heißt du denn?«, hatte er den Jungen gefragt, ohne es wissen zu wollen. »Ist dir kalt? Mir haben auch immer die Finger gefroren. Willst du eine Mannerschnitte?«

Es war einfach aus ihm gekommen, er hatte die Worte, die Sätze nicht zurückhalten können und mit ihnen die Erinnerung, es war wie ein Reflex, unkontrollierbar, eine

Zündstufe, die in seinem Unterbewusstsein gezündet wurde, und dann sprach seine Zunge wie von selbst.

»Igor. Das ist ein außergewöhnlicher Name. Ist das nicht russisch?« Er hatte sich nicht erklären können, wie, aber in diesem Talstation-Trubel war er plötzlich mit dem Jungen allein in der Gondel gewesen, er war der letzte seines Skikurses, sie hatten sich gestritten und ihn rausbugsiert, geschoben, ausgeschlossen.

»Oder bist du etwa ein kleiner Russenjunge?«, hatte er ihn noch fragen wollen, aber der Kleine ignorierte ihn, schaute aus dem Fenster in das zunehmende Schneetreiben, träumte sich irgendwohin, träumte sich größer, träumte sich auf ein Board, Saltos in der Luft schlagend, den anderen um die Köpfe fliegend, sie auslachend, seine Augen entfernten sich immer mehr, sodass er sogar vergaß, sich die frierenden Hände zu reiben und den schwarzen Mann gegenüber vergaß.

»Wird es einen Toten geben«, murmelte er, jetzt schon im Beichtstuhl. Es war schon auf seinen Lippenspitzen. Er musste es laut aussprechen, klar aussprechen, laut und klar, dem Beichtvater ins Gesicht, auch wenn er ihm nicht ins Gesicht schauen würde, sondern durch eines der Löcher hinaus in die leere, kalte Kirche. Sein Beichtvater wird sich sicherlich irgendeinen Seitenblick angewöhnt und das perfektioniert haben: nur auf einem Ohr zuzuhören, mit einem Auge zu schlafen, mit halber Zunge zu sprechen, auf halber Geschwindigkeit zu verstehen, zu beruhigen, alles halb so schlimm, Gott verzeiht dir, Gott vergibt dir, glaub an deine bessere Hälfte, Gott kennt all deine Sünden, aber auch die Vergebung der Sünden.

»Vergibt er den Tod eines Jungen? Eines unschuldigen

Jungen? Wer kann Gott vergeben, wenn er ihn sterben lässt? Im Schnee sterben?« Ödön würde diese Worte sagen, er würde ihn fragen, er würde ihm durch die Löcher hindurch Löcher in den Bauch fragen, er würde ihn durchlöchern, mit seinen Fragen zustechen, durch die Gitterlöcher, würde hinter das Gitter fragen: Und Gott? Wer verzeiht ihm? Kann ich ihm verzeihen?

Plötzlich fragte er sich, ob er überhaupt hier im Beichtstuhl alleine sitzen durfte, ob er den Beichtstuhl hatte betreten dürfen, ohne dass ein Priester auf der anderen Seite saß. Was würde er machen, wenn er nicht kommt? Würde dann Gott auf seinem leeren Platz zu seiner Rechten sitzen und ihm am Ende vergeben, den Spieß umdrehen, den Spieß in seinem Herzen umdrehen, bis seine Widerhaken es ihm in Stücke reißen würden? Was würde, was müsste er sagen, wenn der Priester jetzt erschiene? Ihn grüßen? Grüß Gott! Grüß Gott, Stellvertreter, Platzhalter, Lückenbüßer, Grüß Gott, Herr Priester, Grüß Gott, Vater, erkennst du deinen Sohn, dein Kind, das du verlassen hast, das du allein gelassen hast mit seiner Angst, der Angst bis zur bitteren Wahrheit, dass das Dunkel bleibt, Herr, dass die Finsternis bleibt, Herr, dass es nicht mehr hell wird in meinem Herzen, dass meine Seele eine Raucherseele ist, geteert, die Federn, die sie fliegen ließen, verklebt, verschmutzt, ausgerissen.

Als er so vor sich hin grübelte und eins wurde mit der Kälte, betrat der Pater den Beichtstuhl und sah ihn zunächst nicht. Oder doch?

5

»Du bist mein starker schwarzer Mann, sei mein starker schwarzer Mann, erdrück mich, stoß mich, mach mich schwarz, ganz schwarz, ganz schwarz vor meinen Augen, Andrej, Black Beauty.« Andrej sah ein schwarzes Pferd durch die Nacht galoppieren, seine phosphoreszierende Mähne Zeilen durch das Dunkel ziehen, leuchtende Zeichen, er sah den Atem des Tieres, den kalten Atem des Tieres aus den Nüstern gestoßen, als käme der Nebel, als käme die Nacht hinter dem Nebel aus dem Tier, aus seinen fliehenden Flanken, als würden seine Hufe den Schnee kaum berühren. Es wieherte, warf seinen Kopf zur Seite. »Fick mich, fick mich, schwarz, schwarz«, stöhnte Vladimirs Frau unter ihm und er konnte nicht länger an den Hengst denken, nicht an das Tier, das immer schneller lief, der Atem immer schneller ging, die Augen sprangen hervor, wie seine Schnauze den Wind spaltete. Andrej musste an die Kinderserie auf den DVDs denken. Vladimirs Töchter schossen ihm durch den Kopf, wie sie vor dem Fernseher saßen, gebannt von dem Pferd Black Beauty. »Black Beauty, fester, fester!« Andrej lag mit seinem schwarzen Skianzug auf ihr, begrub sie unter sich, betrachtete sie von oben, von ihr waren nur eine blonde Strähne und die roten High Heels zu sehen, ihre nackten Schenkel und Fußfesseln mit Gold- und Brillantkettchen, die ihn umschlangen, festhielten, drückten, ihn in sie hineindrückten, obwohl er durch die Daunenjacke kaum einen Druck spürte, bis ihre Absätze sie aufrissen und sich in seinen Rücken bohrten, »schneller, schneller, küss mich, Geliebter!« Andrej bekam diese Kinderserien nicht mehr aus dem Kopf, er versuchte an ein Gedicht zu denken, aber er dachte an Flipper, an Lassie, sah sich als Pan Tau die Frau seines Chefs ficken, gefangen von ihren Beinen und gefangen vom Schnee und dem Sturm vorm Fenster, der sie ebenso umschlossen hielt, gefangen von der Angst vor allem, der Angst vor Vladimir, bei dem er längst hätte sein müssen.

Und der Junge, er hatte ihn allein gelassen, er hatte es nicht zu Ende bringen können, erst Vladimir, dann sie, die beiden waren wie die Backen derselben Zange, und sein Schädel, seine Schläfen waren dazwischen, und beide erhöhten den Druck auf ihn, zerquetschten ihm den Schädel, er sah den Jungen im Schnee, zwischen den Bäumen, die Zwillinge, den Delphin, das Pferd, wie es über das Wasser lief, Lassie im Schnee, wie sie nach ihm schnappt, der Collie mit Wolfszähnen und blonden Strähnen, das schwarze Pferd mit roten leuchtenden Hufen. »Hör nicht auf, nicht langsamer werden, Schwarzer, fester, meinen Hals, meinen Hals, nimm deine Hände!« Andrej nahm das Kissen, das weiße Daunenkissen, legte es auf ihr Gesicht und schaute auf den Schnee vor dem Fenster und legte sich mit der Brust auf das Kissen, mit seiner bleiernen Brust, und ihm war, als ginge ihr Atem durch ihn hindurch, als stiege er in Luftblasen aus seinem Rücken und hinge an der Decke. Sie drückte ihn fester an sich, während er heftiger mit seiner Hüfte zustieß, während seine Brust, sein Kopf ganz ruhig blieben, seelenruhig, seelenruhig sein Blick auf das Unausweichliche, den wütenden

Sturm, der gegen die Scheibe schlug, ihre Beine strampelten, sie zuckte unter ihm, kam sie? Oder kam er, der schwarze Mann?

Was macht ein Schmetterling im Schnee, fragte Andrej sich? Wenn es plötzlich im April zu schneien beginnt? Der Strom war ausgefallen, die Kerze ausgeblasen, auf dem Bildschirm nur weißes Rauschen, Schnee, überall Schnee, ein weißer Schimmel, dachte Andrej, und lachte laut auf.

6

Ich bin ein Krokodil, ein Schneekrokodil, wenn ich weine, weine ich Schneeflocken, große, schwere Schneeflocken, die mir kalt über die Wangen laufen. Aber ich weine nicht, der Himmel weint für mich, ich muss nicht weinen, ein Schneekrokodil ist so stark wie ein Schneeleopard. Doch ein Schneeleopard kann springen, kann aus dem Stand springen, über die Schlucht springen, über alles hinwegspringen.

Ich wäre gern ein Schneeleopard oder ein Schneetiger, ein Säbelzahntiger. Dann könnte ich mit meinen gefletschten Säbelzähnen allen Angst machen. Du böser Mann, gleich ist dir ganz bang, wenn ich dich fang, mein Maul aufreiß und dich dann beiß. Ich fresse alles, ich fresse die ganze Welt auf, fresse allen Schnee weg, dann ist die Wiese grün und der Himmel ist blau, aber mein Bauch ganz voll Schnee. Und ich hab Bauchweh, ganz schlimmes Bauchweh von dem vielen Schnee, ganz kalt ist mein Bauch, so viel Schnee kann ich gar nicht schlucken, aber ich hatte einen solchen Durst, so schrecklichen Durst, und Hunger.

Ein Schneekrokodil frisst Gummibärchen, aber die Gummibärchen haben sich versteckt, sie sind davongelaufen, die Gummibärchen haben sich als Eisbären verkleidet, deshalb sehe ich sie nicht und kann nicht nach ihnen schnappen. Ich esse keine Süßigkeiten von fremden Männern. Ich habe ganz scharfe Zähne, pass nur auf, und ich bin schnell, so schnell, dass du mir nicht hinterherlaufen kannst, wenn du mich einfangen willst. Der Sturm macht mir keine Angst, Schneekrokodile haben keine Angst, auch nicht vor Darth Vader, ich bin nur ein Krokodil, weil ich ein verwandelter Prinz bin. Aber keiner darf mich küssen, ich mag küssen nicht, ich beiße, meine Zähne sind so scharf wie Vampirzähne. Und wenn ich tot bin, bin ich ein Vampirkrokodil, dann saug ich dir das Blut raus.

Mir ist kalt, aber ich habe eine ganz dicke Haut, eine ganz dicke Krokodilhaut, da kommt nichts durch, das ist so dick, das weiße Leder, meine Haut, wie Mamas Handtasche, wie ihre weiße Lederjacke, nur noch viel dicker. Ich sehe gar nichts mehr, ich will gar nichts sehen, wenn ich nichts sehe, sieht mich keiner, so war es doch früher, dass mich keiner sah, wenn ich die Hand vors Gesicht hielt, jetzt halt ich einfach den Schnee vors Gesicht und keiner sieht mich, und ich muss nichts sehen, aber es ist so kalt, Schneekrokodile jedoch, Igor, die frieren nicht, die setzen sich hin und halten still, die halten ihre Ski fest, die halten ihre Stöcke fest. Bräuchte ich eigentlich nicht noch viel mehr Ski und Stöcke oder Bindungen? Ich möchte in den Schnee tauchen, wie ein Krokodil ins Wasser taucht, und dann tauchen nur die beiden Augen auf, und dann sieht mich keiner, weil ich unter Wasser, weil ich unter dem Schnee bin, weil ich unter den Sturm hindurch tauche, die Bäume sind nur Algen, die Berge Korallen, ich bekomme sogar Luft unter Wasser, unter dem Schnee, ich muss mir nicht mal die Nase zuhalten, ich habe ja meine Maske auf.

Warum bewegt sich nichts mehr? Es ist plötzlich so

still. Du hast ja ein Loch da? War das mein Stecken? Nicht böse sein? Aua, nicht mir weh tun, pass auf, sonst schnapp ich zu und dann ist deine Nase ab. Meine Mama kann das Loch stopfen. Schau nur, da blinkt es überall rot, überall rot, und die Sirenen. Ich schrei nicht nach Mama, ein Schneekrokodil ist tapfer, tapfer bis in den Tod. Bis der Tod euch scheidet, mussten Mama und Papa bei der Hochzeit sagen. Ich bekomme immer Angst, wenn Mama sagt, sie lässt sich scheiden, dann denk ich an den Tod, der kommt. Dass ich dann auch tot bin, weil ich nicht leben will, wenn meine Mama geschieden wird und Papa todtraurig ist und vom Dach springt, wie er sagt, oder sich umbringt, wie er Mama angeschrien hat. Wie eine Frau klingst du, hat sie zurückgeschrien, ein Waschweib, was für eine Heulsuse du bist, ich dachte, ich hätte einen Mann geheiratet und kein Mädchen. Aber Mädchen dürfen doch jetzt auch heiraten. Ich habe mir Papa als Mädchen vorgestellt, wie er mit den anderen Mädchen spielt. Ich habe sie beide zum Fressen gern, aber wenn ich sie fressen würde, dann wäre keine Ruhe, dann würden sie in meinem Bauch weiterstreiten, und ich hätte ganz furchtbares Bauchweh wie jetzt auch. Vielleicht habe ich sie ja längst aufgefressen.

Ich bin gar nicht so spät dran, wie sie sagen. Sie sagen immer, die Mädchen sind viel weiter, als wäre ich zurückgeblieben, dabei bin ich der Schnellste, schnell wie ein Krokodil, wie eine Gazelle, nein, Gazellen werden gefressen, wie ein Gepard, ich bin der Gepard in meiner Klasse, ich renne, renne davon, warum rennst du denn dauernd davon, Igor, weil ich ein Gepard bin, weil ich schneller als der Wind bin, schneller als der Schnee, ich bin so schnell, dass der Schnee mich gar nicht berührt oder sofort schmilzt, weil ich so heiß bin, weil ich so schnell laufe, weil ich in der Wüste bin, keiner kann mich einfangen. Igor ist noch ganz ein Kind, so verschmust, ganz verschmust, Mamabubi schimpfen sie mich, Daumenlutscher, komm lutsch mal Igor, lutschen Igor, ja weiter lutschen, Igor, so ist es gut. Du wirst deinen Daumen noch ablutschen, sagt Papa. Aber der Daumen wächst doch mit, der Daumen wächst doch nach. Mama hat mir was auf den Daumen geschmiert, das hat gebrannt wie jetzt, wie die Kälte brennt. Nur weil ich Daumen lutsche, bin ich doch kein Baby mehr. Ich kann besser als alle rechnen. Und ich bin der Mutigste. Schau nur, wie mutig ich jetzt bin.

Das hätte sich keiner aus meiner Klasse getraut. Geh mit niemand Fremdem mit. Es gibt böse Männer, die dir weh tun wollen. Wenn ich an Mamas Computer sitze, denke ich immer an die bösen Männer, die gleich kommen, die mich hineinsaugen in den Bildschirm, die mit ihren dicken Händen nach mir greifen, mich mit ihren riesigen, klebrigen Froschzungen abschlecken, die Sex haben wollen, wie sie schreiben.

Ich weiß, was Sex ist, ich habe es gegoogelt auf Mamas iPhone, Brüste auch, und hab mir die Bilder angeschaut wie die großen Jungs. Ich habe die Bilder mit meinen Playmobil-Figuren nachgestellt, mit den Feuerwehrleuten und Polizisten, und die Piraten waren die bösen Männer, aber ich habe fast keine Frauen, deshalb mussten die Männer Frauen sein. Aber Männer haben ja auch Sex mit Männern, wie du ja weißt, du hast ja alles gesehen. Mich haben schon oft Männer angesprochen. Was für ein süßer

Junge ich wäre, ob sie ein Foto machen dürfen. Und haben mir, wenn Mama dabei war, in die Backe gekniffen. Oder saßen im Lift neben mir und haben mich ausgefragt. Aber du warst ja dabei, und seit ich ein Krokodil bin, hat sich keiner mehr getraut.

Es ist schön warm in meinem Skianzug, nicht? Wenn es so weiterschneit, sind wir morgen früh ein Schneemann mit Krokodilschnauze. Und dann wird Mama weinen müssen, weil sie glaubt, die Schneekönigin hätte mich verzaubert, weil ich dann ganz tot und erfroren bin und sie mich dauernd reiben muss und ihre heißen Tränen fallen auf meinen Bauch, in dem sie sich sonst streiten, dann weint sie Krokodilstränen, obwohl ich das Krokodil bin, und sie rubbelt mich ganz arg und umarmt mich, bis der Schnee weg ist, bis das Eis weg ist, aber dann zerspringe ich wie die Vase, die ich beim Fußballspielen im Wohnzimmer von der Anrichte geschossen habe, aber Mama wird nicht schimpfen, sie wird weinen und mich wie die Scherben aufkehren, und dann wird sie mich wie diese schweren Puzzles, wo am Ende immer Teile fehlen oder unter dem Teppich landen, wieder zusammensetzen, aber ich werd nie wieder ganz sein, glaub ich, und sie muss auf die leeren Stellen Pflaster kleben, auf die sie dann mit dem roten Filzer ein Herz malt. Aber Mama kann gut flicken und Löcher stopfen, sind wird auch deine Wunde heilen.

Was ist da los, die ganzen Lichter, alle Lichter drehen sich. Müssen wir uns verstecken? Müssen sich denn Krokodile verstecken? Das tut mir weh. Das will ich nicht.

7

»Im Namen des Vaters«, hob Ödön an, und der Pater erschrak bis ins Mark, fasste sich ans Herz und schnappte nach Luft. »Und des Sohnes«, fuhr Ödön fort, »und des Heiligen Geistes.«

Er ließ eine kurze Pause und fixierte die aufgepumpten Pupillen des Paters. »Amen.«

Der Pater erlangte langsam wieder die Fassung, man sah ihm an, wie er rang, wie es in ihm arbeitete, er sagen wollte: Wie kommen Sie, wie können Sie, oh mein Gott, ich habe Sie gar, aber der nach der Beichte Suchende hatte die Eingangsformel schon gesprochen, der Zug hatte den Bahnhof verlassen und er konnte nicht länger mitten auf den Gleisen stehen.

Warum trug er diesen schwarzen Helm, ist das der Tod? Der Pater war übernächtigt, hatte nicht schlafen können, hatte sich nicht an die Höhe gewöhnen können, so nahe an Gott fand er keinen Schlaf, hatte er gewitzelt, als er unten im Dorf von Hand zu Hand und Trog zu Trog weitergereicht wurde, der Herr Pfarrer, Hochwürden, Hochwürden vertritt Hochwürden, es ist uns eine Ehre, wollen Sie nicht ein Glas Champagner, hat der liebe Gott uns nicht die Reben geschenkt, die Trauben und sie gären lassen, eine Auster, sie hat sich nicht geöffnet, nehmen Sie die andere, lieben Sie Mehlspeisen?

Er hatte in der ersten Woche zwei Kilo zugenommen und hoffte, sie auf der Piste wieder zu verlieren. An Zeit mangelte es ihm nicht. Bislang hatte er keine einzige Beichte abnehmen müssen. Deshalb war er so erschrocken, beruhigte sich aber und nahm fast automatisch das Ritual auf: »Gott, der unser Herz erleuchtet, schenke dir wahre Erkenntnis deiner Sünden und seiner Barmherzigkeit.«

»Wahre Erkenntnis«, wollte Ödön wiederholen, aber seine Lippen antworteten reflexartig »Amen«, obwohl seine letzte Beichte fast dreißig Jahre zurücklag. Würde ihn der Priester das nicht fragen? Wann seine letzte Beichte war, meine letzte Beichte war vor dreißig Jahren, ich war ein Schüler, ein Schüler wie mein Sohn jetzt, wie der Junge dort draußen im Schnee, hatte er seine Beichte schon abgelegt, die Feier der Versöhnung. Gott? Sind wir wieder gut, gut miteinander?

Er hatte fast vergessen, wie das geht, beichten. Er hatte die Erniedrigung beim Beichten vergessen, das Eingesperrtsein in Dunkel und Sünde, die Isolationshaft des schlechten Gewissens, diese vorauseilende Bereitschaft, schuldig zu sein, ich bin schuldig, ich habe Schuld auf mich geladen, ich habe gesündigt in Gedanken, Worten und Taten, eine lässliche Sünde, es gibt keine lässlichen Sünden, ein schwerer Sünder, was für ein sündiger Mensch war ich, ein Todsünder, der Tod sühnt keine Sünden, der Tod ist die größte Sünde Gottes, rebellierte er, und schon hatte er wieder in Gedanken gesündigt, es war ein Hamsterrad, er lief und lief, war sein ganzes Leben lang gelaufen, es war alles bestens gelaufen, es lief wie geschmiert, das Glück stand Schmiere, es war alles in Butter, in trockenen Tüchern, es hätte nicht besser sein können, ein Bilderbuchleben, Frau, Kind, Haus, Sportwagen, Sardinien, Malediven, Kitzbühel, nächstes Jahr das Boot, das neue Haus am See im Rohbau, die Wiese fällt ins Wasser, Spielervermittler, es lief, sie liefen für ihn, die Zehnjährigen liefen für ihn, die Elfjährigen, die Zwölfjährigen, er musste sie durch die Pubertät bekommen, dann lief es weiter, ein Vertragsabschluss nach dem anderen, Kreuzbandrisse, Schambeinentzündungen, Achillesfersenbeschwerden, wenn einer sich das Bein brach, brach es ihm nicht den Hals, er konnte ihn nicht voll genug kriegen und der Erfolg stopfte ihn wie man eine Gänseleber stopft, nur mit dem Feinsten, seine Jungs spielten international und er hatte zwei heiße Eisen im Feuer, potentielle Weltstars, man durfte ihnen nur nicht zu viel Zucker in den Arsch blasen, sondern er musste sie vorwärtspeitschen, die Eltern ruhigstellen mit Koffern voll Geld, vertrauen Sie mir Ihren Sohn an, ich bring ihn groß raus, bald ist er in jeder Playstation, und die Jungs kaufen ihn ein und wollen sein wie er, er ist ja noch ein Kind, ja, aber sie denken an Messi, dem gaben sie auch Hormone, Wachstumshormone, der Zwerg, ihr kleiner Zwerg, ich mache einen Riesen aus ihm, einen Giganten, er wird bei den Giganten spielen, ich mache ihn zu einem Galaktischen, hier unterschreiben, es sind die Gladiatoren unserer Zeit, kein Wort zur Presse, keine Vertragsgespräche mit dem Verein ohne mich, alles lief und lief weiter und er war nur noch auf den Flughäfen, nur noch auf den Bolzplätzen, in den Hinterhöfen, in den Soccerfive-Käfigen, auf jedem Kontinent, und schüttelte Hände und ließ Geld in Taschen wandern, und schluckte seine Malariaprophylaxe und aß Innereien in Niederbayern, ein einheimisches Talent, aber bei allem lief immer die Schuld mit, bekam eine immer stärkere Kondition, baute Muskeln auf, sie spielten Golf mit ihm, aber ihr Handicap war immer besser als seins, ich habe gesündigt, scheiß drauf, wie kann denn Liebe Sünde sein, sündhaft teuer, aber das ist doch kein Problem, Schatz, eine Sünde wert, jede Sünde wert, so ist das Leben, erst das Fressen, erst die Trüffel, dann die Moral, deutsche Tugenden, er hatte sich spezialisiert auf Linksverteidiger, Sechser, Achter, alles, wo der Markt eng war, wo man über den Preis bezahlte, warum eine Yacht, tut es ein Segelschiff nicht auch, aus Holz, oder ein Motorboot, von mir aus Riva, ja Riva, das Schwarzgeld, ohne Schwarzgeld läuft nichts, eine bestechende Form, alles reine Formsache, er war immer in Form, wie aus dem Ei gepellt, seriös, nicht so ein Löcherjeans-Ü-40, er gab sich keine Blöße, er klopfte sich mit der Faust auf die Brust, durch meine Schuld, meine schwere Schuld, dieser Katholizismus ist wie ein Reizhusten, du bekommst ihn nicht los, er setzt sich fest, löst sich nicht, egal, was du schluckst, selbst Cortison hilft nicht gegen den Katholizismus, kein Kirchenaustritt, keine Dritte-Welt-Spende hilft gegen den Katholizismus, nur deine Schuld besänftigt ihn, ich bin schuld, ich habe gesündigt, Herr, das erste Gebot, wie fremd kam der Satz aus seinem Mund, als er den Beichtspiegel laut ablas: Ich hatte andere Götter neben Gott.

Was hatte er da gesagt? Er spürte die Frage des Paters, bevor er sie stellte. Er musste erklären, obwohl er etwas ganz anderes hätte sagen wollen, sofort hätte sagen wollen: »Wenn ich diesen Beichtstuhl verlasse, wird es einen Toten geben.« Aber das war es nicht, was er sagte. Er konnte es noch nicht.

»Nein, keinen anderen Gott, also, keine andere Religion, ich bin nicht Moslem oder so, oder Buddhist, nein, ich zahle Kirchensteuer, ich bin Katholik, noch immer, trotz allem, obwohl es mich, es nervt mich, ich verachte mich, dass ich nicht austrete, dass ich nicht über meinen Schatten springen kann, als wäre da eine Linie, und wenn ich die überschreite, bleibt Gott auf der anderen Seite und ich stehe im Abseits, ins Abseits gelaufen, Abseitsfalle, ich habe mich selbst aus dem Spiel genommen, das Bein gebrochen, aber er, er hat mir das Herz gebrochen, ich habe keine Götter, keinen Gott neben ihm, aber ihn, hab ich ihn, hat er mich zuerst geliebt? Sie werden gleich sagen, er hat mich zuerst geliebt, und erlöst steht hier, und geheiligt. Der Zweck heiligt die Mittel, lügen Sie mich nicht an, Gott hat aufgehört, mich zu lieben, er hat mich nicht erlöst, es gibt keine Lösung, nicht einmal eine Loslösung, er hat Bleichmittel auf meine Seele gestreut, Gott hat mir ins Herz gekotzt, er hat sich in mein Herz übergeben, und jetzt stinkt es und es fault, es riecht faulig, mein Herz, ich habe Gammelfleisch in der Brust, Herr Pater, wie soll ich meine Hoffnung auf ihn setzen, wenn er mich sitzen gelassen hat. Mein Herr, mein Gott. Fußballgott, denke ich immer, wenn ich Gott höre, Fußballgott, wie sie in der Kurve schreien, er hat mir alles genommen, er hat mich gekreuzigt, weil er mich für seinen Sohn hält, sein Schaf, weil er der Hirte ist, aber der Hirte hat das Messer, Herr Pater, er hat den Hund, und dann sind da noch die Wölfe, es wimmelt nur so vor Wölfen und streunenden Hunden. Wenn Gott das Ziel meines Lebens ist, dann werde ich heute dieses Ziel erreichen, wie ein Marathonläufer, der hinter der Ziellinie zusammenbricht, hyperventiliert, katonische Krämpfe. Ob sie den Jungen finden? Ob er betet? Ich hatte andere Götter, ist das eine Sünde? Das Geld, die Frauen, die Göttinnen, der Fußball, wenn sie den Namen einer meiner Spieler rufen, dann habe ich es geschafft. Aber Fußball interessiert mich nicht mehr, Herr Pater, Sie interessieren mich, Gott, er kommt zurück ins Spiel, ich spüre es, er grätscht die anderen Götter weg, er ist ein Führungsspieler, Blutgrätsche, Gott liebt versteckte Fouls, neben ihm gibt es jetzt nur Sie und mich, eine leere Kirche, die Kälte, und da draußen die weiße Hölle, es schneit, Gott wird uns hier einschneien, Herr Pater, wenn uns der Schnee bis zum Hals steht, ist er dem Jungen schon über den Kopf gewachsen, Gott fällt in jeder Flocke vom Himmel. Oder kommt er wie eine Lawine, ja, wie eine Lawine ist er über mein Leben gekommen, völlig unerwartet. Aber ich hätte es wissen müssen.«

8

»Auf keinen Fall die Presse, ja, ich habe verstanden.«

Bonnies Augenbrauen zogen sich wie Gewitterwolken zusammen, sie drückte das Handy ans Ohr, als könnte sie die Stimme dort ersticken, ihr die Luft nehmen.

»Nein, wir werden ganz verdeckt suchen, im Schneesturm sieht uns ja eh keiner. Haben Sie nicht zufällig ein erfrorenes Kind gesehen? Aber bitte kein Wort zur Presse, dass es mit einem Mann verschwand, wir wollen nicht unnötig Staub, ich meine natürlich Pulverschnee, aufwirbeln, wir sind doch ein Skiort, prämiert, das beste Skigebiet der Welt, wenn da Kinder verschwinden, werden sie nicht gesucht, sondern gefunden, sie verschwinden ja gar nicht, unser Skiresort ist nur so outstandig, so unvorstellbar groß, dass man so ein Kind leicht auf den Tausenden von Pistenkilometern aus den Augen verlieren kann.«

Bonnies Kollege schlug ihr so dezent wie möglich gegen das Schienbein, er wusste, wenn sie Fahrt aufnahm, würde sie sich um Kopf und Kragen und ihn zu einer neuen Partnerin reden. Sie reagierte nicht auf seinen Tritt, aber sie war zumindest still. Wahrscheinlich wusch ihr der Chef den Kopf, drohte und erinnerte sich im Drohen, dass Drohen bei ihr nur eine Bedrohung für ihn, für sie alle provozierte, und eierte nun sicher, um die Härte seiner Stimme gegen eine Wiener Melange zu wechseln, schön cremig über dem schwarzen Kaffee. Bonnies Gesicht hellte sich auf, die Wolken zogen weiter, sicher versprach er ihr, was sie vehement gefordert hätte, wir wollen ja alle, dass dem Kind nichts passiert, aber noch wissen wir gar nichts, wir sollten nicht das Schlimmste annehmen, die Erfahrung, statistisch, es ist in einer Hütte, ein Jungenstreich, alles klärt sich auf, die Streif, die Hektik, und den Vater des Kindes haben wir noch nicht erreicht, eigentlich ist es zu früh für eine Suche, für eine Vermisstenmeldung, aber der Sturm, man sollte auf Nummer sicher gehen, aber die Weltpresse, Huller genügte schon, nach diesem Bilderbuchtag, der verrückte Huller, und jetzt ein verschwundenes Kind, nein, alles, was nötig ist, alle Mittel, alle Unterstützung, aber kein Fernsehen bitte, kein Radio, keine Einsatzkommandos, man kann das elegant lösen, die Hüttenwirte schauen sich um, rufen den Namen, oder an den Liften, das Liftpersonal, ach ja, die Lifte sind ja abgestellt, zu dumm, gut, die Skilehrerin, die Eltern, sich rumhören, erst mal am Telefon ... Er konnte alles, was der Chef sagte, aus Bonnies Mimik lesen, sie hatte ihre Mimik perfektioniert, sie konnte ohne Worte Bände sprechen.

Bonnie legte auf, sie hielt ihr Handy so in der Hand, als wollte sie es durch den Raum schleudern, mitten in die Party hinein, oder die Stimme ihres Bosses über die Boxen jagen, damit alle es mitanhörten.

»Warum muss der immer wie in diesen Fernsehkrimis klingen, kannst du mir das erklären? Spielen wir hier Soko Kitzbühel, oder was? Schau mal da raus, wir kommen kaum vor die Tür, wie sollen wir da ein Kind finden, wenn wir nicht mal das Glas vor dem Gesicht sehen können oder das Brett vorm Kopf, wie du mich anschaust. Und immer schön dezent, fuck. Soll ich mich zum Telefonieren aufs Klo einsperren und flüstern, haben Sie ein Kind gesehen?«

Bonnie hätte so weiterfluchen können, es wäre wie immer gewesen, und während sie fluchte, austeilte, hätte sie in ihrem Hirn alles ausgearbeitet, koordiniert, alles bis auf die kleinste Kleinigkeit durchdacht, abgewogen, eine Strategie entworfen, einen Einsatzplan, hätte die Arbeit verteilt und die Prioritäten fixiert. Sie brauchte das Verbalabkotzen wie andere die Musik zur Arbeit, es war eine Konzentrationshilfe, wie eine Zigarette, Zug für Zug, Wort für Wort, Beleidigung für Beleidigung, und es wurde heftiger, wenn man nicht rauchen durfte, dann qualmten ihre Sätze, dann wurde sie umso ausfälliger, damit ihr etwas einfiel.

Aber heute war das anders. Jedes Mal, wenn sie das Wort »Kind« sagte oder hörte, spürte sie ein Phantomziehen in ihrem Bauch, schauten sie ungeborene Augen an, und sie überfiel eine ungekannte Gefühligkeit und der plötzliche Wunsch, wie eine Löwenmutter ihr Junges zu schützen vor dieser Welt da draußen, die gerade unterging.

»Huller«, hob Bonnie an, als sie auf einem Screen die Bilder seines Sturzes sah, eine Nachrichtensendung, die sofort weggeschaltet wurde, als wäre sie nie über den Bildschirm gelaufen und nur eine Einbildung.

Aber Schatterer hatte auch dorthin geblickt.

»Ich musste auch an ihn denken. Kannst du dich an Brian Stemmle erinnern?!«

»Den Kanadier? Aber ich ...«

»Ja, der Kanadier, der sich fast zu Tode stürzte auf der Streif. 89, glaube ich. An der Steilhang-Ausfahrt. Er hat sich am Sicherheitsnetz verfangen. Obwohl die Trainer vor dem Rennen die Funktionstüchtigkeit der Sicherheitsnetze beanstandet hatten. Darmriss, Beckenbruch. Übel zugerichtet, fast auf der Piste verreckt. Er schwebte tagelang in Lebensgefahr.«

»Dann waren doch alle zufrieden, oder?«, unterbrach ihn Bonnie. »Bestens für den Tourismus, das gefährlichste Rennen der Welt. Sogar mit Todesgefahr. Todesmutige Fahrer. Ist doch für alle ein Gewinn.«

»Leck mich am Arsch mit deiner Zynik, Bonnie. Der Huller, ich glaub, der Stemmle war sein Vorbild, der wollte ihn nachahmen. Der hat auch das Organisationskomitee nach seinem Sturz verklagt, aber ist gescheitert. Oder er wollte es zumindest und sie haben ihn davon abgebracht. Aber was noch viel wichtiger ist, das musst du dir geben! Der Stemmle ist fünf Jahre später wieder auf die Streif, Comeback. Ist 45 geworden, aber egal. Crazy Cannuks. Der ist da wieder runter. Als würdest du dich noch mal anschießen lassen, noch mal in die Kugel laufen. Den Huller haben sie nicht noch mal rangelassen, wegen seiner Verletzung. Aber er wollte es wie der Stemmle allen zeigen. Dass die Streif ihn nicht geschlagen hat, dass sie ihn nicht besiegt hat, dass er nicht der Verlierer ist, für den ihn alle halten. Er hat wie ein Irrer weitertrainiert, ein medizinisches Wunder, nein, sie haben ihm gesagt, in zwei, drei Jahren, wenn er nicht aufhört, sitzt er im Rollstuhl oder läuft an Krücken oder sie versteifen sein Bein, was weiß ich. Es war ihm egal. Er ist dann einfach runter. Und jetzt saufen alle Champagner und er liegt im Koma.«

»Im Koma, weißt du das sicher?«

»Ja, ich hab es vorhin gehört.«

»Scheiße, dann können wir ihn nicht …«, Bonnie stockte, ein panisches Flackern durchzuckte ihre Pupillen.

»Was können wir nicht?«, wollte Schatterer wissen, der ahnte, dass so jeder Ärger anfing, den Bonnie ihnen einbrockte.

»Der Huller, es gab doch Gerüchte …«

»Dieser Dreck«, unterbrach Schatterer, »hör auf damit, der stirbt vielleicht gerade und du wärmst diesen Dreck auf, deshalb hatte er das doch vielleicht gemacht!«

»Eben, weil er sich den Jungen geholt hat. Weil er es nicht mehr aushielt. Weil er Schuldgefühle hatte, weil er zu weit ging. Weil er sterben wollte. Auf seine Art sterben. Die Illusion, das wäre die einzige Art, würdevoll zu sterben. Das war kein Unfall, das war ein Selbstmordversuch.«

Bonnie wurde schlecht. Sie hielt sich den Bauch. »Und der Junge ist dort irgendwo draußen, vielleicht schon tot, oder nur eingesperrt oder gefesselt, oder was weiß ich. Und wir müssen rausfinden, wo er ist. Sie müssen ihn aus dem künstlichen Koma holen, damit er uns sagt, wo er den Jungen versteckt hat!«

»Du spinnst, du widerst mich an! Solche Verleumdungen haben sein Leben zerstört, haben ihn kaputt gemacht, das war, das ist nichts als Rufmord!« Schatterer musste sich beherrschen, um nicht zu schreien, sie war zu weit gegangen, sie ging zu weit. Sie kannte keine Grenzen. Hatte sie irgendeine Intuition, war alles zu spät, dann lief sie Amok, vorsätzlich, dann konnte es nur durch die Mauer gehen. Und jeder Widerstand war für sie nur der Beweis, dass sie recht hatte. Und wenn alle sie für verrückt erklärten, erklärte sie alle für verrückt, für blind, inkompetent. Und das Schlimme war, meistens hatte sie recht, sie bekam nicht immer ihr Recht, aber sie hatte recht, hatte den richtigen Riecher gehabt, ihr Bauchgefühl war treffsicherer als das der meisten Profiler. Aber hier wehrte sich alles in Schatterer, ihr zu glauben.

»Vielleicht«, legte sie überraschend den Arm um ihn, »vielleicht habe ich Unrecht und wir riskieren das Leben des Jungen. Wir müssen allem nachgehen, alles versuchen und hoffen, dass nichts ist, auch wenn ich es nicht glauben kann, frag nicht, warum. Mir ist schlecht vor Angst. Ich muss ins Sonnbühel. Ich muss die Mutter sehen. Wir werden das nur über die Mutter verstehen.«

Schatterer sah sie mit offenem Mund an. Sie verstand es immer wieder, ihn aus der Fassung zu bringen. »Wie willst du durch diesen Sturm zum Sonnbühel kommen? Wir müssen abwarten.«

»Wir haben keine Zeit. Du bleibst hier, du kümmerst dich um alles hier, um Huller, um den Vater, wenn er hier unten irgendwo ist.«

»Du kannst nicht«, Schatterer hielt sie am Ärmel, doch ein Blick von ihr löste seinen Griff.

»Keine Angst. Ich finde einen, der mich sicher hochbringt. Und wenn es mit der Pistenraupe ist.« Sie warf ihm zu seiner Verblüffung einen Handkuss zu und verschwand durch die Menge zum Hinterausgang.

9

»Komm rein, ich bin hier im Kinderzimmer.« Vladimir lag auf dem Bett der Zwillinge. Neben sich einen überdimensionalen Champagnerkübel, in dem man fast schwimmen konnte, prall gefüllt mit Eiswürfeln, die wie Schollen gegeneinanderstießen.

Der Sturm hatte sich noch nicht ausgetobt, aber er holte Luft, wog alle in der falschen Hoffnung, es sei nun vorbei, er würde sich beruhigen, sich zurückziehen hinter den Wilden Kaiser, die Sonne würde erneut hervorstechen, schärfer als zuvor, und alles wäre so, als hätte es nie stattgefunden, als lägen nicht die Stadt, die Autos und sicher ein paar Menschen unter den Schneemassen begraben, erdrückt, zusammengepresst wie ein Schneeball in der Hand, ins Jenseits geworfen. Irgendwann würde auch dieser Sturm enden. Er hatte keine Chance, wie der Schnee nie eine Chance hat, es sei denn, eine neue Eiszeit bricht herein, dachte sich Vladimir, als er auf Andrej wartete, der Schnee wird verschwinden, alles wird verschwinden, was mir im Weg liegt, ich brauche nur Geduld. Ich bin wie der Frühling, lachte Vladimir in sich hinein, mit mir kommt der Matsch, der Dreck, die Knospen, ihn zu vergessen. Er sah sich mit seinen Töchtern auf einer Wiese die ersten Blumen pflücken, die es ans Licht geschafft hatten. Er flocht ihnen Haarkränze, Sommergäste, ein Kirschgarten.

Doch bevor er weiterträumen konnte, stand Andrej im

Raum, in Socken, in langen Unterhosen, in Skiunterwäsche, und sah aus, als müsste er sich zu Mütterchen Frost an den Ofen setzen und sich von ihr die Hände blasen lassen, bis er erfriert.

Fast hätte Vladimir so etwas wie Mitleid mit ihm empfunden, wie dieser Bär von einem Mann, wie dieser Samenverschleuderer, wie diese fleischgewordene Melancholie, wie dieser selbst ernannte Dichter, der Stimmen hörte, so dastand vor ihm und alles, was ihn zu einem Killer machte, abgetötet war.

»Trink ein Glas Champagner mit mir, wir haben einen Grund anzustoßen!« Vladimir streckte ihm das Glas entgegen und ließ ihn dabei nicht aus den Augen.

»Der Junge, Vladimir …«, er konnte nicht zu Ende reden, Vladimir unterbrach ihn sofort. »Der Junge interessiert mich nicht, kein Wort von dem Jungen, ich habe nie etwas von einem Jungen gehört oder gewusst, verstehst du?«

»Er ist …«

»Kein Wort, Andrej, kein Wort, trink, lass mich nicht warten, den ganzen Tag schon lässt du mich warten.«

»Der Schneesturm …«

»Du hast es bis hierher geschafft, so schlimm kann er nicht gewesen sein. Ich habe alle Gäste rausgeschmissen. Trink schneller, ich will dir nachgießen. Gut so, dieser Zug steht dir.«

Andrej trank. Wenn er trinken sollte, trank er, er machte, was er musste, er gehorchte. Er hatte Angst gehabt, Vladimir würde wissen, dass er seine Frau fickt, nicht dass er es müsste, dass er es tut. Er war auf dem Weg zu ihm ganz schwermütig geworden, denn ihm war klar, dass er

Vladimir töten müsste, wenn er es erfahren hätte. Weil er umgekehrt ihn töten würde, und das unendlich schmerzvoller und langsamer, als es Andrej anstellen würde, dem eine Drehung des Nackens reichte. Er hatte keine Zeit mehr gehabt, sich zu überlegen, wie er ihn unverdächtig über die Klinge springen lassen könnte.

Eigentlich hatte Andrej gehofft, er würde diesen Schneesturm nie verlassen, als ihm die Eissplitter ins Gesicht knallten, als der Sturm ihn mit blanken Fäusten schlug, als er seine Augen verbarg, blind lief, da hatte er geträumt, er würde laufen und laufen, immer tiefer in dem Schnee versinken, die Schritte würden immer schwerer werden, schon stand ihm der Schnee bis zu den Lippen, schluckte er Schnee, war er versunken, unter dem Schnee, alles war weiß, bis er die Augen aufschlug und in Russland war, es musste Russland sein, nur Schnee, bis zum Horizont, diese Luft, die er einsog, es war die Heimat.

Er wurde plötzlich müde, ganz schwer, als gefröre das Wasser in seinem Körper, so schwer fühlte er sich, gleich würden seine Beine zusammenbrechen unter der Last. Er hielt krampfhaft das Glas fest, nur nicht das Glas fallen lassen, das edle Glas, nicht den Champagner ausschütten, er würde austrinken, dann das Glas über die Schulter werfen …

»Du bist ja ganz blass, was ist mit dir, Andrej? Leg dich hin, hier. Genau so, ja, du bist ja ganz heiß, deine Stirn.« Vladimir nahm einen Eiswürfel und kühlte Andrejs Stirn. Andrej wollte etwas sagen, aber seine Zunge war zu schwer, die Worte waren so schwer, dass sie die Zunge in die Kehle drücken würden und er ersticken müsste.

»Es war wohl alles heute zu anstrengend für dich, mein Lieber.« Vladimir fuhr jetzt mit dem Eis an Andrejs Hals entlang. »Erhol dich. Habe ich dir je gesagt, dass du wie ein Bruder für mich bist? Der Bruder, den ich nie hatte, von dem ich immer geträumt habe, der große Bruder? Ich werde dir eine Geschichte erzählen. Ich habe sie in Amerika gesehen, im Fernsehen. Pass auf. Ist dir bequem? Also: Eine Ranch vermutlich, ein Garten, ein Baum wie der Baum der Erkenntnis, Staub. Zwei mexikanische Jungen, ein alter Mann, scheinbar gelähmt, er sitzt auf einem Stuhl, beobachtet die Brüder, neben sich eine Tonne mit Eiswasser, wie dieser Kübel hier, und Bierflaschen. Die Brüder, man muss an Kain und Abel denken, spielen und streiten sich, bis der eine sich das Kuscheltier des anderen schnappt«, Vladimir nimmt den Hasen seiner Tochter, »und es lachend vor dessen Augen und scheinbar ohne Angst vor dem Großvater zerfetzt.«

Vladimir reißt den Hasen auf und verteilt seine Eingeweide über dem Bett. »Der traurige, fast heulende Junge geht zum Großvater, er petzt, schwärzt seinen Bruder an, gibt auf das Nachfragen des Großvaters zu, ja, er wünschte sich, sein Bruder wäre tot. Dann ruft der Großvater den anderen. Man denkt, er wird ihn rügen, schimpfen, ihm ins Gesicht schlagen, aber er sagt nur: Junge, mach mir ein Bier auf. Und der Junge greift in die Eistonne. Nein, nicht das, motzt der Großvater, nimm eines, das tiefer liegt, ich will ein kaltes Bier. Und so beugt sich der Junge über die Tonne, bis plötzlich die Hand des Großvaters zum Genick des Jungen schnellt und ihn unter das Eiswasser drückt und den zappelnden Jungen dort hält, während der Alte dem Bruder ruhig ins Gesicht schaut: Soll er sterben?

Willst du, dass er stirbt? Der Junge ist irritiert, überfordert, hilflos, nein, nein, er soll nicht sterben. Aber die Worte helfen nicht. Er soll nicht sterben. Er schlägt dem Alten auf die Brust, aber der hält den ums Überleben kämpfenden Bruder immer noch seelenruhig unter Wasser. Er ist nicht stark genug, ihm auf die Brust zu schlagen. Willst du, dass er stirbt?« Vladimir dreht Andrejs Kopf zu sich. »Willst du, dass er stirbt?, fragt der Großvater. Der Bruder verzweifelt, er schlägt weiter auf die Brust des Alten ein, schlag mal!« Er nimmt Andrejs Hand, aber sie ist kraftlos, er kann sie kaum heben, alleine halten. »Was er auch tut, verstehst du, es nützt nichts, die Hand bleibt am Genick des Bruders und der Kopf des Bruders unter Wasser.« Vladimir nimmt Andrejs Kopf und drückt ihn in den Eiskübel, lässt ihn kurz zappeln, zieht ihn wieder raus und setzt in aller Ruhe, ohne jede Aufregung, seine Erzählung fort. »Es reicht nicht, verstehst du? Jetzt bekommt der Junge Todesangst, hast du Todesangst? Der Junge bekommt die Todesangst seines Bruders, und er schlägt dem Alten ins Gesicht, dem Patron ins Gesicht, dem Drogenbaron, dem Chef, mir. Du hast mir ins Gesicht geschlagen.«

Vladimir drückt ihn erneut unter Wasser, unerträglich lange. Dann zieht er ihn unvermittelt am Schopf hoch. »Und er lässt los und der Bruder schnappt nach Luft. Und der andere fürchtet jetzt um sein Leben, aber der Alte lacht nur und sagt ...«

Andrej hört nicht, denn sein Kopf ist schon wieder unter Wasser, zwischen den Eiswürfeln in der Kälte, er wehrt sich nicht mehr, er will sich nicht mehr wehren, er hört keine Stimmen mehr, er sieht nur zugefrorene Lippen, sieht sein Ohr, das sich wie eine Eisscholle von seinem Gesicht löst und davontreibt, die Stimmen.

So kalt ist der Tod also, denkt er, als ihn Vladimir aus dem Kübel reißt, und sieht verschwommen die Zwillinge vor dem Bett stehen und hört Vladimir ihm ins Ohr brüllen, aber das Ohr ist doch noch im Kübel …

»Merk dir eines, sagt der Großvater dem Jungen, merk dir eines: Die Familie ist alles!«

Und er drückt ihn vor den Augen der Kinder erneut in den Kübel.

»Was machst du da, Papa?«

»Wir spielen Luftanhalten, wer länger die Luft anhalten kann, Kleines, wer den längeren Atem hat, ich glaube, Andrej gewinnt.« Er ließ ihn kurz Luft holen, um ihn sofort wieder unter die Wasseroberfläche zu drücken. »Wisst ihr noch, wie wir am Schwarzen Meer toter Mann gespielt haben?«

»Das war am Toten Meer, Papa.«

»Papa, Papa«, schrie ihre Schwester unvermittelt, »du hast mein Bild kaputt gemacht! Das war dein Geburtstagsgeschenk!«

»Für mich?«, fragte Vladimir ungläubig, Andrej immer noch eintauchend, »aber warum hast du es dann versteckt? Und wer ist der schwarze Mann?«

»Du solltest es doch nicht vorher sehen, Papa, dann ist es doch keine Überraschung, Papa. Das bist du in deinem schwarzen Schlafanzug, Papa. Andrej schwächelt, glaub ich, Papa.«

Vladimir zog Andrej aus dem Wasser. »Aber der schwarze Mann ist viel größer als ich!«

»Aber nein, Papa, du bist der Größte, Papa!«

Vladimir wurde es schwarz vor Augen, er wusste kurz nicht, was tun, was denken, dann besann er sich und schlug mit der Faust Andrej aufs Herz, immer wieder, presste seine Lippen auf Andrejs und begann ihn zu beatmen, ihm das Wasser aus der Brust zu pumpen. Mit großen, unverständigen Augen beobachteten die Zwillinge das sonderbare Gebaren ihres Vaters.

»Warum küsst du Andrej, Papa?«

»Papa, hör auf, hör auf, Papa!« Die beiden Kleinen fingen fast gleichzeitig bitter zu heulen an, schlugen ihrem Vater auf den Rücken, wollten ihn davon abhalten, sein Gesicht auf Andrejs zu pressen, bis die Ältere sich als Erste wieder fing, sich vor ihm aufbaute und so groß machte, wie es ging, um ihm mit ihrem schönsten Schmollmund zu drohen: »Das erzählen wir Mama, dass du und Andrej knutscht!«

10

Lord stand vor der Toilette und rauchte. Normalerweise rauchte er im Freien, aber da hätte es ihn weggeweht wie ein Stück Zigarettenpapier. Obwohl der Sturm an Kraft verlor, und immer wieder Schneisen freigab wie ein Gewitterhimmel Sonnenstrahlen. Er kam ihm wie ein metaphysischer Sturm vor. Ein Sturm, der aus ihren Köpfen kam. Lord war alles andere als ein Spinner, schon gar nicht esoterisch begabt oder ein Herbeibeter der Apokalypse. Jede Form von Hysterie war für ihn ein Stilbruch. Wer sich nicht selbst beherrschen konnte, den beherrschten andere oder die eigene Unvernunft. Aber dennoch beschlich Lord ein Gefühl, als müsse sich der Himmel entladen, den Ort, die Natur reinigen, als bräche eine alte Welt hindurch, die sich gegen alles begradigen, betonieren wehrte, kurz aufbäumte, um zu zeigen, ihr müsst bescheidener werden, ihr dürft nicht den Respekt verlieren.

Es war zu schön gewesen, dieser Morgen, die Streif, es war nicht auszuhalten gewesen, es war schrecklich schön, denn Lord hatte ob der Schönheit einen Schrecken bekommen, der den Sturm ankündigte. Als wollte er alles fortfegen, was an Falschem gedacht, gezeigt, gebaut, geredet wurde. Danach würde alles noch so dastehen, wie es vorher dastand, vielleicht ein wenig Flur- und Blechschaden, eine Naturkatastrophe und eine menschliche, Huller, und der Junge, nein, hoffentlich der Junge nicht, betete Lord, der sonst nie betete, zum Himmel, der gerade die Luft anhielt.

Vorhin hatte es eine Frau hierhergeschafft. Würde ein Mann folgen? Yvonnes Mann? Wäre es etwa derselbe? Sie hatte sich nicht überreden lassen, auf ein Zimmer zu gehen. Sie wollte in der Stube bleiben, keinen Augenblick die Tür aus den Augen verlieren, als wäre es die Tür, die ihren Sohn zurückbrachte, oder zumindest die Tür, durch die die Nachricht kam, dass alles gut wäre, alles gut würde. Sie vertraute nur der Tür, keinem Telefon, keinem Wort, das sie zu beruhigen suchte. Sie war nicht zu beruhigen, denn noch immer gab es kein Lebenszeichen von ihrem Sohn oder ihrem Mann.

Lord drückte die Zigarette aus und ging zurück. Scotty hatte seine Sache sicher gut gemacht und beruhigt, was zu beruhigen ging. Er hatte eine Ausstrahlung, die sofort Zuversicht auslöste, er war jemand, dem man in der Wüste den Weg zu finden zutraute, war jemand, dem man in einem Krisenmoment sofort das Kommando zusprach. Dabei wirkte er selbst stets gefährdet, weil zu viel Leben durch ihn floss, weil er eigentlich nicht zu bändigen war, aber an unsichtbaren Bändern hing, die ihn von jedem Abgrund zurückzogen wie beim Bungeejumping das Gummi. Man spürte eben, er kennt die Abgründe, die Löcher, die Schatten, die Sollbruchstellen, wusste, wo das Eis dünn wurde und wo die Luft im nächsten Augenblick zu brennen beginnt. Sie hatten einmal von der Scotty-Skala gesprochen, weil er so ein Seismograph war, und wenn seine Hände unmerklich zu zittern begannen, konnte das bedeuten, dass der Kellner ihn nicht kannte oder aber, dass sich etwas ankündigte, das für die anderen noch nicht greifbar war. Mit Scotty konnte man ohne Probleme Touren gehen. Lawinen hielten die Luft an, wenn er im

Hang war, der stand unter dem Schutz eines Engels, der alle Hände voll zu tun hatte und sich ab und zu mal einen Drink genehmigen musste.

Lord und Scotty hatten Yvonne überzeugt, die Polizei zu alarmieren. Ihren Sohn und Mann als gesucht zu melden, sie musste ja nicht gleich vermisst sagen, wenn ihr das Angst machte. Solange ihr Mann nicht käme, nicht erreichbar wäre, würde sie sich nicht beruhigen, sie schien ihm alles zuzutrauen, da lauerte ein Familienminenfeld, eine Beziehung, in der jeder Schritt der falsche und letzte sein konnte oder sogar war, es gab kaum Raum, sich frei zu bewegen.

Als Lord kurz vor dem Tisch war, betrat ein Mann den Raum, der aussah wie ein Gespenst, leichenblass, verstört, im Innern erfroren, aber getrieben mit letzter Kraft von einem unmenschlichen Willen. War das sein Mann, war er gekommen, wie er versprochen hatte, gegen alle Widerstände? War er durch keinen Sturm aufzuhalten?

Lord blickte ihn an, suchte seine Augen, den direkten Kontakt, um zu erkennen, ob er es war und was passieren würde. Wie könnte er sich jetzt mit ihm absentieren? Sollte er ihn, der vielleicht Yvonnes Kind getötet hatte, zu ihr an den Tisch bitten, während sie Todesängste um das Leben ihres Sohnes ausstand? Dessen Mörder verspricht, dass ihm bestimmt nichts zugestoßen sei, und der mit der gleichen Kaltschnäuzigkeit lügt, mit der er getötet hatte? Lord hätte sich am liebsten aufgelöst, wünschte, der Sturm würde durch das Fenster greifen und ihn fortreißen. Aber Lord lief nicht davon, er stellte sich, er musste zunächst herausfinden, was passiert war, was noch passieren könnte. Er fixierte den Mann, ging einen Schritt auf ihn zu als

Signal, dass er ihn erkannt hatte, aber der Mann sah ihn an, sah durch ihn hindurch und ging weiter, direkt auf Yvonne zu.

»Christoph!« Yvonne sprang auf, riss alles zur Seite, wäre fast über den Tisch gelaufen, zwängte sich an Scotty vorbei und rannte auf ihren Mann zu, als könne sie im nächsten Moment kollabieren, beim nächsten Schritt in sich zusammenfallen und vor ihm wie ein Bündel Elend liegen, zu einem Embryo gekrümmt am Boden liegen, während das ganze Lokal lacht und feiert und schaut und dankbar ist für die Show, den Thrill, Ehedramen, Betrug wittert und auf eine Szene giert wie auf einen Sturz bei der Streif, den naturgemäß alle schrecklich finden.

Yvonne trommelte mit ihren Fäusten gegen Christophs Brust, als wollte sie ihm weh tun, ihn schuldig machen für all das Elend und zugleich in den Arm genommen, gerettet werden, es ist alles nicht wahr, sag, dass alles nicht wahr ist. »Wo ist Igor?«, schrie sie ihn an, »was hast du mit Igor gemacht, was hast du meinem Kind angetan!« Die letzten Silben verschluckte sie, Tränen auf der Zunge, Salz.

»Was soll mit Igor sein, er ist im Skikurs.«

»Er ist verschwunden, der Skikurs hat ihn verloren. Warum bist du nicht an dein Handy! Wo ist Igor?«

»Mein Handy ist weg, ich habe es verloren, sag jetzt nicht wieder, warum hast du kein iPhone, sonst könnte man es finden, kontrollieren ...«

Er merkte, dass er abwich, schnellte zurück. »Ich bin gestürzt oder es hat mir jemand gestohlen, im Lift, in der Gondel, ich weiß nicht, ich hatte es nicht benutzt, ich wusste doch, ich sehe dich, der Sturm, ich war im Sturm, überrascht, ich dachte, er wäre bei dir, ihr wärt hier, Igor, Igor«, er rief, als würde er ihn im Raum suchen, als hätte er sich unter einem der Tische, zwischen den Beinen, hintern den Mänteln und Jacken versteckt, in der Küche, im Keller. »Die Skilehrerin hat gesagt, sie bringt ihn hierher, sie würde eh hierherkommen, sie hätte eine Verabredung.«

»Du bist schuld, deine Bequemlichkeit, wenn er erfroren ist, du hättest ihn abholen sollen, du Mörder.«

Das war der Moment für Lord einzugreifen. Er hatte den ersten Schock überwunden, es war nicht der Mann am Telefon. Oder war er es doch? Und gab sich nicht zu erkennen? Egal, er konnte die beiden jetzt nicht mitten im Raum zur Unterhaltung der Schaulustigen stehen lassen, die wie in ihren Autos neben einem Verkehrsunfall saßen und mit ihren Blicken langsam über die Verunglückten kreisten.

»Lassen Sie uns zurück an den Tisch gehen bitte, Sie stehen beide unter Schock, wir wollen uns setzen und überlegen, wie wir Ihren Sohn finden können, kommen Sie bitte. Schuldzuweisungen helfen jetzt nicht, ich werde versuchen für Sie einen klaren Kopf zu bewahren.«

Lord war verwundert, dass Christoph nicht fragte, wer er sei, dass er sich nicht jede Einmischung verbat, ihn von sich stieß, ihn in seine Schranken wies, seine ganze Wut auf Yvonne, seine Verzweiflung auf ihn umleitete, an ihm abließ. Nein, er folgte ihm, beide folgten ihm, wie implodiert, nahmen sich an der Hand und setzten sich wie sediert wieder an den Tisch, sagten nichts, bis die Stille um sie sich aufgelöst hatte und das Publikum sich abwandte, da erst mal anscheinend keine weitere Szene zu erwarten war.

»Ich habe mit der Polizei telefoniert«, übernahm Scotty die Führung, um jeden neuen Konflikt zu ersticken. »Sie haben ihre beste Kommissarin geschickt, sie kämpft sich trotz des Sturms hoch. Wir haben wegen der Streif eine Ausnahmesituation, es brennt an allen Enden. Sie haben schon einen Suchtrupp losgeschickt, aber sie können nicht alle Leute freistellen, die sonst zur Verfügung stünden. Wahrscheinlich scheuen sie auch das Aufsehen. Durch Huller gab es schon genügend schlechte Publicity. Nachdem alles so gut begann heute Morgen sind alle durch die Ereignisse, man möchte fast sagen: traumatisiert. Das darf Sie gar nicht beunruhigen, ich würde vorschlagen, wir bilden einen eigenen Suchtrupp, das kann uns keiner verbieten.«

»Ich komme mit«, stimmte Christoph ohne Zögern zu, erleichtert, etwas tun zu können, hinaus in den Sturm zu kommen, wegen des Sturms in Yvonnes Augen und Herz, der ihn zu verschlingen drohte. »Ich bin ein guter Skifahrer, ich werde Sie nicht aufhalten«, setzte er nach, um jeden Einwand von vorneherein abzuwehren.

»Da ist Frau Klaid, die Kommissarin.« Lord sprang auf. »Ich werde sie aufklären.«

Ohne den anderen Zeit für einen Einwand oder die Frage aufkommen zu lassen, warum er das nicht hier am Tisch könne, warum sie nicht einfach hierherkommen könnte, war er auf dem Weg. Petra blieb in ihrer Fassungslosigkeit, Wut, Angst zurück. Sie wollte unsichtbar sein und bei der ersten Gelegenheit auf Nimmerwiedersehen verschwinden. Sie mochte Igor, aber das waren deren Probleme, es war ihre Ehe, ihre Erziehung, so etwas kam nicht von nichts, trichterte sie sich ein, um es von sich wegzuschieben und lieber einen greifbaren Grund zu finden, als ein unsichtbares Grauen, eine Bedrohung dort draußen länger zuzulassen. Sie trank und versuchte sich an ihr autogenes Training zu erinnern, hoffte, ihr würden keine Fragen gestellt, Christoph, er schaue sie nicht an, es kämen noch ganz andere Dinge ans Tageslicht, die längst im Dunkel ihres Bewusstseins verschwunden waren. Sollte diese Lawine sie alle erfassen, sie wollte sich nicht mitreißen lassen. Egal, was sie denken, sagte sie sich, ich brauche jetzt einen Schnaps.

Scotty lenkte unterdessen Christoph ab, um Lord die Bahn frei zu machen, fragte seine Skikönnerschaft ab, als könnten sie am grünen Tisch klären, was sich draußen im Sturm beweisen musste.

Lord kannte Bonnie, obwohl kennen zu viel gesagt wäre, sie waren sich öfter über den Weg gelaufen, hatten sich bei Gericht gesehen, ein paar Sätze miteinander gewechselt, ein Glas oder zwei zusammen getrunken, was unvermeidbar war bei der Ausgehquote Lords, der überall sein musste, als wäre er der Beckenbauer Kitzbühels. Lord grüßte schneller, als es sein Stil gebot, kein Charme, keine ausgewählte Höflichkeit und ein bestimmter Schritt, der den Weg verstellte.

»Dort hinten sitzen die Eltern. Der Vater, Christoph, ist gerade aufgetaucht. Er hat gesagt, sein Handy sei verloren, geklaut. Er hatte keinen Kontakt zu dem Jungen, seit er ihn in der Skischule abgegeben hatte. Die Skilehrerin habe versprochen, ihn ins Sonnbühel zu bringen. Aber das habt ihr sicher überprüft. Wir wollen einen Suchtrupp bilden, Scotty, du kennst ihn ja, oder? Also Scotty, du und ihr Mann. Sie haben sich gestritten, seine Frau und er, es klingt nach Ehekrieg.« Lord erzählte, was Yvonne gesagt hatte, beschrieb ihren Ausbruch, deutete an, dass ihn Christoph irritiere, dass es oft Familiendramen seien, vielleicht wisse er, wo der Junge sei, man müsse ihm die Chance geben, sie zu ihm zu bringen, wenn es so sei. Hier würden sich die beiden zerfleischen. Sie schimpfte ihn sogar »Mörder«, schloss Lord und fühlte sich mehr als unwohl in seiner Haut, weil er seinen Anrufer unerwähnt gelassen hatte, weil er Grenzen überschritten hatte, weil er sich eine Blöße durch sein Auftreten gegeben hatte, wie er empfand, in einer Art direkt agierte, bei der ihm vorkam, er sei nackt.

Bonnie hätte ihn längst zur Seite gedrückt gehabt, aber sie war noch nicht richtig angekommen, die Fahrt hier herauf war so gefährlich gewesen, wie die Streif hinabzusausen, ein Selbstmordkommando. Früher wäre ihr das egal gewesen, so what, ihr Leben, wen geht das was an außer sie selbst, fuck you, das ist mein Leben, damit kann ich machen, was ich will, und ich will es. Aber sie hatte Angst um sich gehabt, sie gehörte sich nicht mehr allein, das spürte sie. Warum drehte sie plötzlich so durch wegen dieses Schwangerschaftstests? Es war doch noch nichts sicher, es konnte noch abgehen, der Test konnte falsch sein, ein Materialfehler oder sie hatte einen Fehler gemacht, war zu dumm, hatte Farben verwechselt oder Ja mit Nein wie Rechts mit Links.

Oder war es, weil es eine tiefe Sehnsucht in ihr berührte, eine verkapselte Sehnsucht nicht mehr allein sein, nie mehr allein. Langsam fasste sie sich. Lord, Rechtsanwalt Grünsee. Sie mochte ihn, er passte so gar nicht in diese Welt und beherrschte sie deshalb wahrscheinlich. Er hatte so ein Lächeln, so ein tiefes, ungetrübtes Leuchten in den Augen.

Sie wollte, dass er sie in den Arm nahm, und sagte, dass alles gut werde, aber sie konnte nicht anders, als ihn scharf anzugehen: »Hast du jetzt hier das Kommando übernommen? Ich weiß, wie ich meine Arbeit zu machen habe, danke.«

Normalerweise hätte sie ihn noch weiter beschimpft, in die Schranken verwiesen, aber sie war ganz dankbar für seine Vorabinformation, für seinen Vorschlag. Sie wollte so schnell wie möglich raus, hielt es hier nicht aus, hatte Furcht vor der Mutter, die ihr Kind vermisste, als könnte das ein Spiegel der Zukunft sein, eine Einführung in kommende Sorgen und Schmerzen, als könnte sie kontaminiert werden mit dem Mutterunglück dieser Frau, als würde sie ihrer eigenen möglichen Verletzbarkeit und Verlustangst in die Augen blicken.

Lord stellte Bonnie vor, deren Kleidung noch mit Schnee und Kälte vollgesaugt war, und einen Schutzwall um sie bildete, als könnte sie die Kälte abstrahlen, ohne dass man sie berühren musste. Es fror einen, wenn man sie ansah, dabei waren ihre Blicke wärmer als je. Bonnie hatte ein hysterisches »Finden Sie meinen Sohn!« erwartet, Vorwürfe, Tränen, hatte Angst gehabt, sie werde genötigt, Hoffnung auszustrahlen, Strohhalme zu verteilen an Ertrinkende, dass sie beruhigen musste, versachlichen, bagatellisieren, dass sie alles, was sie an Psychologie gelernt hatte, abrufen musste, dass jeder von ihr die Fragen erwartete, die er aus dem Fernsehen kannte. Aber nichts dergleichen. Das Unglück war unvergleichbar.

Die Angst um das Kind hatte die Seelen aufgefressen

und ihr Hunger war noch nicht gestillt. Es war, als sparten sie ihre Kraft für den entscheidenden Moment auf, als würde der Sturm noch kommen. Bonnie versuchte die Situation zu lösen, in dem sie auf das Naheliegende zielte und die Brücke baute, über die sie schnellstmöglich hier wieder rauskam. Manche Fälle lassen sich nur im Innern lösen, im Innern eines Raumes, im Inneren der Ängste, in den Herzschatten, in den dunklen Gassen hinter den Sätzen, in den Kellern unter den Worten, hinter den verschlossenen Türen der Blicke. Andere dagegen waren nur draußen, durch Bewegung lösbar, durch Kraftverschwendung, durch Selbstverausgabung. Die Entscheidung für den einen oder den anderen Weg fällte sie meistens im ersten Moment, schon bevor ihr bewusst wurde, dass sie eine Entscheidung treffen würde und müsste. Jetzt wusste sie, sie musste raus, raus hier, und sei es, um mit einem klareren Kopf zurückzukehren. Nur die einfachen Fragen jetzt, dachte sie und fing nach einem kurzen Blickwechsel mit Lord bei Christoph an.

»Wo könnte Igor sein? Wo könnte er sich verstecken? Wo sind sie zusammen gefahren?«

»Der Zauberwald«, brach es unvermittelt aus ihm heraus, als hätte er in dem Moment die Eingebung gehabt, als hätte es ihm viel früher einfallen müssen, als könne er sich gar nicht erklären, dass er nicht gleich darauf gekommen war, »ja, er sprach immer vom Zauberwald, von einem Versteck.« »Zauberwald?«, fragte Lord nach und merkte zu spät, dass Bonnie sich einen zweiten Frager verbat.

»Ja«, antwortete Christoph fast atemlos, »diese Querfeldeinstrecke, durch den Wald, die Bäume, oben bei der Ochsalmabfahrt, als Erwachsener kommt man kaum durch, sie waren immer dort, die Kids, auch mit diesem Huller, haben Schanzen gebaut, Höhlen. Igor hat nichts erzählt, ich habe es mitgehört, aus Zufall, ich habe ihm nicht hinterherspioniert, was schaust du mich so an, Yvonne? Er hat sich nur einmal versprochen, dass der eigentliche Zauberwald neben dem Zauberwald sei, es klang wie Rumpelstilzchen. Wie ein Geheimwort, alles geheim. Es war ihm ganz wichtig und er war untröstlich, er könne etwas verraten haben, hätte sich am liebsten die Zunge abgebissen. Jungs und ihre Lager, Sie kennen das doch.«

Bonnie zuckte zusammen, woher sollte sie das kennen? Würde sie das kennenlernen, weil sie vielleicht einen Jungen bekam, weil sich ein Junge in ihrem Bauch versteckte?

»Finden Sie den Zauberwald?«, fragte sie und fixierte Christoph.

Lord hörte den beiden nervös zu, verbat sich selbst zu fragen, konnte aber seinen skeptischen Blick nicht verbergen, fürchtete, Christoph wolle sein Gewissen erleichtern, sie zu seiner Tat führen, zum Tatort.

»Wenn ich dort bin«, entgegnete Christoph bestimmt, »finde ich den Weg. Es muss ein Zeichen geben, wo man zu dem zweiten Zauberwald abbiegt. Ich glaube, ich habe etwas von einer roten Schleife gehört. Oder er hatte es gezeichnet, ich weiß nicht.«

Er sah seine Frau an, die keinen Ton gesagt hatte, immer noch keinen Ton sagte, apathisch seinen Blick erwiderte, bis sich plötzlich ein unwirkliches, gespenstisches Lächeln auf ihren Lippen abzeichnete.

»Los, brechen wir auf!«, entzog sich Christoph ihren Augen und wollte zugleich die Aufmerksamkeit auf sich lenken.

Scotty blickte zu Lord, der etwas auf einen Block schrieb und ihm zuschob.

»Gehen wir«, nahm Bonnie den Vorschlag auf und verwandelte ihn in einen Befehl. Sie gab Lord ein zweites Funkgerät. »Wir bleiben in Kontakt.«

Yvonne löste sich unvermittelt aus ihrer Starre und nahm die Milkaschokolade von ihrer Kaffeetasse und reichte sie Bonnie. »Bringt Igor die Schokolade mit. Er liebt Schokolade.«

11

»Mich hat es immer in Kirchen gefroren. Sie nicht?«, wollte Ödön von dem Pfarrer wissen. »Die Kirchen meiner Kindheit waren eiskalt. Selbst das Weihwasser fror ein, und du musstest mit dem Finger die Eishaut durchbrechen, bevor du dir die Stirn bekreuzigen konntest mit dem kalten Wasser. Meine Mutter hatte immer Angst, dass ich mir den Tod in der Kirche hole, wenn ich am Rand an der Steinwand lehnte hinter den Beichtstühlen. Lehn dich nicht an die Wand, was sitzt du immer an der Wand. Die Wände, in die mit der feuchten Kälte die Angst gekrochen war, der Angstschweiß vor den Fragen des Pfarrers und vor Gott. Auf dem Weg zur Kirche, Herr Pater, habe ich den Namen Gottes beschmutzt, ich habe gelästert, ich habe geflucht, still vor mich hingeflucht. Ich wollte ihn provozieren, ihn aus der Reserve locken. Ich saß an der Wand und wartete, dass alle Finger auf mich zeigen, dass der Pfarrer mich in der Predigt beschimpft, das schwarze Schaf, dem er die Wolle geschoren hat, den Flaum, auf das er seine Hunde hetzte, seine leftzenden Hände, seine bellenden Blicke.

Gott ist ein junger Hund, der dich anspringt, wenn du zu ihm heimkommst und er Stunden allein zuvor in der Dunkelheit ausharren musste. Aber Gottes Schoßhündchen springen dir an die Gurgel, haben Zähne mit Widerhaken, verbeißen sich in deinen Knöchel, und du hörst ihren schweren Atem, wenn du träumst. Frieren Sie nicht?« Ödön zog seine Handschuhe aus.

Er hatte erwartet, seine Finger kämen wie Eiszapfen aus den Handschuhen, sie wären durchsichtig, er könnte durch seine Hände schauen, die sich Tropfen für Tropfen auflösen würden, er würde sie in der Sonne verlieren, müsste mit Stummeln abfahren. Er wollte mit seinen vereisten Scherenhänden dem Pater das Gesicht zerfurchen, bis seine Finger brachen, wollte sie in sein Herz rammen. Aber als er den Handschuh abgestreift hatte, sah er nur das gekühlte Fleisch, die zitternden Finger, die tauben Fingerkuppen, die übers Holz strichen wie über das Holz der Kirchenbank früher, in das er mit seinen Fingernägeln gekratzt hatte: Gott ist tot.

Seine Eltern hatten ihn nicht gezwungen, in die Kirche zu gehen, im Gegenteil, sie schliefen lieber aus. Er stand allein auf, zog sich an, die kratzenden Pullis, die er hasste, die weißen Hemden, die er bis zum Ersticken zuknöpfte, den blauen Samtmantel, von dem er Gänsehaut bekam, nur die langen Unterhosen, das Angoraunterhemd, sie versteckte er hinter dem Schrank, denn er wollte frieren, er wollte Gott in keiner wohligen Wärme gegenübertreten, sondern wie ein Gladiator, der mit nacktem Oberkörper gegen Löwen kämpft, Tiger, Nashörner, Krokodile, gegen Gott und alles, was er erschaffen hat auf Erden. Warum war er auf die Welt gekommen, wenn nicht für diesen ungleichen Kampf? Er las Bücher, die er nicht verstand, die ihm beweisen wollten, Gott gäbe es nicht, er sei ein Hirngespinst, ein Gespenst, das in seinem Hirn spukt und sagt, mich gibt es nicht, dass die kalte Luft durch die Gedanken jagt, die Türen knallen lässt. Immer zog es in seinem Kopf, und der Zug vereiterte seine Stirnhöhlen, seine Nebenhöhlen. Gott kämpfte unfair, mit Bronchitis, mit Asthma, mit seinen Biowaffen, seinem Atem voller Viren, wenn er in die Wolken schneuzte oder vergaß, seine Hand vor den Mund zu halten und aus dem Himmel spuckte.

Bei schlechtem Wetter sagte er sich: Gott hat sich an mir erkältet, du Memme, komm raus, komm spielen, wir gehen auf den Platz, du stehst im Tor. Und so drosch er den Ball gegen das Garagentor. Gott war der Nachbarjunge, mit dem er sich prügelte, wenn er den Ball jonglierte, wenn er stundenlang um ihn herumdribbelte, ihm die Kugel zwischen die Beine schob oder auf sein Gesicht zielte, ihm in die Knöchel grätschte und sich dabei die Schenkel aufschürfte. Jeden Abend kam er blutig heim und zeigte seine Wunden wie Stigmata, jeder blaue Fleck war ihm der Beweis, dass es Gott gab, dass er zwar der Ältere war, aber irgendwann würde er ihm über den Kopf wachsen wie seiner Mutter.

Sie hatten außerhalb des Dorfes gewohnt. Er war viel allein. Nur er und Gott, der in der Küche hing, im Esszimmer, in seinem Schlafzimmer, der sich aber nicht in den Keller traute. In seinen Keller traute sich nur Ödön, Gott blieb an der Treppe stehen. Und Ödön überwand seine Angst und ging die Stufen hinab in den feuchten Keller, wo die Äpfel lagerten, die sündigen Äpfel, wo der Wein an der Wand ruhte, Blut von meinem Blut, in den Gefriertruhen das Fleisch im Eis wartete, wo die Schinken an der Decke hingen, überzogen mit Zeit, wo die Fallen aufgestellt waren, wo die alten Koffer, aufeinandergeschichtet, eine Höhle gaben, wo die Zahlenschlösser alle Geburtstage verrieten, wo ein Raum verschlossen blieb, ein Raum, der tiefer führte, noch tiefer hinab, ein Raum, der das

Geheimnis seines Vater blieb und dessen Zahlenschloss kein Geburtstag, sondern ein Todestag verschloss.

Und die Sauna war dort, wo sie zusammen schwitzten, gegen die Sanduhr anschwitzten, wo er allein saß, obwohl er es nicht durfte, und sich vorstellte, Gott ließe den Stuhl neben der Tür umfallen und schloss ihn ein in der Hitze, schloss ihn ein in der Wüste, aus der es keinen Ausweg gab außer als Schweiß, außer in einem Meer von Schweiß, wo er gegen das Glas trommelte, wo er die glühenden Steine mit dem Handtuch umkrallte und gegen die Scheibe schlug, ohne dass sie sprang, bis Gott ihm mit einem Lächeln vor der Tür erschien. Aber Gott traute sich ja nicht in den Keller, sagte sich Ödön, und erwachte aus seiner Phantasie.

Noch heute hatte Ödön Platzangst in der Sauna, aber konnte nicht anders, als in jedem Hotel, in dem er ein Zimmer genommen hatte, in die Sauna zu gehen, als müsse er mit seinem Schweiß die Orte markieren, Schweiß von meinem Schweiß, als müsse er im Schweiß seines Angesichts dem Sand zuschauen, wie er fiel, nach unten fiel, rieselte, am Ende verdickte, wenn die Zeit stockte, verklumpte, nicht durch das Nadelöhr kam, weil er immer reicher wurde, weil er seinen Reichtum nicht wegschwitzen konnte, weil sein schlechtes Gewissen nicht verdunstete, er aber das kalte Wasser danach liebte, die nackte Haut den Schnee, die Schläge mit den Zweigen, das Loch im Eis, die Sekunden, in denen er einfach tauchen wollte, unter das Eis tauchen, so weit tauchen, bis er nicht mehr zurückkam, die Lippen gegen die unsichtbare Hand Gottes gepresst.

Hätte er das alles dem Pater erzählen sollen, durch ihn

hindurchsprechen zu Gott, Gott, du hast gewonnen am Ende, du hast mich in Sicherheit, du hast mich in Glück gewiegt, dich verpisst, versteckt, in der hintersten Ecke versteckt, im Windschatten, in der Steuer, die ich überwies, hast Weihnachten und Ostern eine Karte geschickt, schau doch mal vorbei, hast mich dich unterschätzen lassen, weil die, die deinen Namen trugen, nicht in den Ring stiegen, sondern in den Seilen hingen, in denen sie sich und ihre Opfer verstrickt hatten, ich wollte keine Bibelbondage, ich wollte dich.

Aber Gott war nicht mehr da in meinem Leben, Gott war nicht mehr da in meinem Leben, verkündete Ödön laut, er war weg. Ich habe ihn nicht gesucht, warum hätte ich ihn suchen sollen, er wusste ja, wo ich zu finden war. Ich klebte wie Kaugummi unter seiner Schulbank, ich war der Dreck unter seinen Stiefeln, ich war der Schneeball, der im Flug zerfällt, was auch immer, ich war da und habe mich den Teufel um ihn geschert.

Es war wie mit einem Freund, den man aus den Augen verliert, weil man sich nicht mehr mit ihm auf dem Schulhof prügelt, weil er eine Freundin hat, die man nicht ausstehen kann oder die einen nicht ausstehen kann, weil er sich verändert hat oder weil er sich nicht verändert hat und immer noch so ist wie früher, am selben Ort wohnt, dieselben Sprüche klopft, dieselben Sachen trägt, von den ewig währenden Küssen spricht, zu denen es nie kam, die immer in der Luft lagen, und da immer noch abgestanden hängen, wenn er den Mund aufmacht und sein Atem nach zwanzig ungelebten Jahren stinkt, Freunde, die in ihrem Denken stehen blieben, während du dir die Lunge aus dem Leib gerannt und nachgedacht hast, dir den Kopf von den Schultern reißen wolltest, Jungs, die es nicht mal mehr auf die Ersatzbank schaffen, sondern höchstens auf die Sonnenbank, in Sonnenstudios, wo du für eine Handvoll Münzen noch den Hautkrebs bekommst, der endlich eine Veränderung ist, aber an ihrer Haut prallt alles ab, die Hornhaut der Ochsen ist stärker als deine dünnhäutigen Empfindlichkeiten. Du willst Freunde, die mit dir eine Vergangenheit geteilt haben, aber du willst, was sich geteilt hat, nicht immer wieder zusammensetzen, sondern willst es wie ein Puzzle, wo die Stücke fehlen, die das Bild abschließen, du willst die weißen Flächen, aber sie wollen es versiegeln und an die Wand hängen, voller Stolz auf das, was war, was sie geschafft haben. Sie haben nie aufgehört, in die Schule zu gehen.

12

»Lasst uns in der Kapelle eine Verschnaufpause machen!«, schrie Scotty dem Sturm ins Gesicht, in Christophs und Bonnies Rücken, aber sie gingen weiter, als hörten sie ihn nicht, als wären die Worte weggeblasen oder so schwach, dass sie nicht durch die Helme drangen und einfach aufgaben im Wind und sich wegschleudern ließen ins Weiß wie all die anderen Worte hier draußen, die in der Luft hingen, zerfetzt, ungehört, geschrien, gehaucht, gebrüllt, geflüstert, atemlos, schwer vom Schnee, nass, aufgespießt von den Ästen, verfangen, leer, ohne ein Ohr, das sie fanden, zu weit entfernt von den Lippen, die sie hinauszwangen in diese Aussichtslosigkeit.

»Hey, hört mir zu. Wir schaffen das nicht, wenn wir uns nicht unterstellen!« Scotty war keiner, der nachgab, er wusste, was zu tun war, er war nicht vollgepumpt mit Adrenalin, nicht getrieben von Angst, von Wut, von Verzweiflung, es war nicht sein Kind, nicht sein Fall, aber sein Leben und er hatte in dem Moment, als sie das Sonnbühel verließen, die Verantwortung für Yvonne und Christoph übernommen. Nicht, dass er es ausgesprochen hätte, aber er kannte Menschen in Ausnahmesituationen zu gut, er war an so viele Grenzen gegangen, dass er wusste, wo man innehalten musste, wo sie nicht zu überschreiten, zu überwinden waren, nicht im Inneren, nicht im Äußeren, wusste, wo sie erst einmal Luftholen mussten, Kräfte sammeln, bevor sie die Muskeln erneut anspannen und ansetzen zum Sprung.

Ihm war natürlich die Gefahr einer Pause klar, die Gefahr, dass sie Furcht bekamen vor dem eigenen Mut, der sie hinausgetrieben hatte und den Sturm unterschätzen hat lassen, der sie in eine Falle getrieben hatte und zu dem Punkt, von dem aus der Weg zurück so gefährlich war wie der weitere Weg. Doch solange man in Bewegung war, fasste man keinen klaren Gedanken, denn die Schmerzen ersetzten jeden Gedanken oder ließen nur jene zu, die sie wegzudrücken halfen, die einen stärker sein ließen als der Schmerz, stärker als die Signale des Körpers, der nicht mehr mochte, nicht mehr konnte, die Nase voll hatte, keine Luft mehr hatte, den es fror, dessen Gleichgewichtssinn überfordert war, dessen Augen fast nichts sahen, tränten, dessen Füße zu tief einsanken, aber da sie einsanken, konnten sie zumindest nicht einfach in der Faust des Sturms weggeschleudert werden.

Scotty gab nicht auf, bis sie sich umdrehten, zeigte zur Kapelle. Brachte sie, ohne dass er es sich erklären konnte, dazu, sich an die Wand zu lehnen, unter dem Dach zu stehen.

»Kommt, gehen wir rein, drinnen ist es sicher wärmer, fünf Minuten, geschützter«, korrigierte er sich, denn vielleicht hatte sich die Kälte ja in dem Gemäuer gesammelt. Ihm war klar, falls Christoph schuld an dem Verschwinden seines Sohnes war, dass die Pause ein Fehler sein könnte, weil er vielleicht ins Nachdenken käme, seine Schutzfunktionen wieder zum Leben erwachen würden, er einen Ausweg suchte.

»Das reicht, wir gehen weiter, wir gehen nicht rein, wir dürfen keine Zeit verlieren.« Als hätte sie Scottys Gedanken gelesen, trieb Bonnie sie an, sie mussten nur am Wasserspeicher vorbei und dann hoch zur Ehrenbachhöhe. Von dort aus konnten sie versuchen, sich auf Skiern zu halten.

Hörte er da eine Stimme von drinnen, fragte sich Scotty und zögerte einen Moment mit dem Aufbruch. Nein, es war sicher nur der Wind, sagte er sich, ein Hirngespinst, eine Wunschvorstellung, ein Suchtrupp musste schon längst da gewesen sein oder war auf dem Weg. Sie konnten jetzt nicht in jede Station kriechen, jedes Lifthäusl, jede Hütte. Auf dem Rückweg, ja, sollten sie den Jungen nicht im Zauberwald finden. Aber jetzt war keine Zeit zu verlieren, denn es war seine Zeit, es war die Zeit des Jungen.

Nach der kurzen Pause kamen sie besser voran als gedacht. Scotty hatte sich an die Spitze gesetzt, er machte den Rhythmus, bestimmte den Weg, führte sie sicher hinauf bis zur Ehrenbachhöhe, wo sie unter dem Ochsalmlift die Ski im gespenstischen Lärm der gegeneinander schlagenden Sessellifte anschnallten, den Geräuschen der Gefahr, der Rebellion der Dinge, die zu einem zweiten Leben erwachten, nachdem sie die Menschen abgeschüttelt hatten und dem Sturm dankten für die Rache.

Scotty hatte ein ungutes Gefühl, obwohl alles den Umständen entsprechend bestens lief. Sie konnten es sogar wagen, nun auf Skiern weiterzufahren, die Sicht besserte sich, es schneite aus allen Himmelsrohren, als feuerten die Engel alle Schneekanonen ab, aber der Sturm hatte an Vernichtungswillen verloren, er bereitete seinen Rückzug vor, als wäre er zufrieden, als käme ein schlechtes Gewissen in ihm hoch, dass er es übertrieben habe, aber nicht einfach aufhören konnte, ohne sich lächerlich zu machen.

Scotty wusste nicht, was er gegen sein ungutes Gefühl

tun sollte, es war nur eine Intuition, die sich aber auf nichts bezog. Oder hatte er Angst, ein totes Kind zu finden? Was gäbe es Schlimmeres?

Christoph hatte sich abgestoßen, der Wind drehte in seinen Rücken, und die beiden mussten ihm nach und die Chance nutzen. Sie querten die Piste, bis sie am Eingang des Zauberwalds waren, des Zauberwalds, den die meisten Kinder kannten, der ein offenes Geheimnis war. Christoph blickte sich nur kurz um, schrie etwas von einer roten Schleife und zeigte blind in die Baumkronen. Würden sie das Zeichen zum versteckten Eingang in den zweiten Zauberwald finden?

Bonnie blickte nach oben. Zugleich wollte, durfte sie Christoph nicht aus dem Blick verlieren, nicht dass es am Ende ein Trick wäre, sich abzusetzen, oder dass er es sich anders überlegt hätte. Halsbrecherisch bewegte er sich voran. Es war kaum etwas zu sehen, die Äste schlugen mit Fäusten zu, Schnee fiel von den Bäumen, Schneebretter, die Zweige waren tief, man musste sich bücken, ausweichen. Bonnie war unmittelbar hinter Christoph, die Geschwindigkeit war schwer zu steuern, warum lief er plötzlich so schnell?

Als Christoph vor ihr stürzte, sah sie es zu spät, sie sah ihn stürzen, fallen, er lag quer, quer im Weg, sie war in der Spur, sie raste auf ihn zu, zu schnell, sie würde mit ihren Skispitzen in sein Gesicht springen, ihn aufspießen, sie musste ausweichen, jetzt. Bonnie drehte nach rechts, verlor die Kontrolle, fiel, ein Loch, eine Mulde, sie war wie ein Geschoss und krachte mit dem Bauch gegen einen Baum, umarmte ihn. Sie schrie auf vor Schmerzen. »Mein Kind«, schrie sie.

»Kind« glaubte Scotty zu hören, hatte sie »Kind« geschrien? Das Kind gefunden, gleich wäre er bei ihr, aber sie war nicht in der Spur, er sah sie da unten liegen, gekrümmt, heulen, sie blickte ihn an, Christoph stand hinter ihm, sie blickte zu beiden hoch, aber sie schrie nicht mehr, sie presste die Hand auf ihren Bauch. Sie musste nicht schreien. Es schrie in ihr, es schrie so laut in ihr, dass sie ihre Lippen nicht auseinanderbrachte, weil sonst ihr Herz herausgeschleudert worden wäre, ihre Seele, das Kind zwischen den Lippen, könnte sie es halten?

13

»Sind Sie persönlich beleidigt, weil ich Gott beleidigt habe? Nehmen Sie es persönlich? Ziehen Sie sich alles an, was ich über Gott sage? Und wie steht es für Gott, steht er gerade für das, was Sie getan haben?«

»Was Sie mir angetan haben«, wollte er nachschieben, aber war abgelenkt, weil sich vor der Tür Geräusche abzeichneten, Stimmen, Stimmengewirr.

»Schaut, ob er in der Kirche ist, vielleicht ist der Junge in der Kirche, vielleicht hat er sich dort versteckt«, hörte er die Helfer des Suchtrupps schreien. Und ihre Stimmen klangen, als schrien sie gegen den Schnee an.

Drei Männer stürmten in die Kirche, schneebedeckt, das Eis ins Gesicht geschrieben, die Müdigkeit, gegen die Kälte und die Vergeblichkeit des Schnees zu suchen, überall zu suchen, und nichts zu finden, weil alle Spuren verschwunden sind, überschneit, überschrieben mit Schnee, weggeblasen vom Wind, niedergewalzt von den Raupen, zertreten von Schaulustigen, von den besoffenen Streifzuschauern, die noch über die Pisten irrten, als könnten sie niemals den Weg zurück finden, die nächsten, die sie suchen mussten, die die Hunde suchen mussten, die sie erfroren fänden, Schnapsleichen, Schnapsschneeleichen, rot-weiße Schnapsflaschen, selbstgebrannte Hirnlose mit rauhgeschrienen Stimmbändern, gestürzt, überschlagen, ins Schneeloch gefallen, offene Bindungen, gebrochene Ski, Hüttenwände, Mauern, an denen die geplatzten Schädel kleben, wo das Blut sofort gefriert. Die Helfer ahnten das Schlimmste, und ihnen war klar, die Zeit, die Zeit, lachte sie immer aus, ihr schafft es nicht, nie schafft ihr es, mir gehört schon eine Zehe, ein Bein, der Arm, die Lunge, ich hab sie zusammengepresst mit meiner Faust wie einen Schneeball, dort, dort, da fliegt er.

»Schaut unter den Bänken nach, in der Sakristei, in jedem Winkel. Gibt es hier einen Dachstuhl, ist oben noch ein Raum?« Der Anführer war von der Bergwacht, er wusste, was er tat, was zu tun war. Die anderen waren Helfer, Freiwillige, vielleicht Eltern, die jetzt am Boden krochen, sich unter die Bänke bückten.

»Nichts, da ist nichts«, wiederholte der Ältere, sichtlich außer Atem, kurz davor, in Tränen auszubrechen, als ginge es um seinen Enkel. Er war mit seinem Enkel auf der Piste gewesen, sie hatten sich gestritten, es hätte auch sein Enkel sein können, der jetzt verschwunden war, entführt, die Russen, überall die Russen, es waren die Russen, hatte er im Sonnbühel geschimpft, und die Russen am Tisch gegenüber fixiert, bevor ihn die Angst überkam, sie könnten im Schnee ein Grab für ihn schaufeln, sofort meldete er sich freiwillig, stand im Lokal, forderte alle auf, wir müssen mithelfen, bis ihn der Mann von der Bergwacht bremste, beruhigen wollte, ihn dann nicht mehr abschütteln konnte. Jetzt hatten sie ihn im Schlepptau, sie mussten ihn durch den Sturm mitschleppen, hinauf-, hinabschleppen, zumindest konnte er Ski fahren.

»Habt ihr schon im Beichtstuhl geschaut? Warum schaut keiner im Beichtstuhl. Er ist im Beichtstuhl, sicher!« Der Bergwachtler drängte zum Beichtstuhl, rutschte mit seinen Skischuhen aus, knallte kurz vor dem Beichtstuhl an eine Kirchenbank, schlug sich die Stirn auf, sackte zusammen. Die anderen eilten zu ihm, als würden sie an einem Grat über dem Abgrund balancieren. Er blutete, war kurz weg gewesen. »Schon gut!«, wiegelte er ab, »haut's ab.«

Ödön geriet in Panik. Was dachte der Pater, warum saß er noch neben ihm? Warum war er nicht herausgestürmt, warum fragte er sich nicht, warum Ödön nicht herausgestürmt war, warum blieb er still? Ahnte er etwas? Hatte er Angst? Durfte er das Beichtgespräch nicht unterbrechen? Welche Tür würden sie zuerst öffnen? Seine? Was dann? Was würde er sagen? Oder die des Paters? Wartete der nur darauf? Hoffte er, sich so zu befreien aus seiner Beichte? Die drei sortierten sich, der alte Mann hatte sich als Erster gefangen, er war kurz vor dem Beichtstuhl, er kam aus der Reihe zwischen ihnen, zu welcher Tür ginge er zuerst?

Jetzt waren es nur noch zwei Schritte. Ödön spürte den Zug im Vorhang, der ihn vom Kirchenraum trennte, er sah die Hand, die den purpurnen, schweren Stoff mit den nassen Handschuhen wegzog und Ödön den Blicken freigab wie einen Schuldigen, den nackten Büßer, ausgestellt, zusammengekauert im Beichtstuhl, den Helm über den Kopf, als könne er seine Schuld bedecken, als könnte er die Gedanken in seiner Stirn verbergen. Gleich würden sie aufschreien: Hier, hier ist er, die Sau, der Pädophile, wo hast du den Jungen, wo ist der Junge, wo hast du ihn versteckt, wir werden es aus dir herausprügeln, sag schon, lebt er noch, lebt er noch der Junge, lebt er, mach das Maul auf, du schwule Drecksau, wo ist er jetzt, ich brech dir das Genick, wenn du es nicht sagst, wir müssen die Polizei holen, nein, das machen wir selbst, spinnst du, die

Polizei, bis die da ist, ist der Junge erfroren, einfach erfroren, ich habe auch einen Jungen, einen Enkel, so alt wie er, sag schon, wir schlagen dir die Wahrheit raus, gebt den Skistecken, da siehst du die Spitze, damit spieß ich dir die Eier auf, wenn du nicht sofort sagst, wo du ihn versteckt hast, lebt er noch, wo hast du ihn, ist er draußen, in einer Hütte, hast du ihn umgebracht, du Sau, vergewaltigt, was hast du dem Jungen angetan, wo ist er, jetzt sprich schon, er sagt nichts, was sollen wir machen, er tut den Mund nicht auf, er schreit nicht mal, der spürt die Schläge nicht, der spürt gar nichts, dem gefällt das, der Sau, der macht das Spaß, du Perversling, du Sau, los, zieht ihn aus, zieht ihn aus, wir legen ihn in den Schnee, die Kälte wird ihm schon die Worte rausziehen, wir treiben ihn durch den Schnee, los, haltet ihn fest, ich zieh ihn aus, lass ihn, das ist Selbstjustiz, scheiß auf deine Selbstjustiz, denk an den Jungen, woher willst du wissen, dass er es war, er hat doch gar nichts gesagt, schau ihn dir doch an, warum sitzt er sonst hier im Beichtstuhl und versteckt sich?

Ödöns Muskeln spannten sich, gleich würde er die Worte und Wortfetzen wieder hören, wenn der Vorhang ihn bloßstellen würde, gleich würden sie ihn herauszerren, und alles würde Wirklichkeit werden, wie früher seine Wunschträume Wirklichkeit geworden waren, alle deine Ängste werden wahr, die schlimmsten, die verborgensten, Gott spielte seine stärkste Karte aus. Er hatte ihm ein fast angstfreies Leben geschenkt, ihn in allen Sicherheiten gewiegt, ihn wie ein Baby gefüttert und fett gemacht, mit einem fetten Babyglücksspeck, der nun schlagartig von den Hüften, den Wangen fiel, diese Schichten gegen das Schlechte der Welt. Jetzt prallte nichts mehr an ihm ab, jetzt drang es durch ihn wie ein Messer durch die Butter, die du am Abend vergessen hast, in den Kühlschrank zu stellen, und draußen ist Sommer, und die Sonne begrüßt dich mit ihren Strahlen, schleckt dir die Butter vom Brot, und das Messer schneidet deinen Speck von den Rippen.

Ödön war klar, hier gab es kein Entrinnen, es war unmöglich den Alten, wenn er vor ihm stand, umzurennen, an den anderen vorbeizuschlittern, hinaus in den Schnee zu jagen. Wo waren seine Ski? Er müsste sie suchen, wo waren sie, sie waren sicher unter dem Schnee, er hatte sie versteckt, wo hatte er sie versteckt, wie könnte er sie jetzt finden? Aber er konnte auch nicht einfach durch den Schneesturm irren, ohne Ski, mit jedem Schritt tiefer versinken, in den Schnee wie ins Wasser. Der Lift wäre nah, die Gondel, die Ehrenbachhöhe, aber dort würden sie ihn sofort suchen, nein, ohne seine Ski wäre er verloren, es gäbe keinen anderen Ausweg als den Tod. Warum nicht der Tod, fragte er sich? Er sah sein Blut im Schnee. Er müsste schneller sein. Jetzt breche ich aus, genau jetzt, ich versuche es, ich habe den Überraschungsmoment für mich, sie werden wie erstarrt stehen, wie ein Gespenst werden sie mich ansehen, es war ja still in der Kirche bislang, mucksmäuschenstill, totenstill, und dann lüftet sich der Vorhang, und ich stürze mit meinem schwarzen Helm aus dem Beichtstuhl auf sie zu, der Rächer, jetzt, Ödön, zögere nicht, Ödön, jetzt, komm, Ödön, fass deinen Mut zusammen, Ödön, fass, fass, jetzt, Ödön, jetzt, raus, raus hier, schnell.

»Was suchen Sie hier?« Der Pater war aus dem Beichtstuhl gestiegen und baute sich vor dem Alten auf, der unmittelbar davor war, den Vorhang aufzuziehen. »Sie stören die heilige Beichte. Was ist das für unziemliches Verhalten? Bitte respektieren Sie die Würde des Ortes!«

Der Alte war wie vom Schlag getroffen, eingefroren in seiner Bewegung. Fassungslos starrten die drei den Pater an, als wäre ihnen der Teufel erschienen. Als wären sie mit all ihrer Anspannung, ihrer aufgestauten Wut, ihrer Verzweiflung und ihrem so unbedingten Findenwollen gegen eine Wand geknallt, gerade dort, wo sie die rettende Öffnung vermuteten, das Tor, das die Hoffnung aufschließt, statt ihre Nasen blutig zu schlagen. Der Alte war außer sich, sein Blut pumpte durch den Körper, der Druck stieg, er stammelte, bis es aus ihm herausbrach: »Geben Sie den Jungen frei. Das sind doch alles Pädophile, die Pfaffen, er hat ihn, er hat ihn, das Schwein, das sind alles Schweine, die Kutten! Kinderficker!«

Er erschrak selbst über seine Worte, aber nach einer Schrecksekunde schnellte er, als wolle er das Gesagte ungeschehen machen, oder vielmehr noch unterstreichen, auf den Pater zu, doch die beiden anderen konnten ihn im letzten Moment zurückhalten.

»Lass ihn!«, der Bergwachtler drehte dem Alten den Arm um, obwohl er selbst noch ganz taub vor Schmerzen war. Der dritte schaute zu, er war wie abwesend, stand neben sich und betrachtete die ganze Szenerie aus weiter Ferne. Er hatte sich überanstrengt, immer nur weiß zu sehen, wo man etwas finden will, hatte ihn fast verrückt gemacht. Er war nicht explodiert, er war implodiert, seine Seele, meinte er, von Schneemassen begraben, und jede weitere Flocke begrub sie mehr. Jeder Farbtupfer, jede andere Farbe als weiß hatte ihn aufschreien lassen, dort,

dort ist was, ein Anorak, eine Jacke, ist das ein Arm, da ein Handschuh, es muss ein Handschuh sein, die Stecken, sind das nicht seine Skistecken, die Liftkarte. Die anderen hatten ihm irgendwann verboten, etwas zu sagen, bevor er sich nicht absolut sicher war. Diese permanent aufgeheizte, hochgejagte und dann um so tiefer und bitterer enttäuschte Hoffnung hatte sie deprimiert, noch gereizter gemacht, als sie schon waren.

Der Bergwachtler hatte sich geschworen, nie wieder mit Amateurhelfern loszuziehen, hatte sich verflucht, dass er nicht in dem anderen Trupp war. Aber die Streif hatte alles abgezogen, und sie mussten alle helfen, alle um Hilfe bitten, das Skigebiet war so groß, die Kälte so kalt, so tödlich kalt für einen kleinen Jungen. Wenn Leute bei einer Tour verschwinden, von einer Lawine überrollt werden, verschüttet, weißt du ungefähr, wo sie sind. Aber hier wusste keiner irgendwas. Wie der Kleine überhaupt aus dem Kurs verloren gehen konnte, warum sie es so spät gemerkt hatten, sodass keiner wusste, wo er sei, wie weit er kommen konnte. In der näheren Umgebung des Ortes, wo sie sein Fehlen bemerkt hatten, war nichts, gar nichts. Wenn er entführt wurde, vergrößerte es den Radius ungemein. Aber dennoch musste der Kleine Ski fahren, Lift fahren, freiwillig mit dem Mann kommen. Kannte er ihn? Und dann waren doch an allen Liften die Ansagen, die Durchsagen, mussten alle die Augen offen halten gegen den Schnee, musste jeder Junge gefragt werden vom Liftpersonal, wie konnte er verschwinden, so einfach? Wie gut fuhr er Ski? Heulte er, wenn er eine schwarze Piste hinuntermusste, weigerte er sich, heulend, zitternd, wie konnte der Mann ihn zwingen? Oder war der Kleine ein

Draufgänger, einer, der überall hinunterfuhr, der am liebsten unter dem Lift, neben der Piste, im Wald, durch den Wald jagte, keine Rinne, keine Spur ausließ, ein Rowdy, ein unerschrockener Junge, der es allen beweisen wollte?

Der Bergwachtler merkte, er wusste zu wenig, sie mussten Kenntnisse sammeln, um zu finden, um zu verstehen. Aber er wusste nichts, und jetzt musste er auch noch auf diese beiden Durchgedrehten aufpassen, die er am Ende aus dem Schnee würde buddeln dürfen, wenn sie sich nicht vorher gegenseitig erschlagen oder ihn erschlagen oder den Pater, der so ungewöhnlich ruhig und gefasst wirkte.

»Ich hab doch recht«, brüllte der Alte, den der Bergwachtler fast vergessen hatte und dessen Arm er noch umgebogen hielt, sodass es dem Alten den Schmerz ins Gesicht trieb und es zu einer bösartige Fratze verzerren ließ. »Ich kenn den gar nicht, diesen Pater. Das ist nicht unser Pfarrer. Der ist hierherversetzt. Sicher ist er strafversetzt. Sie versetzen doch die Pädophilen, bevor sie sie bestrafen, die zeigen sie doch nicht an. Stand doch überall. Einfach versetzt, und da fassen sie dann die nächsten Jungs an. Dachten, hier oben gibts keine Jungs. Aber das ganze Skigebiet ist voll!«

»Beruhigen Sie sich, ich verstehe Ihre Aufregung. Sie suchen einen Jungen, er ist verschwunden? Mein Gott! Ich werde für ihn beten, beten, dass Sie ihn finden, dass ihm nichts passiert ist! Ich bin hier zur Urlaubsvertretung. Ich kann Ihnen versichern, dass der Junge nicht hier ist. Und einem Kind kann ich nichts antun. Die Medien haben Ihren Blick verzerrt. Sicherlich auch durch unsere Schuld. Meine Herren, ich halte gerade eine Beichte ab.

Wenn ich Ihnen helfen kann, helfe ich Ihnen gerne danach. Ich muss Sie aber bitten, das Geheimnis des Beichtenden zu respektieren. Sie können natürlich so lange in der Kirche bleiben. Wenn Sie diese Zeit haben. Die Kirche steht allen offen, Gott ist für Sie da. Aber lassen Sie mich jetzt die Beichte vollenden.«

»Von wo kommen Sie denn her, Herr Pater?«, blaffte der Alte.

»Aus dem Skiinternat«, antwortete der kurz und war dabei, sich wieder in den Beichtstuhl zu setzen, hatte den Vorhang schon in der Hand, als der Bergwachtler ihn zurückhielt. »Herr Pater, bei allem Respekt, nichts Persönliches ...«

»Was heißt persönlich, Skiinternat, verstehst du nicht?«, fuhr der Alte dazwischen.

»Herr Pater«, versuchte der Bergwachtler ruhig zu bleiben und drückte den Arm des Alten noch fester, je gefasster er wirkte. »Herr Pater, ich muss darauf bestehen, dass wir den Beichtstuhl überprüfen. Es geht um ein Kindesleben.« »Versündigen Sie sich nicht!« Wie lange würde der Pater sie aufhalten können, fragte sich Ödön. Warum macht er es? Warum bat er ihn nicht einfach, den Vorhang zu lüften und sich zu erkennen zu geben? Aber, was würden sie erkennen? Wen würden sie denn erkennen? Was gäbe es denn zu erkennen? Einen Mann in schwarzer Skikleidung, der mit seinem schwarzen Helm hinter einem violetten Samtvorhang im Beichtstuhl saß. Was hatte er denn zu beichten, würden sie sich schlagartig fragen und, ohne zu zögern, ihn herausziehen und ihm die Beichte abverlangen. Ihn zum Sprechen bringen, bis er das aussprach, was sie hören wollten. Und wenn er nichts sagen würde? Was hatten sie gegen ihn in der Hand? Warum müsste er denn überhaupt Auskunft geben? Was für eine Autorität besaßen sie? Er konnte doch jederzeit die Aussage verweigern, Aussageverweigerungsrecht. Stand er denn unter Anklage? Er war im Begriff, eine Beichte abzulegen. Vor Gott. Aber nicht vor den drei Durchgeknallten. Vor dem Pater, aber der war zum Schweigen verpflichtet, verdammt, verdammt zu schweigen. Aber er konnte nicht schweigen, er würde ihn um Kopf und Kragen, um sein Leben reden wie er auch …

»Tun Sie das nicht«, schrie jetzt der Pater fast. Ödön wusste, er musste handeln, jetzt war alles eine Frage von Sekunden. Er musste eine Entscheidung treffen. Was habe ich noch zu verlieren, fragte sich Ödön, ich habe alles verloren. Tot, alles tot, taub, traumatisiert, verloren bis auf die Knochen und den hintersten Gedanken. Sein Leben war sinnlos, gestand er sich, was ihn noch antrieb, führte nur in den nächsten Tod, zur nächsten Leiche, führte zu den nächsten Tränen, zu noch mehr Trauer, Hass, zielloser Rache. Er konnte ja die Zeit nicht zurückdrehen, den Schlüssel des Lebens nicht zurückdrehen, er war abgebrochen im Schloss, im Schlüsselloch. Es war alles seine Schuld, mach dir doch nichts vor, es ist allein deine Schuld, am Anfang liegt dein Versagen, du hättest es spüren müssen, die ersten Anzeichen erkennen, gegensteuern, Hilfe suchen, eingestehen, ich brauche Hilfe, ich schaffe es nicht allein, ich komm nicht ran, ich kann es ja nicht mit einem Messer rausschneiden, ich kann die Worte nicht an der Zunge herausziehen.

Es muss aufhören, es muss endlich aufhören. Ich bin ein Toter, ein lebender Toter in einem Beichtstuhl, im Herzen den Pfahl, aber ich zerfall nicht zu Asche, Asche über mein Haupt, Asche auf meine Hände, auf meine Stirn, auf meiner Stirn das Aschekreuz, auf seiner, auf seiner Kinderstirn das Kreuz aus Asche, mit dem Daumen gezeichnet, im Namen des Vaters, des Sohnes und des Heiligen Geistes. Wer ist der Heilige Geist? Das Heilige Gespenst. Flaschengeist. Ich habe getrunken, zu viel getrunken, der Druck, wer kann mit diesem Druck leben, kein Ventil, nur der Druck, jedes Wochenende, Englische Wochen, Zittern unter der Dusche und jetzt zittere ich wieder, ich zittere in den Handschuhen. Sollen sie mich lynchen.

Ödön war mit seinem Handschuh am Vorhang, seine Finger umfassten schon den Saum und waren von außen sichtbar, ein Ruck, und die Situation wird eskalieren, wusste Ödön. Er war bereit. Ich springe, ich stehe oben am Schanzentisch, ich beuge die Knie, mein Blick fällt in die Tiefe, nichts als Himmel, wenn ich nach oben, geradeaus schaue, nichts als Nebel darunter, ein Bett aus Nebel, in das ich rasen werde, bevor sich der Abgrund vor mir auftut, ich denke, ich fliege, aber ich stürze, der Wind erfasst mich, reißt mich herum, schleudert mich, wirbelt mich, ich falle, immer schneller, kopfüber, mein Helm zieht mich hinunter, mein Helm ist so schwer, ich berühre den Vorhang, mein Helm beult den Vorhang aus, jetzt, jetzt, ein schriller Ton, der die Stille durchkreuzt … »Sie haben ihn«, brüllte der Bergwachtler, das Funkgerät am Ohr. »Sie glauben, sie haben ihn, wir müssen alle los, lasst den Pfaffen in Frieden!« Ödön sank in sich zurück, alle Anspannung fiel abrupt von ihm ab, als hätte man mit einem Messer auf eine Plastikpuppe eingestochen und ihr die Luft herausgestochen. Ödön hörte nur seinen Atem aus sich fahren. Wie lange hatte er schon die Luft angehalten?

Der Pater stand vor dem Beichtstuhl, die drei Männer liefen hinaus, so schnell sie es in Skistiefeln konnten, gruben sich fast in den Rücken des vorauseilenden Bergwachtlers, um mehr zu erfahren, als wäre das Funkgerät der Tabernakel, in dem die Hostie lag, die sie erlöste, wenn man sie auf der Zunge zergehen ließ, jedes einzelne Wort wollten sie wiederholt haben, um sie aus dem Dunkel der Ungewissheit zu lösen. Als sie die schwere Kirchentür aufstießen, liefen sie gegen eine Wand aus dichtem Schneetreiben, Eisspitzen tätowierten ihnen die Gesichter, der Sturm verprügelte sie, ließ seine Wut an ihnen aus, bespuckte sie, trat nach, drückte sie in den Schnee, aber sie standen wieder auf, kannten nur ihr Ziel. Sie hatten die Tür offen gelassen und der Kälte das Tor geöffnet, die jetzt den Raum überrannte, sich breitmachte und in alle Winkel zog, um aus jedem Winkel ihren nächsten Angriff zu starten.

Der Pater zögerte, aber dann ging er zur Tür und gegen den Wind, sie zu schließen. Seine Rockspitzen flogen in die Luft, Ödön sah am Vorhang vorbei und fror von innen.

»Ich höre, mein Sohn«, kehrte er auf seinen Platz zurück, das Gesicht auf die gefalteten Hände gestützt.

14

Joseph vibrierte, das Zittern des Handys in der Tasche wurde zum Zittern seines Körpers, wie Schüttelfrost überfiel es ihn, ein Schauder und Schaudern. Erst beim zweiten Gedanken wurde ihm klar, dass sie ihn per Funk erreichen würden, wenn sie den Jungen gefunden hätten oder etwas passiert wäre. Vielleicht wollte jemand anders ihm die Nachricht als Erstem unterbreiten, dass sie den toten Jungen gefunden hätten? Es hörte nicht auf zu vibrieren. Warum ging er nicht ran? War es der Unbekannte, ob er im Vorraum stand, hereingekommen über den hinteren Eingang bei den Toiletten? Josephs Magen zog sich zusammen, irgendetwas musste passiert sein, er spürte es. Davonlaufen brachte nichts. Wie lächerlich der Gedanke, davonzulaufen, er musste nur durchs Fenster blicken und der Schnee verhöhnte jeden Fluchtgedanken. Warum sollte er auch fliehen wollen, wovor? Vor was? Was hatte er mit allem zu tun? Das Vibrieren hielt an. Es könnte jeder sein. Seine Mutter. Jeder, der Hullers Unfall im Fernsehen gesehen hatte. Oder irgendein Deutscher, der ein Haus kaufen wollte. Die Deutschen riefen, wenn sie Geld hatten, zu jeder Tages- und Nachtzeit an, sie dachten, ihr Geld hebele alles aus, dachten, jeder müsste ihre Gier teilen, wäre in ihrer erbärmlichen Währung für sein Leben zu bezahlen. Nein, er musste rangehen. Gehörte nicht zu ihm, dass er immer ranging? Hatte ihn das nicht schon mehr an Glück gekostet, als er jemals Geld gewonnen hatte? War denn jetzt und heute der richtige Zeitpunkt, das auszufechten? Er könnte zumindest schauen, wer es war.

Es war Vladimir. Warum rief er jetzt an? Sicher wollte er einen Tisch für den Abend im Rasmushof, nicht im Zelt. Tische im Zelt waren eine Frage des Geldes, das Geld öffnete die Schiebetüren, er wäre willkommen, mit den entsprechenden Scheinen wäre jeder Schein gewahrt und gewährt. Aber im Rasmushof, da waren nur die Einheimischen, da wären im Laufe des Abends alle wirklich Wichtigen, die sich zurückziehen würden aus dem Zelt, weil sie ihre Ruhe haben wollten, weil sie einen Schutzraum suchten vor den Blicken, weil sie einfach noch ein paar Gläser völlig entspannt trinken wollten, weil es familiär war, weil es so war wie früher, als wären sie unter sich und könnten ganz sie selbst sein, sich zurückversetzen in eine Zeit, die gut war, ehrlich war, wo ein Schnitzel reichte und es nicht Kaviar sein musste, wo sie zusammen singen konnten. Es war verrückt und zugleich eine schöne ironische Pointe, dass diese Stube auf einmal der VIP-Raum war und nicht der erste Stock des Zelts.

Joseph drückte Vladimir weg. Er hatte schlichtweg keine Lust, sich um was auch immer zu kümmern. Sollte es das Glück erlauben, sollte der Junge leben, alles ein Missverständnis sein, dann würde er selbst an einem der Tische heute Abend im Rasmushof sitzen und sein Glas genießen und dass dieser Tag vorbei wäre. Aber er war noch lange nicht vorbei. Es war noch nicht vorbei.

Er ging nicht ran. Vladimir fluchte. Er war Anwalt, er musste rangehen, er sah doch, dass er anrief. Er hatte die Kontrolle verloren, wie konnte das nur passieren. Immer wenn es um diese Frau ging, tickte er aus, sein Hirn tickte aus. Dabei wusste er nicht, ob er sie liebte, ob man das Liebe nennen konnte. Sie war die Mutter seiner Kinder. Seine Kinder liebte er, und sie liebten ihre Mutter, also musste er sie auch lieben, ihre Gebärmutter lieben, ihre Schenkel, weil sie die Zwillinge hinausgepresst hatte, ihre Schamlippen, weil sie sich für das Lächeln seiner Kinder geöffnet hatten. Sie war die Erste, die Einzige, bei der es mit seinen kaputten Samen geklappt hatte. Er wollte mehr Kinder, er wollte ein Haus voll Kinder, einen Clan, er wollte einen Kirschgarten voller Kinder, eine große Tafel, er und seine Kinder und seine schöne Frau mit prallen Brüsten, an denen ein Säugling saugte. Ohne Kinder war er nichts. Warum? Er wollte nicht nachdenken über sich, über seinen Kinderwahnsinn, was es mit seiner Kindheit zu tun hatte, seiner Einsamkeit, den Schlägen, dem Tod seines Bruders, seines Zwillingsbruders, all den Geschichten, seinem Vater, der ihn ..., nein, das war aus einem anderen Leben. Aber diese Panikattacken, diese, wie sagte der Arzt, Clusterkopfschmerzen, die schlimmer waren als Geburtsschmerzen.

Es waren seine Geburtsschmerzen, er musste im Kopf gebären, wie Zeus, dachte er, und sie war seine schöne Athene, diese Schlampe. Er hatte, als er Andrej unter Wasser drückte, den Verdacht verspürt, die Zwillinge seien von ihm, sie hätte einfach mit ihm geschlafen, nach dem sie bei der Befruchtung waren, seine schwarzen muskulösen Samen hätten seine kaum überlebensfähigen überrollt, weggeboxt und gekillt. Er war sich wie ein Versager vorgekommen, ein Eunuch. Wären seine Töchter nicht von ihm, er wäre wie lebendig begraben. Aber es war blanker Unsinn, natürlich waren sie von ihm. Er würde es testen lassen, um absolut sicherzugehen. Aber waren ihre Augen nicht seine Augen? Seine Liebe zu ihnen nahm ihm fast die Luft. Und sie hatte ihm den Blick getrübt. Was hatte Andrej ihm wegen des Jungen sagen wollen? Dass er ihn getötet hatte? Dass er ihn versteckt hatte? Dass er ihn erkannt hatte? Dass er etwas wusste? Dass er entkommen war? Dass er ihn gar nicht erwischt hatte?

Aber nein, sie suchten ein Kind, das hatte er erfahren. Aber hatten sie es schon gefunden? Lebendig? Tot? Hatte es etwas gesagt? Vladimir sah alles davonfliegen. Hatte Angst, der Sturm trüge sein Haus ab, und sie alle stünden nackt im Schnee und sie führten ihn ab, vor seinen Kindern, und er würde sie nie mehr sehen. Tränen liefen über Vladimirs Wangen, er weinte wie ein Kind, wie er als Kind geweint hatte, wenn ihn niemand sah. Er hatte gehofft, Joseph wüsste mehr, er könnte Informationen liefern, ohne dass er es merkte, ihn aushorchen, Gewissheit bekommen. Dass er sich keine Sorgen machen musste. Es war hoffnungslos gewesen, irgendetwas von Andrej zu erfahren, sein Hirn musste unter Wasser einen Kurzschluss bekommen haben, er lallte nur. Oder verstellte er sich, hielt ihn zum Narren? Nein, es war echt, er war noch immer wie unter Wasser und Sauerstoffblasen stiegen aus seinem Mund hoch, der Speichel sabberte ihm über die Lippen.

Vladimir musste handeln. Er hatte immer alles so arrangiert, dass er nichts damit zu tun hatte, nichts wissen konnte, alles abstreiten konnte. Er hatte Andrejs Handy vernichtet. Der nächste Fehler, er hätte rausbekommen können, wo er war. Er hatte sein Handy vernichtet, mit dem er mit ihm telefoniert hatte. Er musste zu ihrem Versteck fahren, egal, wie sehr der Sturm tobte, oder ob ihn jemand sah. Sie würden den Jungen überall suchen. Er musste vor ihnen bei ihm sein, herausfinden, was er wusste. Und wenn es nichts half, ihn töten.

15

Ödön sah auf das Ohr, das Profil des Paters, durchlöchert vom Gitter zwischen ihnen, der durchstochenen Membran Gottes. Ödön wunderte sich, dass er ihn mit keinem Wort fragte, warum er nicht aus dem Beichtstuhl gekommen war, warum er nicht ganz selbstverständlich hinausgetreten war, nachgefragt, sich besorgt gezeigt, alle Hilfe angeboten und alle Zweifel zerstreut hatte, Auge in Auge mit den dreien, die sich sein Gesicht eingebrannt hätten, die ihn wiedererkannt hätten, identifiziert, rekonstruiert, die sein Gesicht aus Tausenden Gesichtern zusammengesetzt hätten, die Nasenflügel breiter, die Augenbrauen tiefer, die Lippen voller, eine Narbe auf dem Lid, enger anliegende Ohren, Locken, nein, nicht Locken, der Helm, gibt es keinen Helm in dem Programm, holen Sie einen Zeichner, können Sie auf dem Computer nicht zeichnen, Bart, ja, nein, Dreitagebart, die Haut, eher dunkel, trotz Kälte, trotz der Leichenblässe dunkel, eher südländisch, Haarfarbe, schwarz, ja schwarz, ein schmutziges Schwarz. Aus dem Baukasten seines Sohnes hätte der Alte ihn zusammengesetzt, der Kopf eines Panthers auf dem Körper eines Esels und den Beinen eines Nilpferds, die Augen eines Adlers, die Lippen eines Kamels, die Haare eines Affen, die Ohren eines Otters, die Lederjacke eines Bikers, die kurzen Hosen eines Fußballers, Skischuhe, Schwimmmütze, Zigarre, peng, sie explodiert, es ist ein Spiel, alles verändert sich, jeder verändert sich, wie sollen sie sich an mich erinnern, sie müssten sich nicht erinnern, keiner hat mich gesehen. Ahnte der Pater etwas? Ahnte er, warum ich nicht entdeckt werden wollte, habe ich ihn unterschätzt, hat er ihnen ein Zeichen gegeben, holen sie Hilfe, sie kreisen mich ein, der Schnee fällt und fällt und fällt, er schneit mich ein, ich werde in der Kirche eingeschneit, mit dem Pater eingeschneit, im Beichtstuhl eingeschneit, den Schnee schon bis an den Lippen, er friert, meine Lippen frieren zusammen, ich kann meine Lippen nicht mehr öffnen, wie Eiswürfel kleben sie in meinem Gesicht.

»Das dritte Gebot«, hob er gegen alle seine Schübe an, »können wir auslassen. Ich kann keinen Sonntag. Ich war ein Sonntagsarbeiter, Sonntag war Spieltag.« Aber der Sonntag war für mich kein Spiel, kein kurz in die Kirche gehen, sich den Segen holen, Weihwasser auf die Stirn, beten, Hände kneten, zeigen, dass man da ist, zeigen, wer man ist, was man hat, was man haben wird, dann essen gehen, mit der Familie, Sonntagsbraten, Satansbraten, geschmort, ich war wie in einem Schmortopf gefangen an solchen Sonntagen, an den spielfreien Sonntagen, an den Familiensonntagen, wenn ich nicht verreisen konnte, durfte. Sonntag ist der Tag des Herren, der Herrentorten, der Herrenreiter, sonntags spielen die Herren Dame, befeuchten ihre Zigarren, sonntags wird spazieren gegangen, ausgiebige Spaziergänge, Kreuzgänge, in denen du zu Kreuze kriechen musst für all die Sünden der Woche, Sonntag ist Harmonie, nichts ist härter als diese Harmonie der Sonntage, die ruhige Zeit, wenn es in dir schreit, lauter als in den Fankurven, wenn du Feuerkörper zündest und doch nur die Kerze anmachst, damit wir es gemütlich haben, ausspannen können, alle viere von sich strecken, niedergestreckt, Bauchschuss, noch eine Torte, Plattschuss, ich kann nicht mehr, einen Schnaps, Shot, und in den anderen Ligen spielen sie erst abends, wo sie den Winter durchspielen, musst du immer die Nächte vor dem Fernseher verbringen, kannst du die Spiele nicht aufzeichnen, wir sind eingeladen, wir bekommen Gäste, wer bekommt sonntags Gäste, abends, Samstag bist du doch nicht da, Samstag spielst du doch, als wäre nicht all die Tage Fußball genug.

Ich arbeite, verdammt, ich scoute Spieler, das ist wie Aktien verkaufen, ich könnte auch in eine Bank gehen, in einer Bank arbeiten, meine Spieler sind meine Bank, sie sind eine Bank, und wer sich auf die Bank setzt, der greift mein Kapital an, ich kaufe und verkaufe nicht in Millisekunden, ich bin nur ein Vermittler, nein, ein Freund, ein Freund des Fußballs. Sonntags ist der Fußball meine Messe, Herr Pater, die Stadien die Kathedralen, zu denen ich pilgere, die Dorfkirchen, die Bolzplätze, die Käfige in den Outskirts, die Garagentore sind meine Sakristei, meine Ministranten sind die Jungs, denen der Ball am Fuß klebt, die von der Straße kommen, die aus den Asylheimen kommen, die mit den Schiffen aus Afrika kommen, die fast verdurstet sind, aber verdursten, wenn sie nicht spielen, Ball für die Welt, das ist mein Programm, ihr könnt ihnen ruhig Brot versprechen, ich lass es sie verdienen, ohne dass sie betteln und dabei traurig schauen müssen. Ich bin ein Missionar, verstehen Sie, ich bin dort, wo es weh tut, in den Slums, ich wage mich da rein, ich spreche mit den Jungs, mit den Eltern, ich gebe ihnen Hoffnung, nicht aufs Jenseits und seine Todesschwadrone, nein, hier und heute, zum Fressen und Träumen gebe ich ihnen, das ist kein Sklavenhandel, die Leute sind doch nur Sklaven ihrer Vorurteile, Sklaven des schlechten Gewissens, das ihr allen macht, eure Bischöfe fliegen Erste Klasse ins Elend, stoßen mit Champagner im Anflug auf die Erlösung der Welt an, eure Nächstenliebe ist sich selbst der nächste Gang, das nächste Glas, der nächste göttliche Gigolo, hören Sie mir auf, ich bin ein Heilsbringer, ich habe die Luftpumpe, die den Ball aufbläst, das Flickzeug, das ihn vorher flickt, was sage ich, ich bringe ihnen Bälle mit, obwohl sie das, was sie können, mit Dosen lernen, mit Bällen, die sie sich selbst zusammenflicken.

Mit ihnen und ihren Eltern gehe ich sonntags in die Kirche, singe, bete, werfe die Hände in die Luft, umarme sie, mir egal, ob das katholisch ist oder irgendeine protestantische Sekte, an was die da beten, ich bete ihre Söhne an, Söhne Gottes am Ball, das Himmelreich in ihren kleinen Füßen, sie spielen auf Wolken, immer knapp über dem Boden, sie sind Jünger des Heiligen Diegos, ihre Madonna ist Maradona, ihr Jesus Sokrates, ihr Messias Messi, und ich bin der Papst, verstehen Sie, ich verschicke sie in die ganze Welt. Ja, ich bring sie hier unten, unter all den Rassisten, in die Dorfvereine, die nur das Maul halten, weil ihnen die Münder offen stehen bleiben, wenn sie meine Mohren den Ball küssen sehen, und wie ein dribbelndes Pfingstwunder allen das Spielen beibringen.

Soll ich ihnen sagen, sie dürfen sonntags nicht vor die Türe, nicht auf den Platz, nicht den heiligen Boden berühren, die Grasnarbe, aufgefahren in den Himmel, ich sitze und beobachte sie, das ist Arbeit ja, ich arbeite für die Kinder Gottes und schicke ihre Eltern zum Teufel, ich verkaufe sie nicht, ich betreue sie, ich bin ihr Hirte. Wollen

Sie den Stab brechen? Die Jungs in den Skiinternaten fahren ja auch sonntags Ski, oder? Oder müssen sie in die Kirche und dann im Liegestuhl ruhig mit ansehen, wie die anderen die Hänge hinunterwirbeln, wie sie sich balgen, einander berühren, als wären sie Slalomstangen?

Ödön wartete, hoffte auf eine Reaktion, eine Drehung des Kopfes, eine Wimper, die hochschnellt, ein Husten, das Verkrampfen der Faust, er wiederholte »Internat«, er redete von den Jungs dort, dass ihr Vergnügen ja auch ihre Arbeit war, werden wir noch so erzogen, dass wir alles verwischen, verwischen Sie nicht auch Vergnügen und Arbeit, Pater, im Skigebiet, nehmen die Beichte ab wie andere dir den Bügel unter den Arsch halten, ja, Sie sind so überholt wie Schlepplifte, die ganze Kirche ist ein Schlepplift, und es bläst dir ins Gesicht, und du fürchtest Hüfte an Hüfte um dein Gleichgewicht, es drängt dich aus der Spur, aber du entkommst nicht dem andern, der Bügel ist verrutscht in deinem Kreuz, deinem Knie, du stemmst dich gegen den anderen, du nimmst die Kleinen zwischen die Beine, es geht bergauf, aber wenn du aussteigst, stehst du allein da und die anderen ziehen vorbei, du stehst in der Schneewehe, du fällst aus der Liftgemeinschaft, fällst vom Glauben ab, und sie lachen, lachen dich aus, wer fällt schon aus dem Lift, Anfänger. Ihr bringt den Kindern das mit den Bügeln bei, wie sie ihn zwischen die Beine nehmen, wenn sie allein fahren, wenn ihr sie allein lasst.

Du Drecksau hast, verschluckte Ödön, noch nicht, jetzt noch nicht, wenn, wollte er alles loswerden, er wollte alles hinter sich bringen, einmal alles erzählen, über alles reden, warum nicht hier, wir kommen eh nicht raus, es gibt kein Entkommen, nur den Schutz der Kirche, Kirchenasyl, Wehrkirche, ich wehre mich, wehre mich hier in deiner Kirche, ich trotze, ein trotziges Kind, wie waren die Sonntage zu Hause, Herr Pater, die Sonntage waren wir in Kitzbühel, jedes Wochenende in den Bergen, auf den Pisten, das Wochenende war meinen Eltern heilig, in der Skihose zur Messe, die Kälte in den Körper lassen, die den ganzen Tag nicht mehr weichen wird, bis abends die Zehen in der Dusche unter dem heißen Wasser verbrennen, du nur das Brennen spürst, auf dem Scheiterhaufen unter der Dusche stehst, im Regen, sie ließen mich im Regen stehen, das härtet den Jungen ab, ich bin abgehärtet, jedes meiner Blutkörperchen trägt seine Bleiweste durch meine Arterien.

Aber, Herr Pater, auf das war ich nicht vorbereitet, keine Härte der Welt schützt davor, kein Stahl, kein Panzer ist hart genug, es bläst alles weg. Wo war Gott, als es über mich kam? War ich ein Vater wie mein Vater? Ist mein Vater schuld, ist es vererbbar? Ist das die Erbschuld? Meine Eltern. Ich sollte sie ehren, Vater und Mutter. Er sollte mich ehren. Sie werden ungeduldig, nicht, oder friert Sie? Ich sehe es an Ihren Bewegungen, ich habe gelernt, Körper zu lesen, wissen Sie. Gott hat Zeit, ich nehm sie mir, Gott schenkt mir Ihre Zeit. Hat eigentlich schon einmal jemand im Beichtstuhl geraucht?

16

Scotty duldete keinen Widerspruch. Er brachte Bonnie zurück ins Sonnbühel. Am liebsten hätte er sie gleich auf der Ehrenbachhöhe versorgt, versucht, einen Arzt zu finden unter den Gästen oder über die Bergwacht. Aber Bonnie hatte darauf bestanden, es sei nur der Schock gewesen, sie hätte sich nicht verletzt, ein paar blaue Flecken, nie und nimmer innere Verletzungen, ihr Bauch sei okay. Aber Scotty hatte in ihren sprechenden Blicken eine andere Wahrheit zu hören geglaubt, lautlos, aber umso lauter schreiend. Er konnte ihr nichts befehlen, war erleichtert, dass sie sich bereit erklärte bei der Suche nach dem zweiten Zauberwald nicht mehr mitzumachen und sogar zuzulassen, dass Christoph allein weiterfuhr und Scotty ihr half, sie begleitete, und ebenfalls die Suche abbrach.

Das passte nicht zu ihr, dachte Scotty, und das befeuerte seine Sorgen umso mehr, als sie darauf bestand zum Sonnbühel gebracht zu werden, um mit der Mutter zu reden, um dort zu sein, wohin Christoph zurückkehren würde. Wenn er zurückkehrte. Sie hatte darauf bestanden, dass er das Funkgerät nähme. Damit konnte er alles mithören, sorgte sich Scotty jetzt, hatte sie das denn nicht bedacht? Oder war es eine dieser schlimmen Perversionen unserer Zeit, dass man sofort den Vater verdächtigte? Die Verdächtigung eines Menschen, der die schlimmste aller Ängste durchlitt, wenn er unschuldig war, die Angst, sein Kind könnte tot sein. Und diese Angst wird noch von uns mit Füßen getreten, Scotty blickte ihm nach, obwohl er längst nicht mehr zu sehen war.

Hoffentlich hörte der Sturm bald auf, damit sie wirklich so suchen konnten, wie es nötig war, versuchten sie, die Suche nicht zu verhindern wegen der Furcht um ihr Image, der fatalen Furcht vor falschen Schlagzeilen. Für welche unwichtigen Dinge riskieren wir täglich die Leben unserer Kinder, fragte Scotty sich und hatte jetzt Bonnie aus dem Wald geführt. Noch ein paar Höhenmeter, dann konnten sie hinabrutschen zum Sonnbühel.

Minuten später sah er schon die Kapelle unter ihnen und dachte, dass es nie zu spät für ein Stoßgebet sei, nachdem er Bonnie geraten hatte, sie solle an etwas Schönes denken, etwas, das ihr Kraft gebe. Einen Strand. Als er das Wort Strand mitten im Schneesturm sagte, dachte er an Ibiza, und für einen Augenblick war alles vergessen und sein Gesicht glühte in der Sonne. Ach, die schönen Plätze dieser Welt, und er beschloss, diesem schrecklichen Tag im Steuerberg eine glückliche Wendung zu geben, falls diese noch möglich war.

Der Steuerberg war das zweite Wohnzimmer von Scotty, wenngleich man ihn sich nie in einem solchen Wohnzimmer vorstellen konnte, denn was bei ihm zu Hause streng war, war hier verspielt, war sein Haus ein kubisches Kunstwerk raffinierter Perspektivverschiebungen, war der Steuerberg ein Zauberberg, an dem alles Überfluss war, überbordete, Ornament und Karneval war. Eine Wohnung, vor deren Einrichtung man nie auf Scotty schliessen würde, der sich hier sichtlich wohlfühlte, beschützt von beruflicher Strenge, hier mitten im Spiel oder den Reden, Erzählungen und Arabesken von tausendundeiner Winternacht. Am meisten liebte er das Fleisch, dieses Fleisch, das auf der Zunge zerging, und die herrlichen Weine, die die Zunge lösten. Hier konnte Scotty alles vergessen, kommen und gehen, wann er wollte, während alle anderen um einen Platz zur Erlösung von den Sünden bettelten. Der Steuerberg war für ihn ein Stück Kindheit, wenn er sich in dieses Lokal wie in eine Decke nach dem Fussballspielen hüllte. Aber die Kindheit hier in Kitzbühel war härter gewesen, härteste Arbeit und Entsagung, bevor die Touristen kamen und die Küsschen links und rechts. Und das spürte er und war umso dankbarer.

Ein Blick zu Bonnie holte ihn jäh zurück aus den Träumen. Bonnie hatte nicht, wie Scotty gesagt hatte, an einen Strand gedacht, sie dachte an den letzten Moment, in dem sie glücklich gewesen war, glücklich und traurig zugleich, aber traurig in einer Sanftheit, die versprach, dass alles irgendwann okay wäre, es tut gleichmäßig weh, es ist ein Anfang. Bonnie hatte an das Grönemeyer-Konzert gedacht, für das sie nach München gefahren war. Sie stand in der ersten Reihe des Circus Krone und hatte die ganze Nacht gesungen, getanzt, tanzen, tanzen, das Glück hatte sie bei jedem Song durchströmt, alles Falsche fiel von ihr ab, alles Schwere, dem sie es so leicht gemacht hatte. Ihr Herzschlag war wie ein Drummer, der einen Rhythmus anfeuert, der alles davonfliegen lässt, was einen vom Fliegen trennt. Diese Lieder zogen sie an, ihre Wahrheiten machten ihr nichts vor, sie machten sie pur, sie waren ungeschminkt, sie machten sie nackt, aber waren hier von allen geteilt am schönsten, sie waren ihr auf den Leib geschrieben, ihr ins Gesicht gesungen, diese Lieder sagten, lieb dich, wie du bist, und liebe, wie du bist. Die Lieder kleideten sie in Worte und nahmen sie zurück, wo es keine Worte mehr brauchte, weil die Haut sprach, weil der Körper sprach, weil die Blicke sprachen. Diese Musik machte aus ihren Wunden Wunder, und sie hörte auf, sich darüber zu wundern. Sie verschwiegen nichts und brachen das Schweigen, ohne das Geheimnis zu verraten, das in allem mitschwang und jedem die Würde gab, die kein Konjunktiv war. Ihr war, als würde Grönemeyer direkt für sie singen, als schaue er sie an. Aber es ging sicher allen so, das machte ihr nichts aus. Sie alle sangen mit und ihrer aller Leben sang mit, tanzte plötzlich, war erträglich und nicht nur erträglich, sondern trug, trug über Flüsse, trug Zuversicht, trug dazu bei, dass sich was drehte, dass das ausgeschlossene Glück endlich den richtigen Dreh fand, das Herz wie eine Tür zu öffnen, die gar nicht verriegelt war, nur angelehnt.

Grönemeyer gab alles, damit sie alles geben konnte, was sie immer zurückhalten musste. Er spielte alle Songs, die sie ihr Leben begleitet hatten, die Songs, die nicht in den Hitparaden thronten, die Songs aus der zweiten Reihe, die aus dem Schatten kamen und plötzlich in dem Licht standen, das sie verdient hatten. Songs, die waren wie das Publikum, nicht im Rampenlicht, keine Helden, aber mit Schmetterlingen im Herzen und im Bauch das Gefühl, das nicht trügt. Songs, die, nachdem das letzte Lied gespielt war, nachdem alles zu Ende scheint, plötzlich losröhrten, denn es war nie zu spät, zu tanzen, statt sich vom Schicksal mit den Füßen treten zu lassen. Ihr war egal, ob jemand sie verstand, verstand, was sie hier empfand. Sie war ganz bei sich und sie durfte es sein, sie traute es sich und traute es sich zu und das gab ihre eine ungeheure Kraft. Auch wenn es ihr bei ihrem Lieblingslied die Füße wegzog, auch wenn sie die Tränen nicht zurückhalten konnte, sich nicht mehr beherrschen wollte, nichts mehr beherrschen wollte, das war sie, das war, wie sie lebte, sich fühlte: Ich steh auf, streun durchs Haus, geh zum Kühlschrank, mach ihn auf. Er ist kalt, leer. Beweg mich im aussichtlosen Raum, führ Selbstgespräche, hör mich kaum. Bin mein Radio, schalt mich aus. Ich würde gerne verstehen, aber ich weiß nicht, wie es geht.

Bonnie sang jedes Wort mit, jedes Wort sang in ihr, weinte mit ihr, aber je trauriger sie wurde, desto mehr kam mit den Tränen das Lächeln zurück. Ich fühle mich unbewohnt. Ja, unbewohnt. Und plötzlich traf sie ein Lächeln, das Blumen ins Fenster stellte, das die Wohnung möblierte, den Kühlschrank füllte, das sagte, wir haben alle Zeit der Welt und es wird eine gute Zeit. Bonnie lächelte zurück. Auch wenn sie wusste, dass ihre Wohnung heute nur ein Hotelzimmer sein würde.

17

»Was heißt das, Vater und Mutter ehren?«, Ödöns Stimme wurde lauter. »Ich soll ihnen mit Achtung begegnen? In der Kirche jedem Glied der Gemeinde? Mit Achtung. Achtung, ein Glied der Gemeinschaft. In der Gemeinde, wissen Sie, Herr Pater, Sie sind doch auch ein Glied der Gemeinde, dem ich mit Achtung begegnen soll, nicht? In der Gemeinde klingt für mich immer wie in der Umklammerung, im Würgegriff, im Schwitzkasten, wir schwitzen gemeinsam, in der Sauna, im Kältebecken, wir sind ein Team, wir sind ein Team, ihr Seelsorgeteam, sagte der Priester an Weihnachten, ihre Dienstleister der Seele.

Ich bin allein durch die Straßen gelaufen, leere, hell erleuchtete Straßen, das ganze Glück, das mir heimleuchtete, es ist ein Kind geboren, ein Kind, aber zu Hause, daheim, war kein Kind, das Haus war leer, keine Mitglieder der Familiengemeinschaft, leer, das Wohnzimmer, das Kinderzimmer, das Schlafzimmer, die Küche, der Flur, der Keller, der Trainingsraum, die Sauna, die Abstellkammer, die Garage, der Kühlschrank, unter dem Bett, hinter dem Vorhang, im Auto, im Kofferraum, im Garten, im Gartenhaus, im Schnee, unter dem Schnee, im Baum, im Himmel, nichts, gar nichts, niemand, gar niemand, die Lichter, oh du selige, ich war allein, o Tannenbaum, allein, es ist ein Ros entsprungen, ich kniete im Schnee und heulte, Mama, Mutter, Vater, Ivonne, Ingemar, warum habt ihr mich verlassen, bin ich denn schuld, im Namen des Vaters schuld, im Namen des Sohnes schuld und des heiligen Geistes schuld, eine Geisterstadt, ich sah keine Menschen, keine Menschenseele, ich irrte umher, zumindest eine Tankstelle, dachte ich, Wunderkerzen kaufen, eine Badewanne voll Wunderkerzen, in Wunderkerzen baden und dann das Streichholz, Hosanna in der Höhe, es jauchzen die Engel, ein Feuerwerk, eine blaue Tankstelle, eine gelbe Tankstelle, eine grüne Tankstelle, ich lief, ich war in Turnschuhen, ohne Jacke, Advent, Advent, ein Lichtlein brennt, ich brannte lichterloh, mir war ein Licht aufgegangen, warum verstanden sie mich nicht, warum waren sie ohne ein Wort gegangen, ausgezogen ohne ein Wort, aber sprich nur ein Wort, wortlos verlassen, und meine Eltern, wo waren sie, bei ihr, aber ich war ihr Sohn, sie tragen besondere Verantwortung, das steht doch hier, besondere Verantwortung, ich trage sie auch, ich trag sie wie ein totes Kind auf meinen Armen durch die Stadt, seht meine Verantwortung, meine Eltern haben mich allein gelassen, immer haben sie mich allein gelassen, sie hielten es für ihre besondere Verantwortung, mich allein zu lassen, du schaffst das schon, er muss sich alleine durchbeißen, allein ist der Mann, warum soll ich sie ehren? Dabei war ja alles glücklich.

Und doch stand ich dann allein in der Kirche, ich öffnete die Tür und dachte, auch hier wird niemand sein, ich werde alleine sein, allein in der Kälte. Aber ich hatte mich getäuscht. Die Kirche war voll, brechend voll, Menschen Schulter an Schulter, Atem an Atem, glückliche Menschen, Menschen voller Erwartung, Kinder mit glühenden Augen, Kinder mit ungeduldigen Augen, Alte, Gebrechliche, Jugendliche, coole Jungs, Jungs wie mein

Junge, pubertär, mit der Kraftanstrengung, mit all der Herkulesanstrengung, cool zu sein, die Pickel wegzudrücken, aus dem Gesicht, aus dem Geist, aus dem Spiegel, die Spiegel einschlagen mit dem coolen Blick, maximale Coolheit bei minimalem Weihnachtskleidungskompromiss, Weihnachtsbäume auf den Boxershorts, Weihnachtsmänner auf den Arschbacken, offene Schnürsenkel, Kapuzen groß wie Loungechairs, Kopfwippen, als wären Stöpsel in den Ohren, die Gregorianik einfach im Kopf wegbeatboxen, die Mädels in der Menge suchen, was geht, bei der Kommunion, was geht, wo geht ihr nachher hin, geht noch was, die Mamas in den Pelzmänteln, wieder Pelzmäntel, kein schlechtes Gewissen, die Rendite um den Hals, schön warm, die Ugg-Boots, ihre Weihnachtsmesse sponsored by, ich drängte mich durch die Menge wie durch ein Kaufhaus beim Winterschlussverkauf, zwängte, quetschte mich hindurch, warum, wusste ich nicht, ich wusste nicht, warum, warum nach vorne, wie in den Konzerten in die erste Reihe, alles hinter dir drückt nach vorne, drückt dich in die Absperrung, wann kommt er, der Heiland, wann betritt er die Bühne, lights out, Kerzen an, sie singen, O, o, o du fröhliche, gleich kommt er, es ist ein Ros entsprungen, er springt in die heilige Menge, der heilige Geist, er zerschlägt seine Gitarre, die Kassen sind überfüllt, die Einkaufswagen schieben sich ineinander, wo ist er, wo bleibt er, alle umarmen sich, frohe Weihnachten, gesegnete Weihnachten, ich wünsche Ihnen ein gesegnetes Weihnachten, ein friedvolles Fest, ein Friedensfest, das Fest der Liebe, der Liebe, das Fest der Familie, die Jungs berühren sich mit den Fäusten, klatschen sich ab, was geht, Weihnachten geht, Playstation, Subwoofer, die Kirche leerte sich, die Schritte, der Hall, die Kerzen, sie löschen die Kerzen, komm, komm zu mir, lösch mein Herz, die Flamme, die da noch flammt, die Hoffnung, die Sparflammen, lösch sie, erstick sie, blas auf mein Herz, es flammt nicht mehr auf, meine Seele wie nasses Holz.

Ich knie, ich kniete, Pater, ich kniete in der Kirche, warum in der Kirche, warum ich allein in der Kirche, wo war sie, die heilige Familie, der Stall, mein Stall, die Jungs, mein Sohn, meine Frau, meine Eltern, die Heilige Familie, die Familie ist mir heilig, sagte ich, heilig, heilige Maria, bitte für mich, aber ich ehrte meine Familie nicht, nur durch meine Abwesenheit, die Familie ist das Wichtigste auf der Welt, sagte ich zu den Vätern, vertrauen Sie mir, ich halte Ihre Familie zusammen, Sie ziehen mit Ihrem Sohn mit, ich halte die Familie zusammen, family values, best value, meine Valuta, die Jungs, noch Kinder, die Jungs, bald Stars, ein Stern am Himmel, Kometen, ein Komet, kometenhafte Karrieren, ja ist denn heut schon Weihnachten, machte ich Witze, wenn sie in den Profikader kamen, ich habe ein Recht, hier zu knien, und wenn ich die ganze heilige Nacht über auf diesem Stück Eichenholz knie. Hausfriedensbruch, ist das Hausfriedensbruch, habe ich die Friedenspflicht verletzt, Gott, hier bin ich, du hast gewonnen, mach deinen Siegfrieden mit mir, schließe Frieden mit meinem verpfuschten Leben.

Ich dachte, gleich pfeift er ab, wir haben gewonnen, endlich, das erreicht, wovon ich immer und innigst geträumt habe, und dann der Ausgleich in der Nachspielzeit, in letzter Sekunde, Gott, in letzter Sekunde hast du mich verlassen, mich in die Verlängerung gezwungen, ich dachte, mit fünfzig höre ich auf, nur noch die Familie, schön die Hoffnung hochgehalten hast du, ich hätte wissen sollen, dass das Spiel sich dreht, ich hab geahnt, es lief zu gut, zu märchenhaft, und der große Erfolg, mein größter Erfolg, gerade vor meinem fünfzigsten, als wäre alles wie im Bilderbuch, und da ist mein Bild und das Bild meines Sohnes als strahlender Sieger, sein erster Pokal, auf dem Treppchen, Ausnahmetalent, und noch dazu hier, in Kitzbühel, sein mit dem Himmel um die Wette strahlendes Kaiserwettergesicht, und ich mache den Transfer meines Lebens, Real, Real ist meine Realität, es kommt alles zusammen, es kommt alles, wie ich mir immer wünschte, dass es kommen sollte, aber es kommt anders, schlimmer, als ich es mir je hätte vorstellen können in meinen Ängsten.

Ich habe keine Angst mehr. Jetzt, wo alles verloren ist, habe ich auch die Angst verloren. Innenpfosten, der letzte Elfmeter, der Ball war unterwegs, aber ich wusste schon, er geht nicht ins Tor, ich wusste, die Stollen bohren sich ins Knie, das erste Spiel, ich wusste nach dem Anruf, es ist zu spät, wusste nicht, was war, warum, ein Streich, postpubertär, der Leistungsdruck, die ganzen Worte, Beschwichtigungen, im Sekundentakt Schreckensnachrichten, ein Tsunami, aber nur über mir, nein, nicht dass es nur über mir regnet und alle in der Sonne stehen, nein, ein Tsunami und ich im Wasserglas, mein Haus, mein Beruf, meine Familie, und alle schauen durch das Wasserglas, wie wir ertrinken, wie es uns über das Haus wirbelt, durch den Keller spült, alle, die mit mir zu tun haben, werden unter Wasser gedrückt, ringen nach Atem, schleudern gegen Wände, die Dächer stürzen ein, die Sonne taucht wie eine Tablette ins Wasser, man kann nichts mehr sehen, nur die Wirbel, alles wirbelt, Körperteile, Hoffnungen, Geldscheine, Pokal, aber das Glas bricht nicht, bräche das Glas, gäbe es vielleicht Rettung, aber das Glas ist gepanzert, das Glas ist schussfest, feuerfest, Sicherheitsglas, das Glas, hinter dem alles, was mir sicher war, sicher zu Bruch geht, und du, Gott, schaust zu, schüttest alles in den Ausguss, nein, mit spitzen Fingern fischst du mich heraus, deinen Zierfisch, und wirfst mich hier auf die Straße, und ich zapple auf dem Eis, immerhin Eis, das ist ja fast wie Wasser, das ist feucht, und wenn es wärmer wird? Aber wenn es kälter wird, bleibe ich kleben, und das Eis umschließt mich, und der Stein umschließt mich, ich werde ein Fossil, ein Briefbeschwerer für die Leichtgläubigen, Gott. Warum haben mich meine Eltern nicht vor all dem bewahrt?

Ödön beugte sich nach vorne, um eine Schnalle seines Skischuhs zu öffnen, als es ihm in den Rücken schoss, der Schmerz verzerrte sein Gesicht, er hätte schreien wollen, laut aufschreien. Jede Bewegung wird von diesem Augenblick an eine Folter sein, wusste er, er würde von unsichtbaren, kalten Händen gequält, Fingern, die sich in seine Wirbelsäule mit ihren Eisnägeln bohrten und drehten. Er würde an nichts anderes mehr denken können, als eine Stellung zu finden, die ihn nicht die Tränen in die Augen trieb. Der Pfarrer wird denken, ich heule, heule wegen meiner Eltern, durchfuhr es ihn, meine Eltern sind zum Heulen, wollte er ansetzen, aber der Schmerz war schneller als sein Satz, narrte ihn, seine Zunge, spielte sein diabolisches Spiel. Immer, wenn er über seine Eltern sprach, bekam er es im Kreuz, alles verschob sich und seine Rippen mutierten zu Kühlaggregaten, sein Körper kämpfte in der Kälte um sein Überleben, verkrampfte, sperrte alle Muskel, verriegelte jede Bewegung mit Schmerz, keine falsche Bewegung jetzt. Was war, wo lag der Grund?

»Ich glaube«, presste er heraus und hasste sich dafür, dass er nach »glaube« eine Pause machen musste, »ich glaube, ich bin nicht von meinem Vater, ich bin ein Bankert, ein Kuckucksei, was auch immer, oder ganz adoptiert, ich weiß nicht, keiner hat etwas gesagt, aber es ist ein Gefühl, es war immer ein Gefühl in mir, etwas stimmt nicht, woher diese Distanz, dieser Hass auf mich, ohne diesen Hass hätte ich nie Gott angreifen können, immer wenn sie Liebe sagten, hörte ich Hass, wir lieben dich, unser geliebter Sohn, in Liebe Deine Eltern, Hass, Hass, Hass, hassen, sie hassten mich, ich war schuld, ich war die Schuld. An was war ich schuld? Worin lag sie? Warum sprachen sie nicht mit mir, warum spürte ich nur, was ich nicht wusste? Wie sollte ich sie ehren, wenn ich nicht wusste, ob sie meine Eltern sind, ich sie aber lieben musste, weil sie meine Eltern sind. Ich verglich dauernd Photos, ihre Bilder mit mir, suchte Ähnlichkeiten, schnitt ihre Köpfe aus, setzte mich wie ein Suchbild, ein Puzzle aus ihnen zusammen, wollte von ihnen abstammen, wollte alles nach ihnen benennen, die Nase der Mutter, die Liebe zur Schokolade, ein Schleckermaul wie seine Mutter, er fährt Ski wie sein Vater, dieser Blick, ganz der Vater.

Schon sein Vater hatte seinen Vater gehasst, ohne dass Ödön je eine Ahnung gehabt hätte, warum, nicht wusste wo dieser Hass, der von Generation zu Generation weitergegeben wurde, seinen Ursprung hatte, die Urszene, dieses eingebrannte: du sollst deinen Vater hassen wie dich selbst, dieser Zwang, alle Liebe an einer Wand zu stauen, bis man an ihr erstickt und nur noch der Hass einen vor dem Ertrinken rettet. Warum waren sie zu ihren Söhnen, wie Tiere zu ihren Jungen sind?

Er hatte seinem Vater nie verziehen, dass er das Haus des Großvaters im Spertental, hier in den Bergen, verkaufte, schon vor dessen Tod, als er noch im Sterben lag, als könnte er ihm mit diesem Verkauf das Licht ausblasen, ihm heimleuchten, indem er es ihm heimzahlte. Und Ödön durfte nach Großvaters Tod das Haus entrümpeln, entsorgen. Du hast ihn doch geliebt, sagte sein Vater, nimm dir, was du brauchst.

Ödön hatte auf den Wilden Kaiser geblickt, zwischen den Tannen in ihren weißen Kutten. Wenn er das Feuer anfachte und den alten Krempel verbrannte, hatte er sich gefragt, würden sie dann nackt dastehen, knochig und verschossen wie sein Großvater, der hier im Garten gestanden und das Holz mit entblößtem Oberkörper in Scheite gehackt hatte, die er dann an die Hauswand stapeln durfte. Es wurde kein Wort gesprochen, nie ein Wort, und Ödön hatte, hypnotisiert von den zwischen Narben tanzenden Muskelbergen, seinen Blick nicht abwenden können, vor allem von dem Tattoo auf Großvaters Unterarm, zu dem er ihn nie hatte fragen dürfen und das er sich nie hatte erklären können. Jetzt würde er die letzten Scheite Großvaters verheizen. Und seine Abwesenheit ließ ihn nah und näher kommen.

Ein Zweig war damals unter der Schneelast zusammengebrochen und hatte Ödön zurück in die Gegenwart geschreckt. Ihm war die Stille aufgefallen. Eine unmögliche Stille. Kein Auto, keine Lifte, kein Helikopter, der die Schädel- und Beinbrüche ausflog, keine Krähe, keine

Kuh aus den Ställen, kein Menschenlaut, alles still. Etwas Gedämpftes lag in der Luft, erinnerte er sich jetzt, als wäre die Ruhe, erinnerte er sich an Bowles, eine bewusste Kraft, die das Eindringen von Geräuschen verübelt und jedes Geräusch sogleich mindert und verstreut. Schneewüste, sagte sich Ödön, der Himmel über dem Schnee. Pulverschnee, Schnee ohne jede Spur, bis du kommst und sie ziehst. Jetzt musste er wieder an Huller denken, den gescheiterten Skihelden. Sein Großvater, der gesagt hatte, den Huller wird eine Lawine begraben, dem Huller fehlt jeder Respekt vor dem Berg. Hatte Großvater wirklich recht behalten, fragte sich Ödön und schweifte in Gedanken ab, während er stumm vor dem Pater kniete. Es schien so.

Mit meinem Großvater, sagte er unvermittelt dem Pater, war es wie mit einem Skischuh. Einem Skischuh, in den man sich zwang, den der Fuß störte und der sich deshalb störrisch gegen den Einstieg wehrte und den Wunsch, sich widerstandslos anzupassen. Ödön blickt auf seine Skischuhe. Seine Schuhe beglückten ihn mit jenem Schmerz, den er seit seiner Kindheit kannte und der ihm treu geblieben war, egal welche neue Techniken sie erfanden, egal, wie viel Geld er ausgegeben hatte, der Schmerz hatte das Rennen immer schon gewonnen und war vor ihm ins Ziel eingelaufen.

Aber jetzt war es Ödön egal, er erinnerte sich, wie er, nachdem er alles verbrannt hatte, einfach nur loswollte, er schwitzte den Hang hoch, brach immer wieder ein, bis er endlich oben an der Kante war und auf der Abfahrt. Der erste Meter war immer ein Wunder. Er hatte die Piste noch fast für sich, musste lediglich einem Skikurs ausweichen, der überraschend querte. Ein Junge, das sah er noch aus den Augenwinkeln, blieb an der Kante stehen, sein Heulen trug der Wind bis zu ihm.

Wie oft, dachte Ödön, hatte er auch heulend mit halberfrorenen Fingern und Füßen an dieser Stelle gestanden und sich den Befehlen seines Großvaters mit bockigen Kullertränen widersetzt, die auf den Wangen festfroren und den Schmerz noch unerträglicher machten.

»Pater, wie sollte ich Vater und Mutter ehren, wenn sie mich nicht ehrten? Wie sollte ich sie lieben, wo sie mir nicht beibrachten, mich selbst zu lieben? Haben sie mich erzogen, dass ich menschlich und religiös reife? Was ist religiöse Reife, Pater? Was ist die religiöse Reifeprüfung? Wissen Sie, was wir in den Beichtstühlen gemacht haben? Wir haben uns einen runtergeholt unter dem Ministrantengewand. Das war unsere Mutprobe. Gott schaut in dein Herz, aber schaut er auch unter den Rock? Wir waren pubertierende Jungs. Natürlich hatten wir Angst vor dem Tod, vor der Todsünde, im Gotteshaus ein Geschlecht zu haben und die Vorhaut nach hinten zu schieben für die endgültige Nacktheit vor dem Herrn. Ekelt Sie, Pater? Mich widert es an, wenn ich es Ihnen heute erzähle. Warum hatte unser Pfarrer nichts gemerkt, warum hatte es keiner von uns gebeichtet? Hatten wir wirklich alle dichtgehalten? Hatte keiner das Wort gebrochen? Hatte jeder immer weitergelogen? Denn wir mussten beichten, wöchentlich. Hat jeder von uns es verschwiegen und gelogen, nichts gesagt? War es unser eigenes Beichtgeheimnis? Oder wusste der Pfarrer alles? Wir steigerten den Kitzel. Wenn wir zur Beichte knieten, öffneten wir vorher unsere Hosenschlitze und ließen ihn raushängen.

Hat der Pfarrer das alles nicht gesehen? War es sein Großmut? Pubertierende Jungenstreiche? Was hätte mein Vater gemacht? Hätte er mich geschlagen, von der Schule genommen, auf den Bau geschickt, ins Internat gesteckt? Oder hätte er mir auf die Schulter geklopft, ja, Junge, wichs auf die Pfaffen, diese Schwanzlutscher. Ich weiß es nicht, ich kenne meinen Vater nicht. Ich ehrte ihn wie einen Fremden. Ich habe ihn nicht geehrt, Herr Pater, ich habe ihn enttäuscht, sein Leben lang enttäuscht, denn es gab keine Ehrungen, nach denen ich aufs Podest gerufen worden wäre, keine Pokale, keine Buchpreise. Ich blieb einfach unter seinem Niveau, weshalb er mich nicht sehen konnte. Er ließ mich einfach, da stand ich gerade auf den Skiern, auf eine Schanze zufahren, wollte, dass ich keine Angst vor dem Springen habe, dass ich dünn bleibe, damit ich besser springen kann, dass ich schnell bin als Flügelstürmer, wollte, dass ich Klassen überspringe. Ich kam mir immer so vor wie ein Zwerg, dem man den Stab eines Riesen zum Hochsprung in die Hand drückt, einen Stab, der ihn zu erschlagen droht, den er kaum halten kann, geschweige denn ihn dazu zu nutzen, in die Luft und über die Stange katapultiert zu werden. Und dann schaff ich es doch, ich fliege, bin in der Luft, aber die Stange schiebt sich nach oben, ich sah mich sie schon überqueren, mich auf den Rücken drehen, aber ich segle wieder unten durch, lande auf dem Rücken, breche mir das Kreuz, hebe am Schanzentisch zu spät ab und krache in die Tiefe, oder eine Böe trägt mich weg, weit weg, ich komme nie wieder zurück. Wie ein Mädchen musste ich Seilspringen, Boxer springen auch Seil, motivierte er mich, während die anderen mich auslachten und gar nicht wussten, wie schwer das war, zieh doch ein Röckchen an, man sieht ja deine Strumpfhose. Ich brach mir das Sprunggelenk, als ich so alt war wie mein Sohn. Es war das Aus, mitten in der Pubertät, Metallplatten, Schrauben, Gips. Leistungssport ade, der verlorene Sohn, der Verlierer, von Arzt zu Arzt, bei jeder OP wurde es schlechter und mein Vater wütender. Er brach mit mir, als mein Gelenk brach. Ich spüre ihn, wenn das Wetter wechselt, wenn es kälter wird, spüre ich ihn, diesen Schmerz, ich begrüße ihn, hallo Papa, willst du nicht in den Skistiefel, musst du aber, sei ein braver Vater. Mein Vater gab mir Voltaren, schluck das, Junge, vergiss die Nebenwirkungen, lies das nicht, sei hart, prügelhart die Piste, vereistes Beton. Ich stand auf dem Sprungbrett, das kannst du ja trotz deines Sprunggelenks, vorne, die Zehen über dem Abgrund, das Brett wippte, nahm die Angst meines Körpers auf, Kerze, du wirst doch nicht nur eine Kerze springen, dreh dich, Köpfer, Kopfsprung, Salto, denk an Acapulco, Todesspringer, du bist doch ein mutiger Junge, alle schauen dir zu, du bist der Jüngste da oben, die Mütter schreien mit stummen Mündern, sie sind so weit weg, jetzt, ich krümme mich wie ein Embryo und falle, falle, knalle auf das Wasser, ich zerspringe in tausend Stücke, Knochensplitter in den Mündern, mein Vater spuckt meine Knochen auf den Boden, ich sammle sie ein, krieche, suche, setze mich zusammen, klebe mich mit Tesafilm zusammen, alle lachen sie, lachen mich aus, Arschbombe, mein Steißbein gebrochen, ich schreie, schreie, schreie noch heute im Schlaf auf, Mutter, Mutter, deine Mutter ist nicht da. Meine Mutter, Herr Pater, werden Sie sich fragen, wo war sie? Du sollst Vater und Mutter ehren? Und Mutter, ja, Mutter war immer nur »und Mutter«, das will ich und deine Mutter, und Mutter wird mir zustimmen, und hast du es Mutter schon gebeichtet, und Mutter wird dir schon was erzählen, und Mutter hat dafür auch nicht das geringste Verständnis, und Mutter geht das gar nichts an, Erziehung ist Vatersache und Mutter macht den Haushalt. Deine Mutter bringt sich wieder einmal um, empfing mich mein Vater seelenruhig vor dem Fernseher sitzend, mittags, als ich von der Schule kam, sie hat sich eingeschlossen, aus seiner Comedy brüllte ein eingespielter Lacher. Was denkst du, versucht sie es wieder mit Schlaftabletten oder mit meinem Bademantelgürtel? Und wieder lachten sie. Sie könnte sich eigentlich auch im Bad die Pulsadern aufschlitzen, wenn sie es in ihrem Suff geschafft hat, sich im Supermarkt Rasierklingen zu kaufen. Es war, als spräche er mit diesen Witzfiguren im Fernsehen, zu einem imaginären Publikum, das jeden seiner Sätze zum Totlachen fand. Am Ende nimmt sie noch das Brotmesser. Er schaute mir nie in die Augen, wenn er mit mir sprach, schaute auf den Bildschirm, seine Uhr, seine Schuhe, überprüfte seine Nägel, strich sich die Butter wie mit dem Lineal auf das Brot. Wenn er mir ins Gesicht schaute, zuckte ich zusammen, als hätte er Werwolfaugen, als liefe ein grüner Streifen über seine Pupillen. Sein ganzer Rücken war behaart, ich hatte Angst, als Kind, wenn ich ihn in der Dusche sah und das Wasser seine Haare gegen den Körper klatschte. Du kannst ihr auf den Bauch springen, nimm deine Skischuhe, ich pumpe ihr nicht mehr den Magen aus. Sie hörten nicht mehr auf zu lachen, das Lachen überschlug sich, wurde immer lauter, als ich die Treppen hochrannte, das Lachen verfolgte mich, wurde größer, war schneller als ich, sprang von Wand zu Wand, lachte mich aus, als ich an Mutters Tür trommelte, meine Fäuste gegen das Holz schlugen wie auf eine Trommel, aus der nichts als Lachen kommt. Sie öffnete nicht, was sollte ich tun, ich warf mich gegen die Tür, ich sprang, ich wusste doch, wie man springt, ich bin auf dem Schanzentisch und spring, spring in die Tür, hinter der sich meine Mutter umbringt, wo sie auf dem Bett liegt, in der Hand das leere Tablettenröhrchen, wo sie an der Heizung hängt, wahrscheinlich hat sie sich am Kronleuchter erhängt und der hat sie erschlagen, lachte jetzt mein Vater mit und über sich selbst, ich sah Mutter blutüberströmt, mit geweiteten Augen, das Bett übersät mit kleinen Flaschen, ein Flaschenmeer aus grünem, weißem, braunem Glas, leere Flaschen, eine nach der anderen geleert, das Lachen, das Schlucken, die paar Schlucke, und schon war die Stimmung besser, zur Verdauung, mir ist schlecht, mein Junge, ich hab mir den Magen verdorben, das ist wie Medizin, ich krachte mit der Schulter gegen die Tür, sank zu Boden, es tat weh, die Tür hatte sich kaum bewegt, aber ich gab nicht auf, nahm Anlauf, sprang und der Schmerz schoss in mich. Ruf die Rettung, rief ich, Vater, hilf, hilf mir, wie konnte ich mich gegen die Tür stemmen, als ich unten den Schlüssel in der Haustür hörte und Mutter sich vollgepackt mit Einkaufstaschen hindurchzwängte, Schatz, ich bin zu spät, verzeih, ich mache gleich Essen, ein paar Minuten, kein Hallo zu meinem Vater, ich rang nach Luft, pumpte, jetzt spürte ich das Stechen tief in der Schulter. Mutter, warum ist dein Zimmer abgeschlossen? Was hast du in meinem Zimmer zu suchen? Lachen, mein Vater schlug sich auf die Schenkel, und ich hörte das

Klirren des Schlüssels auf der Glasplatte des Wohnzimmertisches, du verziehst den Jungen, der bekommt noch einen Ödipuskomplex, er schaut mich an, als wollte er mich umbringen, er schüttelte sich vor Lachen, ist dir das noch nicht aufgefallen, dass dein Sohn mit dir schlafen möchte?

Ich erstarrte, ich stand zwischen Vater und Mutter, mit hängender Schulter, Tränen in den Augen, aus Angst, aus Wut, aus Trauer, Vater machte mit seinem linken Daumen und Zeigefinger einen Kreis und schlug mit der rechten Hand darauf, aber er blickte mich nicht an dabei, er schaute nur nach vorne auf die Serien, jeder Schlag der flachen rechten Hand auf den Kreis in seiner linken schlug mir ins Gesicht, er ohrfeigte mich, Muttersöhnchen, will seine Mutter flachlegen, das Kind, und Papa dafür das Messer in den Rücken rammen, Mutter wusch den Salat, das Wasser lief, was hatte sie gehört, hatte sie gehört, was er gesagt hatte, hatte sie es überhört, hörte sie ihm überhaupt noch zu, ins eine Ohr rein, ins andere raus, Schatz, deckst du den Tisch, Mutterrammler, ich bin gleich fertig, schalte den Fernseher aus, Mutter trank nicht mehr, hatte sie je getrunken, nimm die Tabletten, aber verschone mich mit deinem Therapeuten, hatte Vater sie angeschrien, hatte ich gehört, durch die Tür, durch ihre Schlafzimmertür, und dann das Bett, hatte er sie geschlagen, auf das Bett geworfen, schlug er sie, er schlug sie doch nicht, sie schrie, Mutter schrie, ja, sie schrie, aber es waren andere Schreie plötzlich, Lustschreie, das Kind, das Kind wird es hören, deck auch die Löffel ein, ich habe uns Eis mitgebracht. Vater hatte den Fernseher ausgeschaltet, kam zum Esstisch, schaute mich nicht an, aber ich hörte weiter das

Lachen, hörte das Lachen aus seinen Lachfalten, aus seinen geschlossenen Lippen heraus hörte ich es lachen, er schlug mir auf die Schulter, du wirst doch einen Spaß verstehen, mein Junge, du bist doch fast ein Mann, wie kannst du ein Mann werden, wenn du deinen Vater nicht erschlagen willst. Ich bin dein Feind, verstehst du, ich liebe dich, mein Sohn, ich will dir nur helfen, da draußen tobt der Krieg, du siehst es nicht, aber es ist Krieg und nur die Härtesten werden überleben und sich als Sieger das nehmen, was sie wollen.

Setzt euch, ging meine Mutter dazwischen und stellte die Schüssel mit den Nudeln in die Mitte des Tisches. Wollen wir nicht ein Tischgebet sprechen, fragte Vater und faltete die Hände. Aber das machen wir sonst nur Weihnachten, wandt Mutter ein. Es ist ein Ros entsprungen, schoss es mir durch den Kopf. Warum wollte mein Vater mich bis aufs Blut provozieren, Pater? Ich kam mir immer vor wie der Sündenbock, ich war schuld, an allem schuld, was in seinem Leben schiefgelaufen war, er musste mich Gott opfern, mir die Kehle durchschneiden und mein Blut sammeln in einer Schüssel. Magst du denn keine Tomatensauce, du liebst doch Tomatensauce, dachte ich? Dann nimm dir Butter, wenn du magst, oder Parmesan. Er isst, was auf den Tisch kommt. Nimm Chili, dann schmeckt es dir besser. Er kippte das Pulver über meine Nudeln. Was hatte ich ihm getan?

Ich werde in die Klinik gehen, Pater, ich möchte wissen, ob er mein Vater ist. Muss ich ihn deshalb exhumieren? Mach ich das nicht gerade? Ihn ausgraben und die Erde von den Knochen pissen. Er quälte nicht nur mich, er quälte auch Mutter. Sie brachte das Geld mit, das er in

Luft auflöste, mit seinen Luftgeschäften und Luftbuchungen, seinen Luftschlössern. Er quälte sie, fast war es so, als wollte er sie bestrafen, indem er sie, indem er uns arm machte, ruinierte, in den Bankrott, in die Privatinsolvenz trieb, in den Offenbarungseid. Aber Mutter zog wie die Flaschen immer wieder ein Konto, einen Koffer, ein Schließfach aus dem Nichts, aus dem Verborgenen und beglich mit seinen Schulden ihre Schuld. Hatte sie eine Schuld, war ich ihre Schuld? Warum hatte sie ihn nicht verlassen? Sie liebten sich. Ich verstehe nicht, warum, aber sie liebten sich, sie konnten nicht anders, sie liebten sich auf meinem Rücken. Ich lag auf dem Bauch, in die Matratze gepresst, erstickte fast, und sie liebten sich auf meinen Schultern, drückten mein kümmerliches Flügelpaar unter die Schulterblätter, tief ins Fleisch hinein wie Messer, mein Engelchen, mein Engelchen, was weinst du, warum bist du nur so traurig, Engelchen, Kullertränchen, komm doch zu uns rüber, ins Bett, leg dich zwischen uns, verweichliche den Jungen nicht, dreh die Heizung in seinem Zimmer ab, dann schläft er besser, zieh ihm die Socken aus, das Elternschlafzimmer, da kommt das Christkind, da darfst du nicht rein. Ich wollte, dass sie mich in ein Internat stecken, dass ich frei von ihnen bin, dass ich sie aus der Ferne lieben kann, ich träumte von einem Internat, von Schlafsälen, Freunden, Jungs, die zusammen Sport machen, Abenteuer erleben, heimlich rauchen, kiffen, knutschen, Jungs, die keine Eltern brauchen, harte Jungs, weiche Jungs, nicht alleine schlafen müssen, nicht die Geräusche der Eltern hören müssen, nicht Sohn sein, nicht Kind sein, Herr Pater, ich wünschte meine Eltern tot, ein Autounfall, ein Flugzeugabsturz, ein Virus, in Quarantäne, weggesperrt, hoffte, sie würden meinen Vater verhaften wegen betrügerischer Geschäfte, Pyramidengeschäften, Schneeballsystemen, aber er war nie der Abzocker, sondern immer nur der Abgezockte, er hatte nicht den langen Atem, er kam zu kurz, war immer zu kurz gekommen. Ich hätte ihn auch umbringen können, dann wäre ich ins Heim gekommen, besser ins Heim als dieses Elternhaus sein Heim nennen. Schon als Kind spielte ich ausziehen, wegziehen, ins Internat ziehen, spielte davonlaufen, ausbüchsen, abhauen, ausbrechen, versteckte mich im Keller, kauerte mich in ein Ecke und träumte, ich wäre in einem Lastwagen, in einem Zugabteil, einem Kofferraum, einem Container, unter Deck, nur weg von hier, und wenn ich die Augen öffne, bin ich in Amerika, die Freiheit, die Weite, nichts als Weite, alles hinter mir lassen, meine Eltern. Warum soll ich sie ehren? Mein Vaterland, meine Muttersprache, die Mutter Kirche, den Vater Abt, die Muttermagermilch und die Vatermorgana? Ich wollte keine Kinder, aber dann wurde ich Vater, selbst Vater, verstehen Sie, Pater. War ich ein besserer Vater? Soll es nicht heißen, du sollst deine Kinder ehren? Ihr Kinderlein kommet, oh kommet doch all, das singt ihr doch, Pater, nicht, ihr Kinderlein kommet. Und sie kommen, die Schar zu den Heiligen, die Esel zu den Ochsen, die Kälber zu den Stieren. Ich habe meinen Sohn ins Internat gegeben. Er wollte es nicht. Meine Frau wollte es nicht. Ich wollte es. Er sollte dort sein, bevor ich wie mein Vater wurde. Ich musste mich von ihm trennen, solange ich ihm noch der Vater war, den er sich wünschte, den er lieben konnte, den er nicht hassen musste. Sollte er andere hassen. Aber ich vermisste ihn, vermisste ihn so stark, ich vermisse ihn, ich kann nicht leben ohne ihn. Ich habe ihn früher wenig gesehen, aber, er war da, zu Hause. Als ich mit dem Lift hochfuhr, hier hochfuhr, saß ein Junge neben mir, ein kleiner Junge, so alt, wie auch mein Sohn einmal war. Ihm war ganz kalt, er fror, er fürchtete jede Berührung, jeden Körperkontakt, aber dann rutschte er zu mir, unwillkürlich. Ich wollte meinen Arm um ihn legen, ihn wärmen, ihn beschützen. Er sprach vor sich hin, sprach in seinen Helm hinein, er merkte gar nicht, dass ich hörte, was er sagte, dass ich ihm zuhörte. Er zerbiss seine Skimaske mit seinen Worten, er sprach ein Loch durch die Maske, er war unglücklich, ein unglücklicher, kleiner Junge. Ich wollte ihn mitnehmen, ihn zu meinem Jungen machen, ihm ein Vater sein, ab heute bin ich dein Vater, ich bin dein Vater, Junge, ich bin für dich da, ich bin für alles da, ich lass dich nicht allein, lass dich nie wieder alleine, ich pass auf dich auf, Tag und Nacht, dir wird nichts geschehen, du musst keine Angst haben.«

18

»Bonnie, hörst du? Warum gehst du nicht ran? Sie haben im Sonnbühel gesagt, du seist raus in den Sturm, mit diesem Galeristen und dem Vater des Kindes. Meinten sie zumindest. Bist du verrückt? Warum sagst du mir nichts?!« Schatterer wollte ins Telefon schreien, zumindest sein Handy anschreien, wenn er ihr schon nicht ins Gesicht schreien konnte. Aber hier hätte er schreien müssen, um sein eigenes Wort zu verstehen, denn die Party war im vollen Gange, eine Party wie vor dem Ende der Welt, als wäre der Barock zurückgekommen und unter jeder prallen Brust lauerte ein Skelett, die Haut würde abfallen und es wäre der einzige Totentanz. Aber bis dahin wollten sie spüren, was zu spüren war, ein Tanz im Sturm, im Angesicht der Lawine, die die Streif hinunter und auf sie zustürzen würde, und sie alle, die Stadt, das Land, die Erde begraben würde, bis nichts bliebe als ein weißer Planet, der wie ein Schneeball durch die Galaxie flog.

Schatterer saß in einem Lounge-Chair und kam sich fehl am Platz vor, er wäre lieber dort draußen im Schnee gewesen, hätte sich verausgabt bei der Suche, Schnee gefressen, Sturm gefressen, die Kälte gefressen. Er hatte Angst um Bonnie, fürchtete wie ein Bruder um sie, ein Vater, ein Liebender. Sie war so verletzbar gewesen, als sie aufgebrochen war. Unvernünftig wie immer, aber anders, ohne die Aura der Unverwundbarkeit, ohne eine Armada von Schutzengeln um sie.

»Bonnie, ruf mich sofort zurück, wenn du das abhörst. Huller ist aus dem Koma aufgewacht. Der Kollege aus Innsbruck hat mich informiert. Ich wäre am liebsten selbst hin, kann aber hier nicht weg. Der Arzt hat jede Befragung verboten. Sein Leben hängt noch immer an einem seidenen Faden. Ich habe ihm gesagt, er müsse insistieren, es ginge um das Leben eines Kindes. Er hat nicht richtig begriffen. Ich habe dann selbst mit dem Arzt gesprochen. Ich habe ihn überredet. Und nun berichte ich dir am Telefon, ohne dass du etwas dazu sagen kannst.

Der Kollege hat mit Huller gesprochen. Hirnschäden sind nicht auszuschließen, sogar wahrscheinlich. Huller konnte sich, so sagt der Kollege, ich kann nur weitergeben, was er sagt, ich konnte ja schlecht mit Huller selbst reden am Telefon, also Huller wiederholt nur, er sähe nur Schnee, es schneit, Schnee. Aber vor dem Fenster schneite es ja. Der Kollege hat ihn versucht damit zu animieren, dass er Bestzeit gefahren sei, dass er die Streif gewonnen habe, die Streif. Die Streif müsste doch ein Leuchten in seine Augen zurückbringen, dachte er sich, eine Reaktion, selbst wenn er log, müsste die Streif doch irgendetwas in ihm auslösen. Aber da war nichts, behauptet der Kollege, so sehr er auch insistiert hat bis zum Protest des Arztes. Der Arzt habe ihm sogar auf seine Intervention hin gedroht, dem Huller, denn auch auf Kind, auf Junge, hat er nicht reagiert, nur immer Schnee gesagt, und dann etwas, das sich wie Wald anhörte, meinte der Kollege, denn dann wäre er weggesackt, überanstrengt, der Arzt hätte alle weiteren Fragen verboten. Es sei nicht unwahrscheinlich, dass er das Gedächtnis verloren hätte, allerdings auch möglich, dass er es wieder zurückgewänne, aber man könne nicht sagen, wann und wie und ob vollständig oder mit Langzeitschäden, einer geistigen Behinderung. Schwere Schädelverletzungen, ein Wunder, dass er es überlebt hätte. Aber, das ist die gute Nachricht, sie haben sein Handy gefunden. Sie nehmen es auseinander, vielleicht kann man rekonstruieren, wo er war, und so seine letzten Aufenthaltsorte lokalisieren und dort suchen. Bonnie, ich weiß, du glaubst, er war es, aber ich sag dir, er ist unschuldig, er ist eine arme Sau, er hat seine Kinder geliebt und hätte nie und nimmer einem weh getan oder ein Kind angefasst, nie. Ich habe etwas, so weit es von hier aus ging, über den Vater des Jungen recherchiert, es gab da mal eine Schlägerei im Take Five, er muss gewalttätig geworden sein, cholerisch, irgendeine Eifersuchtsszene angeblich. Ich bleibe da dran. Bonnie, hörst du, bitte ruf mich an, ja, es ist mir wichtig.«

Er legte auf. Er hatte ihr verschwiegen, dass sie Druck auf ihn machten. Morgen der Slalom. Der Sturm beruhigte sich, wenn sie die Nacht durcharbeiteten, wäre es vielleicht zu schaffen. Die Presse wäre bis Sonntagabend da.

Schatterer durchzuckte ein Gedanke, den er gleich wieder als absurd verdrängte. Was, wenn sein Innsbrucker Kollege ihn angelogen hätte, weil man unbedingt einen schuldigen Huller benötigte, der ihnen eh schon den Tag versaut und sie womöglich Millionen gekostet hatte. Unfug, disziplinierte sich Schatterer, jetzt fang ich auch schon mit Bonnies Verschwörungstheorien an. Vermisse ich sie so sehr?

19

»Ich fahre schon den ganzen Tag über Lift, Herr Pater«, fuhr Ödön fort, »dort, wo man der Streif ausweicht, wo die Skikurse stattfinden, wo sie bei jedem Wetter fahren, selbst wenn es regnet, wenn die kleinen Monster eingepackt sind wie kleine Markenmonster, wenn du kein Gesicht, keine Augen, kein Stück Haut, nur grelle Farben, Fellaufsätze siehst, die Kleinen, die wie die Kopien der Großen gekleidet sind, Angeberadel, tausend Euro am Körper, tausend Euro, aus denen sie in nicht einmal einem Jahr hinauswachsen in die nächsten tausend Euro, oder aber die Kids, denen man schon den zukünftigen Medaillengewinner ansehen sollte, mit aerodynamischen Stecken, sonderangefertigten Skiern und Schuhen. Und natürlich noch die Ausnahmetalente neben den Pisten, mit Einzellehrer und Rucksack auf dem Rücken, Pulverschneepanther. Ich beobachtete sie alle. Am liebsten saß ich neben den Jungs, die sich davon gestohlen hatten, die alleine fahren wollten, die sich mit ihren Eltern gestritten hatten, die zu schnell waren, für die kein Platz mehr in der vorigen Gondel war, dem vorherigen Lift, die heulend am Rand standen, ich nehm dich mit. Ich werde dir ein Vater sein, lag mir immer auf der Zunge, sag Papa zu mir, bitte. Mein Sohn geht aufs Skiinternat, willst du auch aufs Skiinternat? Willst du auf dem Stockerl stehen? Alle wollen sie es, deshalb wollten sie auch alle zu Huller. Kennen Sie Huller, Herr Pater?

Herr Pater, Panik im Paradies. Kennen Sie Kitzbühel von früher? Dieser Ort hat sich verändert.

Ich weiß, es ist auffällig, als Mann Jungs anzusprechen, alle schauen einen an, ziehen ihre Kinder weg mit einem entschuldigenden Lächeln, das nur so tut als wäre es ein entschuldigendes Lächeln, aber es ist die Angst, es ist die Wut, sich machtlos zu fühlen, denn es kann überall passieren, die Piste ist wie das Leben, überfüllt, plötzlich erfasst dich einer, rauscht dir von hinten rein, bricht dir das Genick, jede Sekunde Fastunfälle. Herr Pater, schauen Sie sich einmal eine Stunde einen Hang an, nicht einen Hang, nein, stellen Sie sich an den Rand und beobachten einen Streifen im Hang. Wie oft zucken Sie zusammen, weil es um ein Haar gekracht hätte. Wie viele Totenmessen hätten Sie um ein Haar lesen müssen? Wie viele kleine Särge weihen? Wie haben denn die ganzen Schutzengel Platz auf dieser überfüllten Piste? Könnte man sie sehen, fände man keinen Meter, wo man noch allein fahren kann. Ich glaube, Gott ist alt geworden, oder warum höre ich immer mehr Helikopter. Jetzt würden sie auch gerne Helikopter schicken, alles absuchen, die Suchscheinwerfer über die Baumspitzen gleiten lassen, in die Schluchten hinabdrehen, Schnee aufwirbeln, alles hell erleuchten, was im Dunkeln liegt, die Augen der Tiere, die Schneehasen, das Atmen eines Kindes. Wo ist der Junge, Herr Pater? Sind Sie Jäger, Herr Pater? Wie lange halten Sie im Hochsitz in der Kälte aus? Wie lange liegen Sie auf der Lauer, bevor Sie Ihr Rohr abfeuern? Was war das? Haben Sie das gehört? Die Sirene? War das eine Sirene? Die Pistenraupen kommen. Sind Sie wahnsinnig? Die schweren Pistenraupen und der kleine Junge? Wissen Sie, was passiert, wenn ein Kind in die Ketten der Pistenraupen kommt? Drunten im Ort werden sie von alldem nichts mitbekommen. Sie werden saufen, was das Zeug hält, die Flaschen werden auf dem Boden zerbrechen, sie werden über Scherben steigen, aber der Schnee fällt, sie werden kotzen, an die Hauswände wie die Hunde pissen, aber der Schnee fällt, der Schnee will diese Proleten nicht sehen, die wie die Hunnen einfallen, schlimmer als die Russen mit ihrem Geld, hässlicher als die Holländer, sie sind das Volk, von allen Himmelsrichtungen sind sie gekommen, um die Todesfahrer zu sehen und starren auf die Streif, als wäre es der Felsen von Acapulco. Sind Sie die Streif, die echte Streif, einmal gefahren, Herr Pater? Oder fahren Sie nur die Familienabfahrt?«

»Herr Pater«, fragte Ödön besorgt, »sind Sie eingeschlafen? Sie hören mir mit einer solchen Engelsgeduld zu. Ich verstehe, Sie wissen was geschieht, wenn ich diesen Beichtstuhl verlasse. Sie hoffen auf Hilfe. Warum haben Sie vorhin nicht geschrien, als der Rettungstrupp hier war? Wir werden eingeschneit. Wäre das nicht die Ironie der Geschichte? Und für jeden kam jede Hilfe zu spät. Wissen Sie, warum ich hier bin? Du sollst nicht töten. So heißt das Gebot doch, du sollst deinen Nächsten töten wie dich selbst. Ich bin tot. Mein Sohn ist tot. Er ist tot, da kommt kein Jesus und erweckt ihn von den Toten. Auch wenn Sie Ihre Lippen auf die seinen pressen, wird er nicht mehr lebendig. Warum musste er sterben? Sie müssen das Beichtgeheimnis einhalten, es ist eine Todsünde, das Beichtgeheimnis zu verletzen. Eine Kardinalssünde, oder haben Kardinäle nur Tugenden und die Kinder Todsünden? Er hat es ihnen gebeichtet. Er war ein Kind, ein pubertierendes Kind. Er hat mir immer alles erzählt. Aber das hat er mir nicht erzählt. Aber es musste raus, das verstehen Sie, es musste raus, wie ein Gift, das du ausspucken musst, nach einem Schlangenbiss. Wem sollte er es denn erzählen auf dem Internat. Sie haben ihn gemobbt, gequält, er hat sich in keine Dusche mehr getraut, konnte keine Nacht mehr schlafen. Wie will man ohne Schlaf Rennen gewinnen? Deshalb geht er beichten, er will sich lossprechen lassen von der Schuld, in der Kirche knien, Ave-Marias beten, Vaterunser, Rosenkränze, aber wieder schlafen können und dieses Jahr überstehen.

Und dann? Dann verraten Sie, was er Ihnen gebeichtet hat. Sein Geheimnis, du verrätst sein Geheimnis, das war sein Todesurteil, Sie haben meinen Sohn getötet, Herr Pater, Sie haben ihn zum Tode verurteilt. Er war ein Junge, ein Kind noch, es war kein Spaß, es war kein Spaß für ihn, Sie haben sich totgelacht, Sie haben ihn totgelacht. Ihn umgebracht. Deshalb sitze ich hier. Mein ist die Rache, sprach der Herr, nicht? Auge um Auge, Zahn um Zahn, Kind um Kind. Die Toten werden auferstehen. Sie bleiben liegen, Herr Pater, das Spiel ist aus. Aber ich bin die Nachspielzeit. Sprechen Sie mich von meinen Sünden frei, los, ich will, dass Sie mir vergeben, vergeben Sie mir. In alle Ewigkeit. Vergebung. Sprechen Sie es aus! Sagen Sie es. Der Herr hat. Der Herr wird dir deine Sünden vergeben. Gehe hin in Frieden. Ich werde unseren Frieden machen. Und dann werde ich es aussprechen. Hier steht es ja, was ich dann aussprechen muss: Ich danke auch für die Versöhnung mit der Kirche, der ich mit meiner Schuld Schaden zugefügt habe. Ich.«

Ödön lachte auf. »Ich.«

20

Sie hatte ihn allein gelassen. Er sollte seinen Sohn allein finden. Ihn allein zurückbringen, zu seiner Mutter bringen. Der Vater, der Sohn, der Schnee, die tränenüberströmte Mutter, das Kind im Arm, die heilige Familie. Die Familie war ihm immer heilig gewesen, das Heiligste, er hatte sie angebetet, Yvonne angebetet, er betete sie noch immer an, auch wenn sie eher eine Hure als eine Heilige war. Was er nicht wusste, wollte er nicht wissen, wollte es nicht einmal ahnen, ganz ahnungslos sein, auch wenn sie ihn verlachten, hinter vorgehaltener Hand, auch wenn ihre Freundinnen mit ihm ins Bett wollten, weil sie keine Skrupel mehr kannten oder nie Skrupel gekannt haben. Schläfst du mit meinem Mann, schlaf ich mit deinem. Aber wir reden nicht darüber. Wir reden über Schuhe. Über Cremes. Über Liebhaber ohne Namen.

Christoph hatte widerstanden, nicht ganz, ein paar Küsse, Knutschen im Lift, mit Babette, obwohl er wusste, dass sein verheirateter Bruder Ludwig auf sie scharf war, aber sie hatte ja auch einen Ring am Finger und den eifersüchtigsten Ehemann, den man sich vorstellen konnte, ein Choleriker vor dem Herrn und seiner Frau, die nichts anbrennen ließ, immer mit dem Feuer spielte und dann panisch wurde, die Panik brauchte, weil sie sonst ihr Mann zu Tode langweilte. Sie brauchte die Gefahr, dass er sie totschlug, sonst entlockte er ihr nur ein Gähnen. Christoph vermutete, sie trifft sich mit Ludwig in dessen

Haus in Aschau, das immer Tabu war. Sie durften dort nie übernachten, wenn er nicht da war, durften sie nur besuchen, wenn er mit der Familie dort war, mit Ingrid und Gustav. Christoph hatte gesehen, wie Ludwig und Babette bei allen Treffen sich mit Blicken aus- und anzogen. Aber eigentlich wollte sie ihn, dachte er sich. Sie war nach dem Knutschen immer noch wild auf ihn, unfinished, das ging gar nicht für sie, doch es erregte sie vielleicht gerade deshalb, wenn es sie nicht noch mehr wütend machte. Aber ja, es reizte ihn, sie reizte Christoph, schon allein wegen Ludwig, aber er war nie weiter mit Yvonnes Freundinnen gegangen als Zungenküsse, hatte sich, wenn auch manchmal schweren Herzens, dem Spiel verweigert und sie hatten ihn dafür gehasst, dass er nicht verführbar war, dieser Idiot mit seiner Moral, die nicht einmal eine Moral war, sondern Dummheit oder Feigheit, Angst, er hatte Angst. Sie konnten es nicht auf sich sitzen lassen, sie mussten durchblicken lassen, dass sie mit ihm geschlafen hätten, eine Affäre, nein, nicht direkt Yvonne gegenüber, aber über Bande, über die gemeinsamen Freundinnen, oder ganz direkt durch die Art, wie sie ihn vor ihr anblickten, wie sie ihn anfassten, wie vertraut sie taten. Und jede Abwehr von ihm schürte den Verdacht weiter, erhärtete ihn.

Christoph war gefangen, und er war befangen. Aber er wollte raus aus den Teufelskreisläufen, dieses Wochenende hatte er alles überwinden wollen und mit Yvonne, mit Igor, ein neues Kapitel beginnen.

Er hatte den beiden verheimlicht, dass er für sie ein Chalet auf der Maierl-Alm gebucht hatte. Er wollte sie überraschen. Es war ein magischer Ort, er strahlte Zuversicht aus, die Mauern atmeten, die Wände waren mit Wolken verputzt, die Steine glühten wie nach einem Sonnenuntergang, das Herz schlug aus der Brust hinaus zum Horizont, zum Wilden Kaiser, zum Großen Retten. Alles war wie im goldenen Schnitt erbaut, dachte Christoph, war so, wie er sich ein Haus in den Bergen wünschte, erträumte, gebaute Sehnsucht, Schutz und Sinnlichkeit, Einsamkeit und Erregung, offener Kamin und offene Augen, Hände, Wärme und Wimpernschläge, ein Winkel, wie vom Herrgott geschaffen, Geschichte und Geschichten, im Schatten Kitzbühels, aber es in den Schatten stellend.

Dort hatte die Zeit Zeit, zeitlos zu werden. Natürlich war es Design, natürlich wie aus einer Zeitschrift, natürlich tauchten aus dem Nichts die Münchner auf, die Wiener, all die Unvermeidlichen, die mit ihren Champagnerkübeln den Platz markierten wie Hunde ihr Revier, die ihre Geldbeutel wie Beine hoben. Aber sie waren nicht in den Chalets und verschwanden abends, oder man saß so, dass sie im Rücken lärmten und nicht vor den Augen. Sie verdarben einem nicht den Geschmack, nicht die helle Freude, die von Mal zu Mal heller wurde, wenn Christoph dort war, wenn er allein war und sonst niemand außer ihm, wenn er in den Kamin der Gaststube schaute und das Feuer zu einem Lauffeuer seiner Sehnsucht wurde, hier mit Yvonne und Igor zu sein, Burger zu essen, sich umarmend Wein zu trinken und die Natur einzusaugen, die Berge, die hier nicht bedrohlich waren, sondern mit einem sprachen, die ein Lächeln hatten und ihre Augen auf einen warfen.

Christoph liebte Kitzbühel. Jeder, der ein Auge für die

Schönheit und ein Herz hat, das bis zu den Gipfeln hinauf schlagen will und schlägt, der ein Herz hat, das im Schnee brennt, musste Kitzbühel lieben. Mit und trotz und wegen allem, was dazugehörte, dachte Christoph jetzt. Und er liebte ganz besonders diesen Ort hier. Es war ein Wunder, wie er sich verändert hatte, wie er, fast eine Totgeburt, zum schönsten Leben und Lebendigkeit erwachte, nachdem der neue Geschäftsführer alles durchglühte. Wo, wenn nicht hier, dachte Christoph, wäre Versöhnung möglich. Sie würden essen, Igor würde im Schwimmbad tollen, im eigenen Whirlpool, sie wären zusammen in ihrer eigenen Sauna, da würden sie auf dem Balkon stehen, hinaussehen, sich unendlich fühlen, und während der Kleine in seinem karierten Bett schlief, würden sie miteinander schlafen und sich so lieben, dass es alles und alle anderen vergessen machte. Am Sonntag würden sie ganz früh auf die Piste gehen und dann zum Café del Maierl zurückkehren, und sie würden Party machen, tanzen bis zum Sonnenuntergang in ihrem Schnee-Ibiza, und alles würde wieder gut werden und gut sein, sie wären die Letzten, die blieben, und erst Montag früh zurückfahren oder einfach noch eine Nacht bleiben und niemandem etwas sagen und etwas erklären.

Christoph träumte im Schnee vor sich hin, und seine Träume überwanden die Kälte, die Angst, den Wind, der ihn wachschlagen wollte. Ja, es war alles anders gekommen. Warum nur? Warum hatten sie ihn allein gelassen, allein gelassen wie jemanden, der sich umbringen will, dachte sich Christoph. Wussten sie, dass ich den Weg zum zweiten Zauberwald kannte? Dass ich Igor einmal gefolgt war? Ahnten sie es? Hatten sie mir eine Falle gestellt?

Woher kam das Blut? Der Blutstropfen auf seinem Unterhemd, den er jetzt sah, als er den Schal um seinen Hals löste und den Reißverschluss des Anoraks öffnete, um Luft zu bekommen, die kälteste Luft.

21

Ödön holte seine Ski aus dem Versteck, setzte seinen Helm auf und verließ die Kapelle. Er hatte an den Stausee gedacht. An das Loch in dem See. Das Loch im Eis. Wieder einmal an Hansi Hinterseer, wie er barfuß über das Eis geht und die Arme ausbreitet, ihm entgegenläuft und einbricht, und er spürt, wie der Fuß seinen Helm berührt und ihn nach unten drückt, und er weitergeht über das Eis und er unter dem Wasser bleibt, ein großer schwarzer Fisch.

Ödön hoffte, seine Albträume würden jetzt aufhören, er würde endlich Ruhe finden, es würde ihn nicht länger verfolgen, er könnte einen Schlussstrich ziehen. Er hatte gedacht, er bringt sich um. Er bringt es zu Ende, und dann bringt er sich zu Ende und die Geschichte. Das tote Kind. Kind, du bist tot. Er konnte Kind nicht mehr ohne Tod denken, das Wort nicht ohne Tod aussprechen. Wir sind alle Kinder Gottes. Er war einfach kein Selbstmörder. Das wäre ihm zu feige vorgekommen, die nächste Niederlage, als Feigling vor Gott zu stehen. Aber er hatte gedacht, wenn er jetzt im Sturm abfährt und einfach beim Fahren die Augen schließt, dann ist das nicht mehr in seiner Verantwortung.

Aber dem Sturm schien es wie ihm zu ergehen. Er hatte sein Pulver verschossen. Er war nur noch ein Schneesturm unter anderen, er hörte auf, verschwand, hatte keine Lust mehr, keine Luft mehr, keinen Wind mehr, der Schnee ging ihm aus.

Der Sturm war schon so schwach, dass Ödön das Sonnbühel von hier aus sehen konnte. Er war zu spät, es war zu spät. Er hatte zu lange in diesem Beichtstuhl gekniet, tief in seinem Leben. Ödön suchte sein Handy. Er tippte ein paar Zeilen. Schaute auf die Uhr. Auf den Himmel. Gleich wird es dunkel sein. Die Sonne untergehen. Sonnenuntergang. War sie nicht schon längst untergegangen? Er hatte sich entschlossen, nicht über das Sonnbühel zu fahren. Er schnallte seine Ski an und stieg in aller Ruhe und Langsamkeit die Ehrenbachhöhe hinauf, um dann über die Ochsalm abzufahren ins Tal. Was wäre passiert, fragte er sich, wenn die Leute gedacht hätten, die Hölle liege nicht unter der Erde, sondern hier oben zwischen den Gipfeln, und ihr Feuer wäre Kälte?

22

»Wenn es dunkel ist, werden wir ihn nicht mehr lebend finden, er wird in der Dunkelheit erfrieren.« Yvonne heulte nicht, sie sprach ganz langsam, leise, man verstand sie kaum in dem Lärm, der immer stärker wurde, die Ausgelassenheit der Gäste, die den Sturm durchgetrunken hatten, ihn weggetrunken hatten, am liebsten auf den Tischen getanzt hätten und diese traurige Ecke, in der Yvonne saß, ausblendeten, mit einem schwarzen Vorhang zugezogen hätten. Wie konnte eine weinen, wenn alle lachten?

»Und jetzt ist auch noch mein Mann weg. Sie sind beide weg. Und wenn …«, sie hielt inne, wollte nicht aussprechen, was ihr auf der Zunge lag, wollte es nicht aussprechen vor Bonnie, nicht vor Lord und Scotty. Sie war müde, fühlte sich taub, von Taubheit befallen, hatte all die Fragen Bonnies beantwortet, diese erniedrigenden Fragen. Wie konnten sie Fragen stellen, während ihr Kind in Lebensgefahr war, als wäre es nicht dort draußen im Schnee, sondern im Gestern, in der Vergangenheit, als wäre es in ihrer Ehe verloren gegangen, verschwunden, als wäre ihre Ehe in einen Schneesturm geraten, in dem ihr Kind nicht mehr zu finden war. Und wenn sie schuld war, wenn sie schuld wäre, wenn sie beide schuld wären, wäre die Schuld etwa ein Wegweiser, ein Pfeil auf ihrem Navigationssystem, der zeigte, da ist Igor? Als könnten sie ihn über die Schuld wie ein verlorenes iPhone finden.

Da könnten sie genauso gut hier unter den Tischen suchen, ja, lasst uns unter den Tischen suchen, in der Küche, Kinder spielen gerne Verstecken, Igor liebt es, er hat das tollste aller Verstecke, deshalb mag er es nicht aufgeben, deshalb hält er die Luft an.

Er hat sich in meinem Herzen versteckt, jeder vermutet ihn da, aber keiner schaut nach. Igor ist gar nicht weg, er ist bei mir. Ich darf ihn nicht verraten, ich darf ihnen nicht verraten, dass er bei mir ist. Sie sollen ihn weitersuchen.

Etwas ist seltsam an der Kommissarin, dachte Yvonne, sie hat größere Angst als ich. Warum nur? Weiß sie mehr? Nein, sicher nicht.

»Wir sind mit Ihrem Mann über Funk verbunden«, unterbrach Bonnie Yvonnes Gedanken und wusste auch nicht mehr und nicht mehr weiter. Die Zeit rannte davon. Wie lange konnte das Kind überleben, wenn es sich verletzt hätte und im Schnee liegt? Wenn es sich in Sicherheit gebracht hätte?

»Der Sturm hat nachgelassen«, Scotty war erleichtert, »wir können weitersuchen.«

»Wir werden sofort alle Suchtrupps mobilisieren«, bestärkte Bonnie.

»Man sollte es an alle Hütten weitergeben«, insistierte Scotty, »die Leute werden alle abfahren, solange sie noch etwas sehen können. Sie müssen alle beim Suchen helfen, alle müssen die Augen aufsperren. Sie müssen einen Rundruf starten, die Radiosender verständigen. Wir finden den Jungen, das sage ich nicht einfach so. Wir finden ihn. Ich habe es im Blut.« Scotty sprang auf. Er, dem die Decke auf den Kopf fiel, der am liebsten überall gleichzeitig gewesen wäre und gesucht hätte, er wusste: es konnte jetzt um Minuten gehen.

»Es ist besser, wir lassen Sie runter in die Stadt fahren und verlegen die Zentrale nach unten. Dort können wir die Suche besser koordinieren, und vielleicht ist er schon da unten, hat irgendeinen Unterschlupf gefunden. Wir müssen auch in der Stadt suchen. Ich lasse einen Skido kommen, der Sie zur Hahnenkammbahn bringt. Dort wird Sie dann mein Kollege Schatterer in Empfang nehmen. Ich werde mit dem zweiten Skido Ihren Mann holen. Ich werde ihn über Funk aufspüren, machen Sie sich bitte nicht auch noch Sorgen um ihn, ich weiß ja, wo er ungefähr ist. Und du, Scotty? Willst du mit mir kommen oder sie begleiten?« »Ich fahre Ski. Warte, bevor du aufbrichst, willst du hier keine Ansage machen?«, forderte Scotty Bonnie auf und sah zugleich vor seinem inneren Auge die Horden betrunkener Skifahrer, die jetzt aus allen Hütten die Pisten hinuntertorkeln würden. Wo war eigentlich Lord, fragte er sich.

Lord stand an der hinteren Tür. Er wählte eine Nummer. Keine Mailbox. Kein Name. Lord schaute zurück auf die Zeilen, die er unter dieser Nummer bekommen hatte: »Maierl. In einer Stunde. Es ist passiert. Kommen Sie. Bitte. Dieses Mal werden Sie mich erkennen.« Lords und Scottys Blicke trafen sich. Er musste ihm nichts erklären. Und verschwand durch den Hinterausgang.

23

»Denkst du, du kannst mich wegdrücken?« Vladimir bereute, dass er die Handschuhe nicht angezogen hatte. Er hatte Angst, seine Finger würden an dem schwarzen Wegwerfhandy anfrieren und er müsste sie sich abschneiden, um es wegwerfen zu können oder es in der Faust anzünden. »Vermisst du deinen Jungen gar nicht? Denkst du, er sitzt mit seinem Skikurs in der Hütte und wärmt sich seine Finger bei einer heißen Schokolade und wartet, bis der Sturm vorüberzieht? Dieser Sturm zieht nicht vorüber, verstehst du. Der Schneesturm mag sich beruhigen und den Schwanz einziehen. Aber ich beruhige mich nicht, ich werde hart. Willst du, dass ich dir eine Tasse heiße Schokolade mit der Post schicke, mein Freund, mit aufgeschäumter Milch? Du weißt, was zu tun ist und was nicht zu tun ist, wenn du nicht anzurufen hast. Ein falscher Anruf, und du verlierst mehr als deinen Ruf. Wir sind alle nur einen fingerbreit davon entfernt, glücklich zu sein. Du musst nur dein Ja geben. Du bist doch verheiratet, du weißt, was ein Ja bedeutet. Mehr nicht. Und du wirst göttlich belohnt werden. Der Vater und der Sohn. Der Wind und der lästige Schnee in den Augen, im Mund. Dieser wilde, ungezähmte Lärm des Sturms. Macht dir das keine Angst? Mir kam es so vor, als könnte ich den Verstand verlieren an diesem einzigartigen Tag. Es war mir vorhin gerade so, als sei ich ein anderer Mensch, als wäre derjenige, der ich bis heute war, mir schon fremd geworden. War ich nicht immer ein sanfter Mensch? Wollte ich nicht immer unser aller Glück? Weißt du, was Varja zu Mischa sagt: »Mischa, fliehen Sie nicht vor Ihrem Glück. Ergreifen Sie es, solange es sich selbst in Ihre Hand begibt; später werden Sie ihm nachlaufen, aber dann wird es zu spät sein, und Sie holen es nicht mehr ein.« Mein Freund, das Leben bestraft dich noch nicht, du kommst noch nicht zu spät, wenn du mir ein Fax schickst, sagen wir, in der nächsten Stunde. Sonst könnte ich schon ein anderer sein und mich ganz vergessen haben. Vladimir riss das Handy von seinen erstarrten Fingern und warf es in ein Loch im Eis. »Die Zukunft ist nichts als Lug und Trug«, lachte er, als es sank.

24

Der Schneesturm war genauso vorübergegangen, wie er gekommen war, ohne jede Warnung hatte er der Nacht und den Sternen den Himmel und seine Kälte überlassen. Es würde eine helle Nacht werden. Der Sturm würde in den Erzählungen noch ein wenig weiterwehen, in den Worten toben, aber dann wäre er vergessen, vergessen zwischen den Flaschenscherben, den verschneiten Häusern und Autos, vergessen im Strahlen des Siegers, zur Seite und in den Dreck geschoben von den Schaufeln des Schneeräumers. Er würde warten auf die Zeitung von morgen und sich nicht wiedererkennen, er wäre bald nur noch eine Katastrophenmeldung und keiner hätte seine Schönheit erkannt, seine Kraft. Nur die Pistenraupen würden ihn noch in ihren Kettengelenken singen hören, würden sein trauriges Lied weiter durch die Nacht singen und seine Verschwendung an Schnee, als könnte er vergessen machen, was geschehen war, als wäre sein Schnee ein unbeschriebenes Blatt, das der Frühling in seine Hände nehmen würde. Es würde eine Nacht werden, die träumte, sie wäre mit dem Leben davongekommen.

III

SCHUSS

I

Ödön glitt durch das Dunkel, glitt durch den Pulverschnee, der sich ihm hingab, er schwebte, ein fliehender Nachtschatten. Seine Seele war nicht länger eingeschneit, sein Herz nicht mehr niedergedrückt von Pappschnee, die Augen hinter der verspiegelten Skibrille nicht länger entzündet von der Sinnlosigkeit, fast strahlend, obwohl sie fast nichts erkennen konnte. Das Gedächtnis seines Körpers fuhr, stand gut auf den Brettern, ging in die Knie, beschleunigte mit jedem Schwung mehr. Ödön war befreit. Er hoffte, diese Fahrt fände nie ein Ende, nie ihr Ziel. Es war nach sechs, die Sonne war untergegangen. Es war leichtsinnig, in der Dunkelheit derart zu rasen, die leeren Pisten auszufüllen mit Schwüngen. Fast fühlte er sich wieder lebendig, zu lebendig für das, was kommen sollte, was ihn erwarten würde und leichter ertragbar wäre mit der erprobten Taubheit.

Ödön erinnerte sich an die Mutprobe in der Kindheit. Maulwurfsspringen. Sie hatten sich eine Schanze gebaut und waren dann mit geschlossenen Augen gesprungen, blind bis zur Berührung mit dem Boden. Erst wenn sie aufkamen, durften sie wieder schauen. Wer schwindelte, wurde ausgeschlossen, durfte einen Tag lang nicht mehr mitfahren. Sie stürzten böse, verletzten sich, verschwiegen die Gründe, hielten zusammen, schworen sich ein auf ihr Geheimnis, ihre verborgene Kunst.

Ödön dachte an die neue Kante über der Maieralm. Ein

Sprung ins Paradies. Im Dunkeln über die Kante springen, hinter der es steil abfiel, unglaublich steil. Man würde sehend ins Unbekannte springen. Nein, es war zu wenig. Ödöns ganzer Körper, jede Faser mobilisierte sich, er schüttete den ersten Cocktail Adrenalin aus. Er würde zweihundert Meter früher die Augen schließen, damit er nicht wusste, wann er an der Kante war, wo sie begann. Er würde es erst merken, wenn er flog. Der Gedanke elektrisierte Ödön. Er war nicht lebensmüde, nicht mehr, im Gegenteil, er wollte wieder leben, die Grenzen überspringen, um zurückzukehren, nein, um an einem ganz anderen Punkt neu anzufangen, die alte Haut wie einen Overall abzustreifen und im Schnee liegen zu lassen.

Es war so weit. Ödön bremste ab. Er konzentrierte sich. Nahm die Richtung ins Visier, stellte seinen Körper ein. Er strahlte, wie ein Junge, wie das Kind, das er war, als er es das erste Mal ohne Sturz geschafft hatte. Er stieß sich ab, Abfahrtshocke, breiter Stand, die Stecken in die Rippen gepresst. Was für ein Thrill, was für ein Gefühl! Er wurde immer schneller. Wie weit war es jetzt noch? Ödön spürte die Wellen unter sich, die Geschwindigkeit übertrug sich auf seine Beine, seinen Bauch, seinen Arm, seinen Hals, seinen Kopf, seinen Atem, sein Herz raste, raste vor Glück. Es war verrückt, er spürte keine Angst. Er wusste auf einmal, er war über den Berg, er konnte es schaffen, er würde es schaffen, ein neues Leben, das im Himmel begann. Plötzlich war er in der Luft, er war über die Kante gerast, er sprang, er war im Sprung, er presste die Augen noch fester zu, zwang sich, sie zuzulassen. Wie atemberaubend, die schönsten Sekunden seines Lebens, gleich würde er aufkommen, die Augen öffnen und alles wäre gut.

Jetzt, jetzt, er spürte den Boden, kämpfte um sein Gleichgewicht, die Unwucht, aber er stand, er stand seinen Sprung, er war so schnell, er hatte seinen Sprung gestanden, jetzt wäre es nur noch ein Kinderspiel, ich habe es geschafft, er riss die Augen auf, ganz weit. Und raste in das blendende Licht der Pistenraupe, deren Scheinwerfer ihn zwischen der Stirn trafen.

2

Er warf sie auf das Bett. »Wenn du denkst, der Sturm sei vorbei, hast du dich getäuscht, er fängt gerade erst richtig an.« Er riss ihr die Kleider vom Leib, tat zumindest so, als würde er alles zerfetzen, die Knöpfe an ihrer Bluse platzen lassen, dass sie wie Sternschnuppen vom Himmel fielen. Während sie seinen Gürtel öffnete, die Hose, war er schon weiter, atemlos, glich sein Atem, sein Schnaufen, immer mehr dem Sturm, den er versprochen hatte. »Da kommt er, dein Sturm, ein Hurrikan, komm, ist es da, das Auge des Sturms, ist es das?«

Er glitt mit seiner Zungenspitze von ihren Brüsten, die er aus dem BH gehoben hatte, hinunter über ihren Bauchnabel bis zu ihrer Scham, öffnete mit seinen noch immer rudernden Armen ihre Schenkel und begann ihre Schamlippen zu küssen, zu schlecken, zu beißen, bevor sie ihn an den Haaren hochzog, zu sich zog und er in sie hineinstieß, »da ist er, dein Sturm, und er wird stärker, stärker, willst du den Schnee, den Schnee«, er begann seine Hände um ihren Hals zu legen, zuzudrücken, drückte Sekunde für Sekunde ein wenig fester zu, »der Sturm kreist dich ein, er nimmt dich«. Er pumpte seine ganze gestaute Lust in sie, die Stunden, die er wegen des Sturms hatte warten müssen, die Zweifel, ob sie es schaffte, ob sie käme, ob sie durchkäme, ob er durchkäme.

»Nimm mich, ich liebe dich, was, was«, sie stieß ihn weg, wollte ihn wegstoßen, was seinen Griff noch fester werden ließ, er dachte, es sei Spiel, sie wolle es, es turnte ihn an. »Hör auf, da ist etwas, hast du es nicht gehört?«

Er drehte sich um, orientierungslos, zwischen den Welten.

»Da ist etwas, ich habe es gehört, es ist jemand im Haus, im Zimmer, ich spür es, mein Mann.«

»Beruhig dich«, versuchte er der Lage Herr zu werden, aber er war nicht beruhigt, sein Herzrasen verdoppelte sich, die Lust und die Angst, der Schrecken und die Wut, vielleicht war sie nur verrückt, ihr ewiger Verfolgungswahn.

»Er bringt uns um, er hat gesagt, wenn er uns je erwischen würde, bringt er mich um, ich bring dich um und deine Liebhaber auch, ich finde euch, Schatz, wo immer du mich betrügen willst, ich finde dich, Schlampe. Er hat lächelnd Schlampe gesagt, ironisch, dann zärtlich, aber vielleicht wusste er es schon. Ich hab solche Angst, schau nach, schau nach.« »Sei still.« Er hielt ihr die Hand vor den Mund. »Sei still!« Er öffnete die Nachttischschublade und holte einen Revolver hervor.

»Was ist das?«, schrie sie auf, aber er war sofort wieder mit seiner Linken an ihrem Mund. »Du siehst doch, was es ist.« »Warum hast du eine Waffe?«

Sollte er jetzt diskutieren? Er fragte sich, wie er sie gleichzeitig ruhigstellen, die Waffe entsichern und seine Unterhose aus dem Kleidergewühl hervorziehen konnte. Wenn dieser Sack, der sich Freund schimpfte, ihn abknallen wollte, dann nicht nackt mit Ständer.

»Da, da, hinter dem Vorhang, der Vorhang bewegt sich!« Sie warf sich auf ihn und umschlang mit ihren Händen seine Hand an der Waffe. »Du darfst ihn nicht erschießen, nein, nein, ich liebe ihn, ich liebe dich, Ludwig!«, schrie sie den Vorhang an, der sich jetzt wirklich bewegte. »Komm raus, Ludwig, komm raus, lass uns reden. Ich kann dir alles erklären.«

Sie hielt noch immer seine Hand fest, was für ein absurder Kampf, dachte er sich, und ich dachte, sie liebt mich, verdammt, ich liebe ..., nein, er brachte es nicht über die Lippen. Das konnte doch alles nicht wahr sein, ein schlechter Film. Aber er zitterte am ganzen Körper, alle Muskeln waren wie Lügengebäude zusammengefallen.

»Du spinnst«, schrie er sie plötzlich an, »da ist nichts, da ist gar nichts!«

Doch kaum hatte er seinen Satz beendet, wurde der Vorhang zur Seite geschoben, und ein Krokodilskopf stand vor ihnen.

»Ich will heim. Zu Mama und Papa«, heulte die Stimme aus dem Krokodil.

»Wer bist du, wie bist du hier reingekommen?«, brüllte er das Kind an, weil all die Kraft noch in ihm war, die Bereitschaft zu schießen.

Der Junge nahm den Krokodilskopf ab. »Ich bin's doch, Onkel Gunnar. Ich bin's, Igor. Hallo Babette. Ich bin nicht eingebrochen. Ich wusste doch, wo der Schlüssel liegt, und Papa hat gesagt, du bist heute nicht in Aschau, du müsstest nach Wien, weil Papa wollte, dass wir zusammen essen gehen und Mama mit euch beiden überraschen, ich meine, mit dir und Ingrid. Und Gustav, wie geht's Gustav?«

»Was machst du hier? Wissen deine Eltern, wo du bist?«

»Weiß irgendjemand, dass du hier bist?«, unterbrach ihn Babette.

»Nein«, Igor senkte den Kopf, »keiner weiß, dass ich da bin, ich war schon vor dem Sturm da. Ich habe den Krokodilskopf auf der Piste gefunden, und dann habe ich gedacht, die sollen richtig traurig sein, wenn ich weg bin, die sollen endlich zu streiten aufhören, und ich will auch in keinen Skikurs, nur zu dem Franz. Und ich kann allein Bus fahren, ich bin schon groß genug. Ich bin runtergefahren, und dann bin ich mit dem Skibus bis nach Aschau und zu Fuß hierher und habe gedacht, hier findet mich keiner, das wird ihnen eine Lehre sein, so zu mir zu sein. Und dann hab ich mich unter der Treppe verkrochen. Wenn doch jemand kommt, ein Einbrecher oder Freunde von euch oder so, weil ihr ja nicht da seid, dieses Wochenende. Und dann bin ich eingeschlafen. Ich habe mich so gefürchtet, dass ich eingeschlafen bin. Ich habe mein Kuscheltier dabei.« Er zog sein Kuscheltier aus der Tasche. »Warum fickt ihr miteinander? Lasst ihr euch jetzt scheiden?« Babettes Hand verkrampfte, sie drückte zu, so erschrak sie, tödlich erschrocken von den Worten drückte sie zu und auf Gunnars Faust, die noch immer den Revolver umklammert hatte, den Finger am Abzug. Als draußen eine Sirene aufheulte, drehte sich Igor überrascht um und durch seine abrupte Bewegung fiel ein Handy aus der Tasche auf den Steinboden, und es wurde unvorstellbar laut in Igors Kopf, als Babettes Blick ihn traf.

3

Bonnie heulte vor Glück, vor Erleichterung, sie schluchzte, konnte sich kaum beruhigen, sie wäre am liebsten in die Luft gesprungen und hätte sich minutenlang in der stehenden Kälte von der Freude tragen lassen wollen.

Schatterer hatte sie sofort angerufen und ihr gesagt, dass sie eine SMS des Jungen bekommen hätten, dass er in Aschau sei, im Haus eines Freundes der Eltern. Ja, er lebe, sie seien schon auf dem Weg zu ihm, von allen Seiten. Yvonne sei ihm um den Hals gefallen. Jetzt könne er es zugeben, er hätte kein gutes Gefühl gehabt, er hätte gedacht, der Junge sei tot. Aber er sei ganz lebendig, ein Jungenstreich, er sei abgehauen, ein Rotzbub eben. Hatte das Handy vom Vater geklaut, alles geplant. Wahrscheinlich sei der Akku aus, oder er würde sich jetzt vor Angst in die Hosen machen, sonst wäre er schon rangegangen, als sie sofort angerufen hätten, um seine Stimme zu hören, es von ihm selbst zu hören, dass er lebendig und ihm nichts passiert sei. Schatterer hatte ihr gesagt, sie bräuchte Christoph nicht zu suchen oder abzuholen, er sei, gleich nachdem er es erfahren habe, mit den Skiern runter zum Pengelstein. Sie würden ihn dort einsammeln. Schatterer hatte wissen wollen, ob sie auch komme. Bonnie hatte gezögert, ihn auf später vertröstet, sie wollte noch einen Augenblick alleine sein und müsse ja auch den Skido zum Sonnbühel zurückbringen. Sie könnten sich noch, wenn sie alles erledigt hätten, im Rasmushof auf ein Phantom treffen, hatte sie ins Funkgerät gelacht, ohne dass Schatterer verstehen hätte können, was sie meinte. Er hatte nur Ja gesagt, lass uns Paris feiern. Und sie sah ihn schon das Tirolerlied singen mit der Hand auf dem Herzen.

Hand aufs Herz, dachte sie und fasste sich an den Bauch. Wo ist dein Herz? Plötzlich wollte sie an der Kapelle halten, Gott danken. Wie ging das, Gott danken? Und beten. Für ihr Kind beten, ihr ungeborenes Kind. Beten, dass es noch lebe. Dass es nicht abginge. Sie zuckte bei dem Wort zusammen. Sie sah einen Jungen ihren Nabel wie eine Tür öffnen und gehen. Doch bevor er verschwunden war, drehte er sich noch einmal um und winkte ihr.

Nein, sagte sie sich, du gehst nicht ab, du kommst, du kommst auf die Welt. Wir lassen uns nicht allein, nie.

Bonnie stellte den Skido vor der Kapelle ab, unter dem Sternenhimmel, in der zunehmenden Dunkelheit, geheimnisvoll. Ihr war, als würde sie erwartet. Sie hatte noch nie einen Tag wie diesen erlebt. Sie würde sich in die Bank setzen und einfach atmen, nur atmen. Und dann würde sie beten. Danken und beten.

Es war stockfinster in der Kapelle. Sie leuchtete sich mit der Taschenlampe einen Weg. Dann setzte sie sich in die Bank. Sie wusste nicht wie anfangen, mit welchen Worten anfangen. Sie nahm die Taschenlampe und richtete den Lichtkegel auf den Altar.

Bonnie leuchtete das Gesicht der Pieta aus, sie sah ihr in die Augen. Du weißt, was es heißt, das Liebste auf der Welt zu verlieren, seine Liebe als Leichnam in den Armen zu tragen. Sie schluckte. Im Bauch, wäre ihr fast rausgerutscht. Nein. Lass mein Liebstes leben, Maria. Danke, dass du den Jungen am Leben gehalten hast. Ich bin nicht gläubig, du weißt es, ich bete nie. Du bist eine Frau, eine Mutter, Maria, du verstehst mich, auch ohne Worte. Ich spüre, dass ich auch eine Mutter bin. Ich muss fast lachen über mich, dass ich hier so mit dir spreche, mit einer Taschenlampe in der Hand, in dieser finsteren Kapelle, in der Kälte, in dieser Eiseskälte. Aber die Kälte macht mir nichts aus. Ich habe kalte Füße, aber das spielt keine Rolle. Ich wollte dir danke sagen. Danke. Und bitte, bitte lass mein Kind leben.

Plötzlich kam es ihr unanständig vor, Maria ins Gesicht zu strahlen, sie zu blenden. Sie drehte die Taschenlampe zur Seite. Was war da? Sie stand auf, ging mit der Taschenlampe zum Beichtstuhl. Auf den Fliesen war Blut. Es war aus dem Beichtstuhl geflossen. Frisches Blut. Bonnies Puls blieb fast stehen, für eine Sekunde lang hatte sie Angst, der Junge könnte dort sein, die SMS wäre nur ein böser Scherz gewesen, die Perversion eines Irren. Langsam schob sie mit ihrem Handschuh den Vorhang zur Seite und entdeckte den Pfarrer. Er war tot. Schusswunde im Herzen. Von dort stammte das Blut und hatte seine Spur gezogen. Sie überprüfte die andere Seite, nicht dass dort …, nein, die Seite des Beichtenden war leer. Von hier aus musste er geschossen haben. Warum nur? Warum erschoss einer mitten in den Bergen beim Beichten den Pfarrer? Jetzt erst entdeckte sie, dass auf dem Schoß des Pfarrers ein Gebetbuch lag, dass seine Finger auf Zeilen zeigten. War es Zufall? Sie fotografierte den Tatort, das Gesicht des Paters blitzte auf, seine toten Augen. Jetzt erst beugte sie sich vor und leuchtete auf den Text.

»Töten hat seine Zeit«, las sie. War es das? »Alles hat seine Zeit«, stand weiter oben. Alles hat seine Zeit, ja, dachte sie, und sie musste sich zwingen, konzentriert zu bleiben. Das Blut auf dem Buch, der Finger musste abgerutscht sein. Der Täter wollte uns doch etwas zeigen. Sie schob langsam den Finger mit der rechten Hand weg, während sie mit der linken die Taschenlampe hielt. »Geboren werden hat seine Zeit«, ihr wurde schlecht. Ihr war, als setzten ihre Wehen ein, was ja völlig absurd war. »Geboren werden hat seine Zeit«, fing sie von vorne an und dort, keinen Atemzug weiter … Sie erschrak. Das war es, worauf er zielte. Sie hatte gar nicht den Raum gesichert. War er am Ende noch da? Sie blickte sich panisch um, blickte zurück auf das Buch. »Sterben hat seine Zeit« stand da.

EPILOG

Er stand am Ufer des Schwarzsees. Er hatte die ganze Nacht kein Auge zugetan, war direkt hierher gekommen. Der Slalom würde stattfinden, die Stangen würden gesteckt, das Rennen weitergehen. Der Wilde Kaiser. Dieser Himmel wieder. Die Schönheit war nicht aufzuhalten, dachte Grünsee sich und schaute auf seine Armbanduhr. 7.40 h. In einer Minute müsste die Sonne aufgehen. Da war sie.

DANKE

Fritz, von dem ich lernte und sah, dass Schnee brennen kann.
Clemens, für die Einblicke und Blickfänge.
Raimund, für die Wege um Deinen Schreibtisch, ohne die ich den Weg in den Roman nie gefunden hätte.
DJ Hell für »The Angst«.
Der Bergbahn Kitzbühel, für eine Liftdurchsage vor zwei Wintern, mit der alles begann.